선애야
선애야

Fantasy Frontier Spirit

박신애 판타지 장편 소설

선애야, 선애야 5

박신애 판타지 장편 소설

초판 1쇄 찍은 날 § 2006년 2월 4일
초판 1쇄 펴낸 날 § 2006년 2월 14일

지은이 § 박신애
펴낸이 § 서경석

편집장 § 문혜영
편집 § 최하나 · 문정흠

펴낸곳 § 도서출판 청어람
등록번호 § 제1081-1-89호
등록일자 § 1999. 5. 31
어람번호 § 제1-0674호

주소 § 경기도 부천시 원미구 심곡1동 350-1 남성B/D 3F (우) 420-011
전화 § 032-656-4452 팩스 § 032-656-4453
http://www.chungeoram.com
E-mail § eoram99@chollian.net

ISBN 89-5831-976-3 04810
ISBN 89-5831-622-5 (SET)

박신애 판타지 장편 소설

Fantasy Frontier Spirit

선애야 선애야

5

서대륙

도서출판 청어람

Contents

서대륙 •————

Chapter 25

[하아… 날씨 좋다~]

눈으로 보기에 무척이나 따뜻할 것 같은 햇볕이 내리쬐고 있었다. 피부로 느끼지는 못해도 아마 온기를 품은 바람도 살랑살랑 불고 있을 것이다.

'아아… 이럴 때는 김밥을 싸 가지고 소풍을 가야 하는데 말이야. 크허… 생각하니 김밥이 먹고 싶어지는구나아~ 그리워라아…….'

지금은 벌써 5월. 추운 겨울이 지나고 따뜻한 봄이 와 한창 자리를 잡을 때였다. 그리고 초봄에 맞춰 일제히 오픈한 타이거 상회 산화 야생화 가게들도 제법 자리를 잡고 서서히 이름을 알리고 있었다.

물론 그렇게 되기까지 타이거 상회의 식구가 된 모든 이들의 노력이 숨어 있음은 당연한 일이었다. 거기에 정보 길드의 도움 또한 마찬가지였지만 말이다. 뭐, 돈 받고 움직여 준 거니 도움이라고 할 수는 없으려나?

그중 가장 큰 일등공신은 립스틱이었다. 선애와 내가 토냐가 미리 만들어본 화장품들 중 보자마자 따악 필이 꽂히더니만, 결국 우리 가게의 효자 상품으로 등극했던 것이다.

이 세계에서는 입술은 무조건 붉어야 한다는 편견이라도 있는지 모르겠지만, 시중에 나온 립스틱은 모조리 붉은색이었다. 색이 좀 흐리거나 짙거나 색이 선명하거나 등등에 차이가 있었지만, 그것도 거의 차이를 알아챌 수 없을 만큼 모두 비슷비슷한, 하여간 무조건 붉은 계통이었던 것이다. 립스틱 중에서 붉은색인 것이야 흔한 일이었고, 그동안 선애나 나나 화장품 쪽으로는 큰 관심이 없었기에 다른 칼라의 립스틱이 없다는 것을 눈치채지 못하고 있었다.

토냐가 만들어놓은 화장품들을 구경하던 중 한쪽 구석에 처박혀 있던 통에서 다른 색의 립스틱을 발견한 것은 정말 행운이었다. 토냐는 그걸 상품화할 수 있다고는 조금도 생각하지 않아 우리에게 보여줄 생각도 않고 있어서 우리가 발견하지 못했으면 그대로 사장될 뻔했다.

립스틱과 같은 성분으로 이루어져 있었지만, 립스틱으로 만든 것이 아니라 단순한 호기심으로 색을 달리해 본 것일 뿐이었기 때문이다.

그러나 그 실험용으로 만든 짙은 남색과 연두색 립스틱을 본 선애는 회심의 미소를 지었다.

"이거, 좋은데요?"

"하아?"

선애의 의도를 이해 못해 어리둥절한 토냐를 향해 선애는 다짜고짜로 부탁하여 삼색의 립스틱을 만들었다. 핑크, 오렌지, 체리색으로 말이다. 그리고 거기에 더하여 핑크 립스틱은 복숭아 향이, 오렌지색 립스틱은 오렌지 향이, 체리색은 체리 향이 나게 만들었다.

그렇게 탄생한 삼색 립스틱의 이름은 '첫 입맞춤의 달콤함!'

'푸하하~ 그건 내가 붙인 거였지.'

예전 생각을 하니 나는 다시금 웃음이 터져 나왔다.

립스틱의 옵션은 그것만이 아니었다. 정말 립스틱을 먹으면 달콤한 맛이 나게 했던 것이다. 물론 각각 복숭아 맛, 오렌지 맛, 체리 맛이 살짝 들어가게 한 건 당연지사.

이건 내가 한국에 있을 때 샀던 입술 보호 제품 생각을 해서 첨부한 거였다.

나는 겨울만 되면 입술이 쉽게 트는 바람에 여러 가지 입술 보호 제품을 사용했는데, 그중에서 달콤한 맛을 내는 입술 보호제가 있었던 것이다. 보통 립스틱이나 입술 보호 제품은 먹어봤자 아무 맛이 안 나거나, 연하게 화학 제품 같은 맛이 나서 될 수 있는 한 입 안으로 안 들어가게 노력하게 만드는 것도 있었다. 그런데 이건 오히려 달콤한 맛이 나서 어쩌다 먹게 되어도 별로 꺼려지지 않았던 것이다.

내가 이걸 건의했을 때 선애는 무척이나 회의적이었지만, 그 뒤를 이은 나의 설명에 쿡쿡 웃으며 고개를 끄덕였다.

그 설명이란 바로 '립스틱의 30%는 여성이 먹지만, 나머지 70%는 남성이 먹는다' 라는 것이었다. 이건 내가 지어낸 말이 아니라, 예전에 내가 본 TV 프로그램에서 나온 이야기였다. 음, 오래전에 본 이야기라 퍼센티지가 맞는지는 확실하지 않지만, 하여간 내 예상을 뛰어넘는 이야기라 무척이나 놀라고, 무척이나 웃었던 게 기억난다.

그렇게 립스틱은 대부분 먹게 되기 때문에 설탕보다 더 인체에 무해한 성분으로 만든다나 어쨌다나 하는 설명도 곁들여졌다.

거기에서부터 시작되어 나중에는 이 립스틱들은 이제 막 사교계에 데뷔를 앞둔 꿈 많은 소녀들을 겨냥하자는 구체적인 계획까지 세워지게 된 것이다.

엄격한 교육과 일정한 테두리 안의 생활에서 벗어나 좀 더 넓은 이성과의 만남이 기다리고 있다면, 보통 소녀들이 꿈꾸는 건 아마 '아름다운 로맨스'일 거다. 그러한 꿈에 부풀어 있는 소녀들에게 '멋진 남성과의 첫 키스 때 달콤한 향과 맛을 느끼게 해줘야 하지 않을까요? 여기 그런 달콤한 향과 맛을 내는 립스틱이 있습니다'라고 말한다면 어떻게 될까? 그것도 집안 경제 사정 여유가 많다 못해 철철 넘치는 귀족가의 아가씨들에게 말이다. 아마 두말없이 사겠다고 난리가 날 것이다.

이 세계는 곧바로 태어나면 0살이고, 일 년이 지나야 한 살로 쳐준다. 마치 외국처럼 말이다. 그런데 외국과 다른 점이 하나있으니, 생일이 지나야 한 살로 쳐주는 게 아니라 한 해가 지나면 무조건 한 살로 쳐주는 것이다. 그러니까 봄에 태어났든, 가을에 태어났든 그해 겨울이 지나 다음해가 오면 둘 다 똑같이 한 살이 되는 것이다. 그리고 그렇게 18세가 된 귀족의 소년, 소녀들은 봄이 되면 아이라는 꼬리표를 떼고 성인이란 신분으로 정식으로 사교계에 데뷔하게 되는 것이다.

…단순한 파티는 제외시키고 정식 사교계 파티는 봄과 가을에 열리는 것이 관례였다. 그리고 새로 성년이 되어 사교계에 이제 등단(?) 하

는 소년, 소녀들은 첫 데뷔를 왕실에서 주최하는 첫 봄 파티에서 하는 것이 관례였다(물론 왕실 파티에 참여할 수 있는 빵빵한 귀족가의 자식들뿐이지만…). 뭐어, 왕실에서 첫 스타트를 끊은 다음에 다른 곳에서 파티를 열기 때문에 어쩌면 당연한 건지도 모르지만, 덕분에 오픈 기념으로 따악 맞는 상품을 개발한 것 같아서 선애는 물론이거니와, 벨타이거와 모건도 무척이나 좋아했다. 토냐가 선애와 나의 요구에 맞춘 립스틱을 만드느라 엄청나게 고생하기는 했지만 말이다.

오픈하기 전부터 정보 길드의 외근 요원들을 동원하여 은근한 홍보 활동을 펼치기는 했지만, 반응은 우리의 예상을 뛰어넘었다.

제법 좋은 아이디어라고 생각은 했지만, 한국식으로 방송 매체를 통해 대대로 홍보한 것도 아닌데다 새로 오픈한 가게랍시고 대세일을 한 것도 아니었다. 그런데도 너무 잘 팔려서 오히려 상회 사람들이 놀랄 정도였다. 그것도 꽤나 비싼 가격으로 말이다.

내가 보기에는 이건 양심적으로 대단한 바가지였다.

'첫 입맞춤의 달콤함!' 이라는 이름으로 선보인 세 가지 색의 립스틱은—물론 세 가지를 세트로 파는 건 아니다—두 가지 종류로 나뉘었다. 너무 상업적이라 생각하지만, 비싼 것과 좀 더 싼 것으로 나뉘었던 것이다.

비싼 것은 하나에 금화 5개였다. 구리 동전인 1실버를 500원으로 치자면, 이건 립스틱 하나에 2,500만 원이라는 소리였다. 물론 한국과 이 세계의 물질 가격 비중은 다르니 진짜 이 정도까지는 아닐지 모르겠지만, 10배 적게 보더라도 250만 원이었다. 정말 어마어마한 가격이 아닌가? 금으로 만들었다고 해도 이 정도로 비싸지는 않을 거다.

그렇다고 양이 많은 것도 아니었다. 내 새끼손가락 단 한 마디 정도의 적은 양의 립스틱을 크리스탈로 만든, 반지 포장곽만한 자그마한 네모 상자 안에 담아 팔았으니까 말이다.

비록 크리스탈 곽이 비싸기는 하지만, 그래 봤자 크리스탈 제조사에서 들여오는 값은 은화 50냥이었다. 뚜껑 겉을 마치 다이아몬드처럼 여러 각으로 깎고, 아래 상자 속에 내 새끼손가락이 겨우 들어갈 만한 자그마한 원형 홈을 판 것이라 제법 섬세하고 높은 기술이 필요해 예전 알파두르 야생화 가게에서 취급하던 유리 세공품에 비하면 훨씬 비싼 것이긴 하다. 하지만 금화 가격으로 판매할 것까지는 아니었다.

게다가 립스틱을 만드는 원 재료 가격과 화장품 제조사 사람들 인건비 등등을 포함하여 산출한 가격은 립스틱 하나 당 은화 10개도 안 된다. 그것도 립스틱 양이 내 새끼손가락 정도의 양일 경우에 말이다.

그러니 양심적으로 은화 100냥, 금화 1냥이면 순이익이 립스틱 하나 당 40냥이 남는데 그 다섯 배로 금화 5냥으로 팔았으니, 순 이익이 금화 4냥 하고도 은화 40냥이라는 소리였다. 완전히 날도둑이 아닌가? 가격이 책정되었을 때 나는 정말 말도 안 된다고 생각했다. 그렇게 비싼 걸 누가 사느냐고 말이다.

싼 것은 은화 30냥이었다. 이것도 다 합해도 은화 15냥이면 충분했건만 말이다.

그런데 날 더 어이없게 만든 사실은, 이 비싼 바가지 립스틱이 다섯 도시 총 평균 2주일 안에 대부분 다 팔렸다는 것이다. 우리가 한 달 정도 팔아도 좀… 남지 않을까 생각했을 양이 말이다. 물론 립스틱 색은 붉어야 한다는 편견 때문인지 오렌지색은 반도 안 팔려 아쉬움을 남겼지만, 핑크 색과 체리 색은 말 그대로 '불타나게' 팔렸다. 그렇게 팔리는 걸 보면서 나는 그들이 이게 엄청 바가지 씌운 것이라는 걸 아는지 정말 궁금했다.

웃긴 건 가격이 싼 것보다 비싼 것이 평균 일주일 정도의 차이를 보이며 먼저 다 팔렸다는 것이다. 가게를 오픈하기 전 한 시장 조사에서도 고급 립스틱 가격이 금화 5개까지 가는 건 없었는데도 말이다.

덕분에 타이거 상회 수뇌부들은 야생화 가게가 오픈한 지 한 달도 안 되어 다시 모여 '첫 키스의 달콤함!' 립스틱 생산량을 늘릴 것인가, 이대로 유지할 것인가를 가지고 열띤 논쟁을 벌였었다. 생산량을 늘려서 많이 판매하는 건 좋지만, 너무 많이 판매한 경우 오히려 역효과가 나서 상품이 너무 흔해져 가치가 떨어질까 우려가 되었던 것이다. 그렇다고 손님들이 찾는데 상품이 떨어졌다고 할 수는 없는 일이라서 상품량을 1.5배 정도만 더 늘리는 것으로 결론을 내렸었다.

그리고 거기에서 그치지 않고 그 립스틱을 판매할 때 립스틱 향을 좀 더 살릴 수 있는, 그와 잘 어울리는 향수와 립스틱 색과 너무 잘 어울리는, 소녀들의 상큼함과 발랄함을 나타내 줄 수 있는 아이섀도를 같이 판매하기 시작했다. 그 향수와 아이섀도를 만들어내느라 윙켓과 토냐가 좀 힘들었지만, 반응은 무척이나 만족스러워 운영자들을 기쁘게 했다.

뭐어, 갑자기 생산품이 늘어 철야 작업까지 하게 된 제조사 직원들이 좀 고생하긴 했지만, 든든한 보너스까지 지불했으니 그들 입장에서도 나쁘지는 않은 일이었을 거다.

화장품을 만들어낸 이들은… 토냐야 어쩔 수 없다는 식으로 피식 웃으며 쉽게 주문을 받아들였지만, 윙겟은 향수가 마음먹은 대로 만들어질 수 있는 거냐며 못한다고 버팅기는 거 설득하느라고 벨타이거 녀석이 고생을 좀 했다. 뭘로 설득했는지는 모르겠지만, 결국 그렇게 나온 향수는 고급 축에 드는 꽤나 대단한 향수라서 타이거 상회의 수익이 꽤나 많아졌다. 그 립스틱과 같이 판매하는 거라 향수나 아이섀도도 꽤나 바가지를 씌웠던 것이다.

사실 전에는 윙겟이 만든 향수들은 시세에 비해 엄청 싸게 판매하기는 했다. 윙겟이 취미 삼아 만든 것이라고 수고비만 약간 받는 정도에다 재료는 크로스웰 남작가 정원에서 대부분 채취(?) 했기 때문에 재료비도 많이 들지 않아 그래도 수익이 남긴 했다. 하지만 상회가 출범하고 본격적으로 향수를 만들게 되자 남작 저택의 정원 가지고는 재료 조달이 부족해져 거대 꽃 농장을 만들었기 때문에 향수 값이 오르는 것은 어쩔 수가 없었다. 그동안 질에 비하여 싼 가격 때문에 찾아주신 손님들께는 정말 죄송한 일이었지만 말이다.

본격적인 재료 값과 인력비, 거기에 전국으로 퍼진 타이거 상회 산하 가게로의 운송비와 그곳 인력비 등등으로 인하여 향수 가격이 대부분 두 배 정도 뛰어버리고 말았다. 그래도 다행인 것은 향수 반응들이 괜찮다는 것이었다.

그렇게 타이거 상회 산하 야생화 향수, 화장품 가게의 오픈은 모두의 예상보다 훨씬 뛰어난 성과를 나타내는 쾌거를 거두었다.

계속 그렇게 모든 일이 잘 풀려갔으면 좋으련만, 역시 모든 일이라는 것이 그렇게 좋은 일만 있을 수는 없는 모양이다.

모든 가게가 그렇듯이 가게를 오픈한 지 한 달이 지나자 서서히 소소한 여러 가지 문제점들이 하나둘씩 나타나기 시작했다. 그 대부분은 토냐의 제안으로 무난하게 해결할 수 있었다.

토냐의 제안이란 다른 것이 아니라, 예전 자신의 집안에서 일했지만 지금은 소일하는 상회 사람들을 끌어들이는 것이었다.

귀족들의 휴양지로 이름 높은 록우드에서도 제법 이름이 있던 호프만 상회에서 오랜 세월 일해 잔뼈가 굵은 그들은 상회 일은 물론이거니와 귀족들을 상대하는 데에도 무척이나 익숙한 사람들이었다. 그런 실력있는 사람들이었으니, 일꾼들은 전적으로 정보 길드 사람들에게 의지하는 타이거 상회로서는 쌍수를 들고 환영해도 모자랄 지경이었다. 나이가 좀 많다는 것이 문제가 되었지만, 그래도 그들이 은퇴하기까지는 10여 년 정도 더 걸릴 것 같았고, 그때까지는 또 다른 인재들을 스카우트할 수 있을 터였다.

토냐네 집안이었던 호프만 상회는 제법 이름도 높고 탄탄한 상회였지만, 토냐의 아버지 뒤를 이을 후계자 문제로 풍비박산이 난 비운의 상회였다.

토냐의 아버지는 토냐의 어머니 말고도 다섯이나 되는 부인들을 두고 있었기 때문에 후계자 자리를 차지하는 싸움이 장난이 아니게 치열했던 모양이다. 토냐도 원래는 그 후계자 싸움에 끼어들려고 했지만, 그녀의 친어머니가 토냐의 동생을 낳다가 아이도 사산되고 어머니도 돌아가시는 바람에, 한마디로 든든하게 받쳐 줄 언덕을 잃어버려 거의 쫓겨나듯 수도에 있는 기숙사 학교로 들어가게 되어버린 것이다.

뭐, 그곳에서 의외로 마법에 대한 자질이 발견되어 마법사가 되었다는 것은 나중의 이야기.

하여간, 그런 치열한 후계자 싸움 덕분에 마지막 호프만 상회의 주인이 병들어 자리를 보전하고 눕게 되자 튼튼하고 제법 이름있는 상회라 할지라도 흔들려 틈을 보이는 바람에 주변 상회들이 그 틈을 파고들어 와 결국은 망해 버렸다… 라는 흔한 사연을 가지고 있었던 것이다.

토냐가 우리에게 제일 먼저 소개한 스탠리와 로어는 호프만 상회 총관의 자식들로서, 총관은 그 당시 누구의 편도 안 들고 중립을 지킨 모양이었다. 결국에는 싸움에 휘말려 목숨을 잃게 되었는데, 그 즈음 차라리 누군가를 적극적으로 밀어 상회를 차지하게 했더라면 어쩌면 상회가 무너지지 않았을지도 모른다고 후회를 했던 모양이다.

내 생각인데, 그가 밀었다면 아마 토냐가 아니었을까 생각한다. 토냐와 스탠리 로이 형제 사이를 봐서도 그렇고, 토냐는 마법사가 될 정도로 머리가 무척이나 뛰어난 사람이었으니 말이다. 뭐, 그래 봤자 지나간 일이다.

그런 거 보면, 사회에서 탄탄하게 이름을 높이려면 집안이 평안해야 한다는 건 진리였다. 하지만 덕분에 우리 타이거 상회로서는 여러 가지로 이익이 되었으니 그들에게는 미안한 일이지만, 우리로서는 행운이라고 할 수 있었다.

그렇게 호프만 상회 사람들을 고용해 다른 지점 문제들을 해결했다면, 수도 지점은 선애를 직접 파견했다. 그곳은 다른 곳보다 문제가 좀 더 많고, 심했던 터라 차라리 운영진을 보내는 게 도움이 될 거라 판단되었던 것이다.

처음에 선애를 보낸다는 것에 선애나 나는 무척이나 놀랐었다. 그러

나 벨타이거나 모건은 자신들이 선애보다 경험이 많기는 하지만, 그곳
에서는 경험보다는 비빌 언덕이 있다는 것이 훨씬 큰 도움이 될 거라
고 해서 선애가 보내진 것이다.

벨타이거가 귀족이긴 하지만 수도에서는 선애나 벨타이거나 큰 차이
가 없을 거라는 것이 휴의 조언이었다. 이유인즉슨, 문제를 일으키는
건 대부분 중앙 귀족들이었던 것이다. 그들 입장에서야 지방 귀족이나
평민이나 자신들을 감히 넘보지 못하는 아랫사람들인 건 다찬가지였
다. 그러니 지부장이 해결을 못하고 SOS를 청해온 것이겠지간 말이다.

하여간 그렇게 해서 내려오긴 내려왔는데, 역시 경험이든 뭐든 아무
것도 모르다 보니 이건 사건을 척척 해결하기는커녕 우왕좌왕하는 덕
분에 초창기부터 무척이나 삐걱댔다.

그런 걸 보니 차라리 선애를 다른 지방 지점으로 보내고 경험이 많
은 존재들을 수도로 보낼걸… 그랬나라는 생각이 들었지만, 이제는 제
법 뿌리를 내린 지점과 그러한 일들을 겪으면서 좀 더 성장한 것처럼
보이는 선애를 보며 오히려 잘된 것 같다는 생각이 들었다.

하지만 정말 위험했던 당시에는 나 또한 어찌할 바를 모르고 다 뒤
집어엎어야 하나, 말아야 하나 몇 번이나 진지하게 고민했었다.

"닥쳐랏! 결투닷!"

"이쪽이야말로 바라는 바다!"

잠시 창밖의 너무나 좋은 날씨를 바라보며 옛 일을 회상하던 날 일
깨우는 소리가 들렸다.

'에휴… 또냐?'

나는 속으로 한숨을 내쉬며 절레절레 고개를 저었다.

수도에 와서 여러 번 겪은 일이지만, 귀족들의 사상은 도대체가 이해할 수가 없다. 물론 벨타이거 녀석이나 선애를 졸졸 쫓아다니는 클라리사 또한 귀족이긴 하지만, 나는 이곳에 와서 귀족들이라고 다 같은 귀족이 아니라는 걸 깨달을 수 있었다. 그리고 그제야 휴가 조언했던 말이 무슨 뜻인지 진정으로 알 수 있었다.

　귀족도 중앙 귀족과 지방 귀족으로 나뉘는데, 중앙 귀족은 지방 귀족들을 마치 귀족이 기사들을 대하는 것처럼 대하는 거였다. 하기야 그럴 만도 한 것이, 이 나라를 좌지우지하는 건 바로 왕과 그 중앙 귀족들이었으니 단순히 영지와 작위를 가지고 있고, 영지 내에서만 힘을 발휘하는 지방 귀족들보다 콧대가 센 건 이해가 간다.

　그러나 화장품 판매원의 방문 차례 가지고 자존심 운운하며 기사들의 결투까지 가는 건 너무 심하다고 생각한다.

　앞에서도 이야기했지만, 귀족들은 자신들이 평민들과 다른 세계 사람이라고 생각한다. 자기들은 태아로 있을 때 자궁이 황금으로 되어 있다거나, 양수가 향유라거나, 태어날 때 금팔찌라도 차고 태어났다고 착각하고 있는 건지 원…….

　하여간, 그리하여 뭔가 필요하다 할 때 자신들이 직접 오지 않고 상인보고 직접 오라고 하는 것이었다.

　오래된 명문가일수록 그들이 오랜 세월 동안 거래한 거대 상회가 있었으니, 그들과 거래하는 데 익숙해진 집안의 살림을 휘두르는 노마님들과의 거래를 트기란 어려운 일이었다. 그렇기에 우리 상회에서는 새로운 것에 흥미를 보이는, 이제 막 사교계에 데뷔하는 소녀들의 가슴을 자극하기로 한 거였고, 그건 잘 먹혀들어 갔다.

그러나 앞서 말했듯 양갓집 규수들이 그들의 시선으로 봤을 때 초라하고 지저분한 가게까지 올 리가 만무했다. 설사 그들이 온다고 해도 주변에서 '그래, 다녀와라' 하고 고이 놔둘 리도 없고 말이다.

그러니 천상 우리가 가야 했다. 그래, 뭐… 손님은 왕이니 이리 오라면 이리 오고, 저리 가라면 저리 가는 게 인지상정이라는 건 안다.

아는데… 문제가 있었다.

화장품이라거나 향수 같은 경우에는 같은 제품을 여러 개를 일괄적으로 생산하니 문제가 없었다. 모든 종류를 하나씩 가지고 가도 가게에는 판매할 상품이 남아 있으니 말이다.

그러나 그것이 드워프 제품이라면 문제가 달라진다. 드워프들은 그들만의 고유한 장인 정신에 의거하여 똑같은 제품을 두 개 이상 절대로 만들지 않았다. 그건 우리가 드워프 마을에서 가지고 온 유리 세공품들에도 적용되는 것이라 모든 제품은 단일 제품이었다. 그것 때문에 드워프 마을에서 공수해 온 후 각 지방으로 나눌 때 얼마나 골머리를 앓았는지 모른다.

똑같은 것이 다섯 개씩이라면 각 지점에 한 종류씩 보낼 텐데, 이건 몽땅 다른 제품이니 어느 걸 어느 쪽으로 보내야 하는지 쉽게 결정할 수가 없었던 것이다. 그리하여 결국 제비를 뽑아서 나누어 온 그 드워프 제품을 가게 홍보로 사용하다 보니 호출하는 귀족 아가씨들께서는 당연하겠지만, 드워프 제품을 보고 싶어 하는 것이었다. 그것을 사든, 사지 않든 간에 말이다.

그러니 한 귀족 영애에게 호출을 당해서 가 있는 동안 가게에서는 드워프 제품들을 내놓지 못하고 있는 것은 물론이거니와, 다른 귀족 영애의 호출이 있더라도 응할 수가 없었다. 드워프 제품을 빼놓고 갔다가는 '나를 무시하는 거냐!' 라는 호통을 들을 게 뻔했기 때문이다.

하지만 이 중앙에 있는 귀족들을 우리가 뭘 어찌해 볼 수 있는 상대가 아니었던 터라, 그건 모두 우리가 감내해야만 했다. 사실 수도 지점 야생화 가게의 50% 이상의 수익이 그들에게서 나오기에 우리로서도 크게 나쁜 일은 아니었으니 말이다.

그런데 무척이나 황당한 건, 우리 가게 사람들을 불러들이는 데에도 귀족들의 자존심 싸움이 적용되는 것이었다.

뭐, 격차가 조금이라도 있는 가문 사이라면 아무래도 상관없다. 그럼 나중에 오던, 먼저 오던 아랫쪽 가문이 양보하고 우리도 윗쪽 가문에 먼저 가는 게 당연했으니 말이다.

문제는, 비슷비슷한 크기를 가지고 있는 가문끼리 부딪치면 생겼다. 그 두 가문이 교류가 많고 친한 사이라면 먼저 콜 한 쪽으로 가주면 되는데, 서로 다른 파벌에 있다거나 아니면 라이벌이라고 생각하는 가문끼리라면 이건 정말 골치가 아파졌다.

아니, 먼저 콜 한 쪽으로 먼저 가는 걸 당연하다고 생각해 주면 안 되는 걸까? 먼저 주문한 사람들이 돌아가고 나중에 다른 가문의 시종이 와서 주문을 했을 경우, 늦었다는 걸 알면 그나마 싫은 내색만 보이고 돌아가는 정도에서 그치기는 한다. 그런데 문제는 먼저 와서 콜 한 가문 사람들이 돌아가기 전에 다른, 그러니까 사이가 좋지 않은 가문 사람들이 주문하러 온 경우였다.

처음에는 아직 경험도 없는—영리하다고 해도 경험이 없으면 뭘 알겠는가 말이다—점원이 순진하게,

"이쪽 가문에서 먼저 주문이 들어왔기 때문에 그쪽에는 나중에 가도록 하겠습니다."

라고 말했었다.

이게 어디가 잘못된 말이란 말인가?

그랬더니 먼저 주문하러 온 쪽은 당연하다는 듯 거만하게 고개를 끄덕이는데, 나중에 온 쪽이 뭐가 잘났다고 그 자리에서 대놓고,

"뭣이라? 우리 ###가문을 무시하는 것이냐?"

라고 나온 것이었다.

먼저 주문한 쪽을 먼저 가겠다고 했는데, 그걸 귀족 가문을 무시하는 거라고 알아듣는 그 귀족 영애의 시녀가 잘못된 것 아닌가?

정말 유령이 코가 막혀서 콧방귀를 낄 일이었다.

그러니 그 당시 직접 당하는 초보 점원 아가씨가 얼마나 당황했겠는가?

"아니… 저어… 이쪽 가문에서……."

"닥쳐랏! 너희들은 그냥 시키는 대로만 하면 되는 거야. 그러니 즉시 준비를 하고 우리 가문으로……."

하여간, 윽박을 잘 지르는 건 귀족이라기보다 그 귀족들을 모시고 있는 쪽일 거다.

그리하여 그 윽박에 불쌍하고 가여운 초보 점원 아가씨가 어찌할 바를 모르고 쩔쩔 매기만 하는 그때, 그 가여운 아가씨를 구해준 건 먼저 콜을 한 뒤 막 돌아가려던 측이었다.

"아니, 이거 그냥 넘길 수가 없는 말이로군. 우리 가문에서 먼저 와서 불렀는데, 왜 그쪽으로 가야 한다는 거지?"

"흥, 웃기는 소리! 왜 우리가 당신네 가문에 양보해야 할 필요가 있나?"

"그쪽 가문은 상식이란 말을 모르는 모양이군."

그 즈음에는 다른 점원 아가씨의 연락을 받은 지점장이 달려왔지만, 이 두 가문 사람들, 그것도 귀족 당사자가 아니라 그 밑의 하녀—아마 귀족 영애들을 직접 담당하는 유모라던지, 아니면 영애 담당 시녀들의 관리자인 수석 시녀였을 듯—들 간의 싸움에 끼어들지 못하고 전전긍긍할 수밖에 없었다. 그렇게 지점장과 점원들이 손놓고 보고만 있는 사이 싸움이 커져 버려 그 중년 하녀들을 보호하고 온 기사들 간의 결투로까지 이어지고 말았다.

그때까지는 선애가 없었기에 나와 선애는 나중에 지점장의 연락으로 이 일을 듣고 얼마나 황당해했는지 모른다.

자존심을 세우는 사이면 사이인 것이지, 그게 단지 화장품 판매원 오라 가라 하는 것 가지고 싸울 일이었는지 도무지 이해가 안 갔기 때문이다. 게다가 단순한 말싸움이 아니라 결투로까지 이어졌다니…….

나중에 귀족들은 사소한 꼬투리 하나 가지고도 사교계에서 심심하면 몇 달 동안이나 두고두고 씹히는 불쌍한 족속들이라 자존심을 지키기 위해서라는 물불을 가리지 않는다는 이야기를 들었지만, 말로 듣는다고 그게 이해가 되나?

그래도 그나마 다행히 결투는 가게에서 안 하고 밖으로 나가서 했단다. 나중에 이긴 가문 쪽이 의기양양하게 돌아와 당장 오라 했고, 진쪽은 다시는 가게에 오지 않았다고 한다. 그 결투에서 진 가문과 기사는 과연 어떻게 되었을지…….

문제는, 그런 싸움들이 자주는 아니지만 가끔이라도 정말 끊이질 않고 계속 일어난다는 것이었다. 그리고 그런 일이 생길 때마다 고래 싸움에 터지기 싫은 새우인 양 가게에 들어와 매상을 올려줬을지도 모를, 간이 작은 손님들은 모두 조용히 사라졌고 말이다.

그나마 자의든 타의든 그렇게 영업 방해를 하는 두 귀족 가문 중 이긴 쪽이 와서 매상을 팍팍 올려주니 다행이긴 하지만, 가게의 입장으로서는 기분이 좋을 리가 없었다. 그러나 힘이 없으니 어쩌겠는가? '유전무죄, 무전유죄' 라더니만, 이 경우에는 '유권무죄, 무권유죄' 였다.

게다가 그런 주문이 하루에 한두 번 이상 들어오다 보니 드워프 제품이 가게에 얌전히 진열될 시간이 거의 없었다.

말을 들어보니 그렇게 한 번 콜이 되어 귀족 가문에 들어갔다고 해서 곧바로 귀족 영애를 만나는 것도 아니라고 한다.

불렀으면 기다려 주지는 못할망정, 도착하면 금방 나와서 볼일을 봐줘야 하는 게 아닌가 말이다. 그런데 꼬옥 한 시간 이상은 죽치고 기다리게 한 뒤에야 겨우 인심 쓴 양 만나준다는 것이다. 그러면 우리 가게 쪽의 판매원은 만나줘서 크나큰 영광인 양 넙죽 엎드려 감사에 감사를 표하고 말이다.

남의 돈 얻기가 힘들고, 장사라는 게 간이고 쓸개고 다 빼줘야 하는 거라고는 하지만, 솔직한 내 심정으로는 내 동생이 판매원으로서 그렇게 하고 다닌다고 하면 당장에라도 그만두게 할 것 같았다.

그렇게 해서 겨우 만난 귀족 영애들에게 가지고 간 울 가게의 대표 향수인 '새벽의 축복' 부터 시작하여 모든 향수 제품들과 화장품 제품들, 거기에 유리병과 유리 세공품, 마지막으로 드워프 제품들까지 쭈우우욱~ 선전 겸 판매 멘트를 펼치고 나면 한 시간은 후딱후딱 지나가고야 만다. 단지 판매 멘트만 그 정도지, 향수는 직접 냄새 맡게 하고, 화장품은 약간 써보게 하는 등등을 하다 보면 두세 시간은 휘리릭~이었다.

그렇게 하다 보니 판매원이 한 귀족 가문을 방문하는 건 기껏해야 한 곳, 많아야 두 곳이다.

이 귀족 가문들이 우리를 목 빠지게 기다리고 있다면 하루에 서너 곳은 거뜬하겠지만, 어디 그게 가당키나 하단 말인가? 천상 그들이 좋은 시간에만 우리가 맞춰야 하는데, 그게 거의 대부분 엇비슷한, 점심을 먹고 한두 시간 정도 지났을 즈음이었기에 하루에 몇 탕을 뛰는 건 언감생심이었다.

그런 현실이니, 하루에 세 번 이상 주문이 들어오면 천상 밀리게 되어 나중에 온 가문은 며칠 정도 기다려야 하는 사태가 발생하기도 했다. 그러면 또 성질 급한 쪽에서는 '너그들이 뭔데 우리를 기다리게 하느니…' 하고 마구마구 화를 내는 것이었다.

그럼 또 힘없는 게 죄라고, 그렇게 화를 내면 뭐라고 변명하지도 못한다. 만약 그렇게 화내는 이들에게 어느어느 가문에서 먼저 주문을 하셔서… 라고 변명을 했다간 그 가문이 이들보다 높으면 쉽게 넘어가겠지만, 앞서 이야기한 엇비슷한 힘을 가진 라이벌이면 당장에 불벼락이 떨어지는 것이다. 그러니 아예 변명할 생각을 말고 무조건 죽을죄를 지었습니다, 하고 싹싹 비는 게 최선이었다.

우리가 원해서 주문을 먼저 받은 것도 아니고, 지들이 늦게 온 거면서 잘못했다고 싹싹 비는 건 이쪽이니 정말 세상이 불공평하다, 불공평하다 하지만 이렇게 불공평한 곳이 또 어디 있을까? 진짜 힘없으면 서러웠다.

이 이야기를 듣는 우리도 속에서 울컥 울컥 하고 기가 막히는데, 직접 당하는 점원들과 판매원들은 하루에도 몇 번이나 속에서 울화가 터지겠는가. 여기에도 화병이 있다면, 제일 먼저 그 병에 걸릴 사람들이 아마 이들이 아닌가 싶다.

그러던 중 정말 가장 큰 사건은 선애가 온 뒤에 일어났다.

일의 발단은 단순한 것이었다.

드워프 제품들은 작은 것이지만 그 세공의 세밀함과 아름다움, 그리고 희귀성과 약간의 바가지로 인하여 사람이 만든 유리 제품에 비하여 가격이 무척이나 높았다.

그도 그럴 것이, 내 손바닥 반만 한 녀석이 백금화 십 단위 가격에서 놀았으니 말이다. 그렇기 때문에 처음 드워프 제품들을 가게에 내놓게 되었을 때 상회 측에서는 판매보다는 가게 홍보 차원에서 들여놓은 것이었다.

그런데 그게 수도에서는 반대 방향으로 흘렀다. 이곳에는 드워프 제품이라면 눈에 불을 켜고 수집하려는 돈 많은 귀족들이 바글바글했기 때문이다. 덕분에 맨 처음 홍보용으로 들여온 유리 제품들은 모두 한 달도 안 되어 두세 귀족에게 거의 전매되다시피 다 팔리고야 말았다. 이렇게 쉽게 팔리게 될 줄 알았더라면 그냥 판매하기보다는 경매에라도 붙일 걸 그랬다는 이야기가 나올 정도였으니 말이다.

하여간, 그리하여 수도는 다른 지방과 다르다는 걸 깨닫고는 드워프

쪽에 부탁하여 전에 비하여 두 배의 숫자, 그리고 그중 절반은 전에 들여온 것들보다 한 단계 높은 수준의 제품들을 들여놓았다. 그러자 얼마 지나지 않아 중앙 귀족 중에서도 제법 큰 세력을 가진 귀족 집안에서 가게 판매원을 부르는 것이었다.

사실 한 단계 높은 제품을 들여놓은 뒤 정보 길드를 통하여 은밀하다면 은밀하게 소문을 퍼뜨렸기에 이미 예상하고 있었던 일이기도 했다.

그렇게 해서 판매원이 잽싸게 드워프 제품들을 싸들고 가서 전의 제품 가격보다 두 배 이상이나 비싼 물품을 잘 판매하고 왔다는 건 좋았다. 그리고 그 뒤에 다른 귀족가에 불려가서 또 판매하고 왔다는 것도 좋았다.

문제는 그 다음이었다.

나중에 드워프 제품을 산 귀족가의 여식이 그보다 앞서 드워프 제품을 사 간 귀족가의 여식에게 티타임 초대를 받고 갔다가 그녀가 자랑하듯 내놓은 드워프 제품을 보고 열받아서 우리 가게로 쫓아온 것이었다.

서로 괜찮은 관계를 가지고 있는 가문 사이라 해도 같은 또래의 여식들 간에는 은근히 경쟁 심리가 있기 마련이었다. 게다가 보통 남의 떡이 더 커 보인다고 하지 않던가.

그 귀족가의 영애는 자신이 초대받아 갔던 귀족가의 영애가 산 드워프 제품이 자기가 산 것보다 훨씬 더 좋아 보였던 모양이다. 그리하여 자기가 자랑하려고 가지고 갔던 제품은 꺼내보지도 못한 채 괜히 열만 받아서 식식대며 몸소 우리 가게까지 행차하셨던 것이다.

그래 가지고는 하녀를 통하지 않고 몸소 어찌할 바를 모르고 쩔쩔매는 점장을 불러내어 왜 그 제품을 자신에게는 선보이지 않았느냐고 따졌던 것이다.

도대체 그게 말이 되는 소리인가 말이다. 잘못이라면 늦게 호출한 그녀가 아닌가? 아니면 그 소문을 늦게 듣게 된 그녀의 불운… 이라고 할 수 있을 테고 말이다.

이건 그녀와 점장, 그리고 그녀의 하녀도 아는 사실이었다. 그럼에도 불구하고 그녀가 쫓아와서 길길이 날뛰는 건 차마 자신의 자존심을 구긴 귀족가의 여식에게 화풀이할 수는 없으니 힘없는 우리에게 와서 화풀이하는 것이었다. 이런 걸 바로 동쪽에서 뺨 맞고 서쪽에서 화풀이한다고 하는 것이겠지?

정말… 힘없는 게 죄다.

그런 죄를 지니고 있으니 어쩌겠는가? 점장은 그녀가 화풀이하면 화풀이하는 대로 고스란히 듣다가 싹싹 빌며 그녀의 화가 풀리길 기다릴 뿐이었다.

그러나 그녀의 성격이 어지간히도 네 가지를 가지고 있지 못했던지 쉽게 화가 풀리지 않자, 결국 그녀에게 시달릴 대로 시달린 지점장이 지쳤는지 그녀에게 조심스레 어차피 얼마 후에 제품을 새로이 들여올 테니 그때 제일 먼저 보여주겠다며 달랬다. 그런데 하필이면 그게 역효과를 불러일으켰던 듯, 그 귀족가의 성질 더러운 여식의 성격이 폭발해 버렸다.

"산토이 경! 저 건방지고 버릇없는 녀석의 팔을 잘라욧."

'세상에나……'

"뭐야, 저게 정말… 읍읍읍……."

며칠 전 수도 지부에 도착하여 윗층 사무실에서 여러 가지 사항에 대하여 보고를 받고 있었던 선애도 점원이 급히 올라와 지점장을 찾자 지점장과 같이 내려와 있었다. 그러나 귀족을 대하는 경험이 없던 그녀가 나서는 것보다는, 그래도 어느 정도 경험이 있는 지부장이 나서는 것이 좋을 것 같아 다른 점원들과 함께 한쪽 구석에 물러나 있었다. 그러나 귀족 영애가 너무 날뛰는 모습에 화가 나서 몇 번이나 나서려고 하는 걸 소피와 로어가 말렸다. 그래서 그나마 참고 계속 지켜보고 있었는데, 기사까지 나서자 참지 못하고 폭발해 버린 것이다. 다행히 다급해진 소피가 선애의 입을 막고 몸까지 제압해서 나서지는 못했지만 말이다.

그러나 나도 정말 기가 막혔다. 아무리 화가 나도 그렇지, 어떻게 기사보고 사람의 팔을 자르라고 시킨단 말인가.

그런데 더 황당했던 건 그 기사는 조금의 망설임도 없이 그 XX 같은 성격의 여식이 시키는 대로 허리에 차고 있던 검을 스르릉 뽑아 지점장에게 다가갔다는 거였다.

"으브브브~!!"

그 모습에 선애가 발버둥을 치며 앞으로 나가려 했다. 그리고 나를 향해 다급하고 절박한 시선을 보내는 걸 보니, 아무래도 말리라고 하는 것 같았다.

나 또한 계속 보고만 있을 수가 없어 선애의 말이 없어도 나서려고 했었다. 그래 망설이지 않고 나서려고 하는 그 순간…….

탁~!

"읍······."

돌아보니 소피가 선애의 뒤통수를 수도로 내려쳐 기절시키고 있었다. 아무리 단련이 된 소피로서도 계속 필사적(?)으로 발버둥치는 선애를 계속 억누르고 있기는 힘들었던 모양이다.

'에엣.'

그에 놀란 내가 선애의 안위를 살피는 그 짧은 시간에······.

쉬이익~!!

타악~!

"크으윽······."

"까아아아악~"

"어떻게 해······."

'응? 이런······.'

제일 먼저 시선에 들어오는 건 바닥에 무릎 꿇고 앉아 있는 점장이었다. 그는 새하얗게 질린 표정으로 고통을 참기 위함인지 이를 악물고 있었는데, 왼손으로 오른 팔꿈치 위를 꽈악 잡고 있었다. 그의 손을 따라 오른팔을 바라보니 팔꿈치 밑으로 있어야 할 손은 보이지 않고, 대신 그곳에서 새어 나온 피가 바닥으로 떨어지고 있었다. 바닥에는 이미 벌써 피를 많이 흘렸는지 붉은 웅덩이가 생겨나 있었는데, 그 웅덩이 속에는 점장의 잘린 오른팔이 꿈틀꿈틀 움직이고 있었다.

그 그로테스한 모습에 나는 경악을 흘리기보다는 다급한 마음에 발만 동동 굴렀다.

[으아아아~ 저 팔, 빨랑 잡아서 잘 둬야 하는데~ 이거 내가 나설 수도 없고··· 우씨, 하필이면 선애가······.]

점원들은 불쌍하게도 기세등등한 귀족 무리 앞에서 나서지도 못하고 구석에서 새파랗게 질려 바들바들 떨고만 있었다.

"흥, 지금은 이걸로 봐주지. 그러니 앞으로 잘해. 만약 이런 일이 또 생기면, 그때는 팔 하나로 끝나지 않을 것이다."

그 상종 못할 인면수심 같은 사악한 악당 같은 계집애는 그 피비린내 나는 현장에도 눈썹 하나 까딱하지 않고, 오히려 무척이나 속이 시원하다는 표정으로 그딴 말이나 내뱉고는 몸을 돌려 나가는 것이었다.

점장의 팔을 베어버린 기사는 무심한 표정으로 늘어뜨리고 있던 검을 다시 검집에 집어넣고는 몸을 돌려 계집의 뒤를 따랐고, 그 계집애와 같이 왔던 사람들도 우르르 몰려 나갔다. 단지 마지막에 뒤쪽에 있던 기사 한 명이 잠시 남아서는 안됐다는 표정으로 점장을 향해 자그마한 가죽 주머니를 던져 주는 것이었다.

"이거 가지고 빨리 신전으로 달려가거라. 그 돈이면 팔을 붙일 수 있을 거다."

그들이 모두 가게 밖으로 나가자 나는 내 정체가 밝혀지든 말든 상관 안 하고 움직이려고 했다. 그런데 나보다 먼저 움직이는 이들이 있었으니, 지금까지 두려움에 어찌할 바를 모른 채 바들바들 떨고만 있던 점원들이었다.

두 명이 가게 문과 창문들을 모조리 닫아 밖에서 힐끔힐끔 안을 들여다보던 구경꾼들로부터 시선을 차단하자, 한 점원은 재빨리 점장에게 달려가 급한 대로 자신의 앞치마를 찢어 지혈을 시켰다. 그리고 나머지 점원은 여전히 피 웅덩이 속에서 점점 꿈틀대며 힘을(?) 잃어가는 팔뚝을 잡아 챙겼다.

"여기!"

언제 안으로 들어갔는지 다른 점원이 안쪽에서부터 깨끗한 수건을 가지고 달려오자 팔을 챙긴 점원이 그 안에 잘 싸놓는 것이었다.

"마차가 왔습니다."

고개를 돌려보니 뒷문 쪽에서 부지점장이 달려오고 있었다. 아까 귀족 무리가 있을 때 슬그머니 사라진다 싶더니만, 이런 일을 대비하고 있었던 모양이다.

달려온 부지점장과 점원 한 명이 양쪽에서 지점장을 부축하고, 다른 점원이 깨끗한 수건에 싸인 팔을 챙겨 들고는 황급하게 가게 뒷문으로 나갔다. 그리고 나머지 점원들이 잽싸게 가게 안에 있던 핏자국들을 지우기 시작했다.

그러한 신속하고 나무랄 곳이 전혀 없는 동작들에 입만 떠억 벌리고 있던 나는 한참 후에야 고개를 끄덕일 수 있었다.

'허, 이거야 원… 정말 신속하잖아? 이들이 누구라는 걸 깜빡하고 있었어.'

아무래도 아까 귀족 일행이 있을 때 두려운 표정으로 바들바들 떨던 건 모두 연기였던 모양이다. 그들이 사라지자마자 점원들이 언제 그랬냐는 듯 침착한 표정으로 움직였으니 말이다.

그들의 모습에 나는 지점장을 크게 걱정할 필요가 없다는 것을 깨닫고는 그나마 좀 가벼워진 마음으로 소피가 선애를 옮긴 윗층으로 올라갔다.

선애는 사무실의 기다란 소파에 곱게 누워 있었는데, 소피가 칠 때 힘을 조금만 줬는지, 내가 다가가자 마악 정신을 차리고 있었다.

"끄으응……."

[괜찮냐?]

슬며시 말을 걸자 한쪽만 실눈을 떠 날 바라보던 선애가 한숨을 쉬더니 부스스 몸을 일으켰다.

"도대체, 내 뒤통수 때린 사람이 누구야?"

그러자 소피가 즉각 선애가 앉은 소파 앞으로 와 무릎을 꿇고 머리를 숙이는 것이었다.

"죄송합니다. 벌을 내리시면 달게……."

그렇게 마악 소피가 사과의 말을 하려고 하는데, 선애는 갑자기 무슨 생각이 떠올랐는지 벌떡 일어서더니 거의 고함을 지르다시피 소리쳤다.

"그보다, 지점자앙~ 지점장, 지점장은 어떻게 됐죠? 소피, 지점장은?"

갑작스러운 선애의 행동에 놀란 소피는 벙~ 찐 얼굴로 선애를 바라만 보고 있다가 선애가 그녀를 향해 매서운 눈길을 보내자 그제야 쿡하고 웃었다.

"소피, 지금 웃음이 나와요? 지점장 씨가 어떻게 됐냐니까?"

여성스럽게 살짝 주먹을 말아 쥔 손으로 입가를 가리며 쿡쿡 웃던 소피가 얼른 웃음을 그치고 정 자세를 취하며 대답했다.

"아, 죄송합니다. 지점장님은 부지점장님께서 옮기셨습니다. 지금쯤 치료를 받고 계실 겁니다."

"치료?"

선애가 고개를 갸웃하다 인상을 딱딱하게 굳혔다.

"치료라뇨?"

[그게… 결국 그 빌어먹을 계집애의 지시에 따라 기사 놈이 오른쪽 팔을 잘랐거든. 팔꿈치 밑을 이렇게…….]

소피 대신 내가 잘린 부근을 반대쪽 손으로 가리키며 말하자 선애의 눈초리가 살벌해졌다.

"팔을… 잘랐어? 그 계집애가? 왜 아무도 안 말렸지?"

'아무도'라고는 말하지만, 아마도 그건 나를 가리키는 말이었다. 선애의 매서운 눈초리에 나는 머쓱해져서 머리를 긁었다.

[아니, 그게… 내가 미처 나서기 전에 그래서…….]

차마 선애 너에게 한눈파는 사이에 그랬다고 말하기 어려워서 그렇게 둘러댔다. 그사이 소피도 황급히 이야기를 늘어놨다.

"선애님, 분하시겠지만 참으셔야 합니다. 저희는 평민, 귀족에게 정면으로 대들었다가는 오히려 역효과가 날 뿐입니다."

"그렇다고 팔 자르는 걸 가만히 둔단 말이에요?"

선애가 분노에 찬 목소리로 묻자 로어가 나섰다.

"어쩔 수가 없습니다. 그들은 귀족이고, 우리는 평민이니까요. 법에도 귀족은 합당한 이유가 있다면, 평민에게 즉결 처분을 내릴 수 있다고 나와 있습니다. 목숨까지 빼앗을 수는 없지만요."

"뭐라고요? 도대체 누가 그런 황당하고, 어이없고, 쓸모없는 법을 만들었답니까?"

"귀족들이지요. 이 나라에서 법을 만드는 건 귀족들이니까요."

체념이랄까, 서글픔이랄까… 하여간 그러한 감정을 담은 착 가라앉은 소피의 대답이 분노로 가득찬 선애의 머리 속을 차분하게 가라앉혀

준 모양이었다.

"여긴, 계급 사회랍니다."

그리고 뒤를 이은 로어의 말에 이를 한 번 빠드득 간 선애는 뒤를 휙 돌더니만 오른발을 치켜들었다.

"이 @@@@ 하고 ##### 하고 &&&&&& 할 놈드ㅇㅇㅇㅇㅇ을~!!"

한동안 소파를 사정없이 짓밟으며 고함을 지르던 선애는 결국 지쳤는지 그나마 울분이 풀린 표정으로 헥헥거리며 자신이 짓밟던 소파에 주저앉았다.

그 모습을 버엉~ 찐 표정으로 바라보던 사무실 사람들이 픽픽 웃으며 슬그머니 고개를 돌렸고, 소피와 로어만이 그 옆을 지켰다.

"분이 풀리셨습니까?"

잠시 선애가 숨고르길 기다린 로어가 묻자 늘어진 채 숨을 고르던 선애가 벌떡 일어났다.

"이 정도 가지고는 임시 방편일 뿐이에요. 확실하게 기분 풀고 와야겠어요. 그러니 그동안 나머지 일은 로어가 알아서 해주세요. 소피, 나 가요."

왠지 팔까지 걷어붙이는 것이 뭔가 단단히 결심한 모양이다.

"예? 아, 예."

소피는 당황한 얼굴로 있다가 선애가 먼저 척척 걸음을 옮기자 얼른 그 뒤를 좇아가기 시작했다.

[도대체 뭘 하려고?]

나도 선애의 뒤를 좇아가며 묻자, 선애가 이를 빠드득 갈더니 앙다물었다.

"감히 날 건드리다니… 이 대가는 반드시 받아내고야 만다. 흥, 두고 보라지!"

선애의 표정을 보자니, 어째 내가 고달파지게 될 것만 같은 기분이 들었다.

대략 한 시간 정도 지난 뒤, 선애는 고급스러운 찻집에 앉아 있었다. 한국에 있었다면 복고풍 인테리어라고 일컬어졌을 듯한, 일명 엘레강스 스타일로 꾸며져 있는 곳이었다. 머니가 많은 사람들이 드나드는 곳이라 그런지 각 좌석은 멀찍이 떨어져 있었고, 각각의 자리에는 우아한 칸막이로 막혀 있어 프라이버시 보호는 확실하게 되어 있었다.

그중 한 자리에 앉아 주문한 치즈 케익과 시원하고 달콤한 과일 주스를 받아 든 선애가 마악 흐뭇함과 기대 어린 표정으로 치즈 케익 한 조각을 떠먹으려고 할 때였다.

[야, 왔다.]

"응?"

내 말에 고개를 든 선애는 자신의 눈앞까지 다가온 사람을 발견하고는 살짝 인상을 찡그렸다. 예의 그 야비해 보이는 미소를 띤 척 플래밍이 선애의 맞은편에 앉고 있었던 것이다.

"여, 많이 기다렸지?"

한 손을 들어 보이며 반갑다는 듯 인사를 건네는 그의 모습에 선애는 더 더욱 인상을 찡그렸다.

"그거참, 황송하옵게도 직접 납셔주셨군요."

살짝 비꼬는 선애의 어조에도 척 플래밍은 싱글싱글 웃을 뿐이었다.

"장기 고객 서비스 차원에서 말이지."

"서비스라면 아주 잘생긴 남정네가 나와서 맞아주는 게 더 좋은데 말이죠."

선애가 포크로 떠냈던 케익 조각을 거칠게 입 안에 넣어 씹으며 말하자 그가 하하 웃었다.

"그렇다고 아무나 내보낼 수 있나."

"쳇……."

그의 말을 대놓고 혀를 차던 선애가 문득 진지한 표정을 짓더니 물었다.

"지점장은 어떻게 되었어요? 그쪽에서 데리고 간 것 맞죠?"

선애의 물음에 척은 선선히 고개를 끄덕였다.

"다행히 늦지 않았다고 하더군. 거기다 응급조치도 잘해서 상처도 악화되지 않았고 말이야. 덕분에 팔은 무사히 붙었다고 하더군. 단지 피를 너무 많이 흘려 쇼크를 좀 받아서 며칠은 푸욱 쉬어야 한다더군."

척의 말에 선애는 가슴에 한 손을 올리고는 길게 안도의 한숨을 내쉬었다. 어지간히도 긴장하고 있었던 모양이다.

"아아, 정말 다행입니다. 며칠이 뭡니까? 다 나을 때까지 푸욱~ 쉬어도 괜찮다고 전해주세요."

선애의 말에 척이 풋 하고 웃었다.

"뭐야, 그건? 어째 그만두라는 이야기 같다?"

"에? 으음, 사실 이번 일로 더 이상 일하고 싶지 않다면 그러라고 해주고 싶어요. 그런 일을 당했는데 계속하고 싶겠어요?"

척이 은근슬쩍 장난스러운 어조로 말했지만, 선애가 여전히 진지하게 말하자 그제야 척도 장난기를 지우고 진지한 표정으로 말했다.

"걱정 마. 우리는 약하지 않다. 맨 밑바닥에서 잡초처럼 끈질기게 버텨온 사람들이야. 이 정도의 일 가지고는 꿈쩍도 하지 않아."

처음 정보 길드의 바탕이 된 자들은 그의 말 그대로 맨 밑바닥에 있던 사람들, 즉 하류층 인생들이었다. 작은 여관이나 식당, 술집을 운영하는 사람들은 그나마 형편이 좀 나은 사람들이었다.

술집에서 남정네들을 상대하는 여자들이라든지, 길에서 영업 마차를 끌고 다니는 마부라든지, 소매치기, 좀도둑, 거지, 뒷골목의 깡패 등등 사람들로부터 동정이나 경멸, 업신여김을 받던 사람들이 더 이상 힘없이 당하지 않기 위해 모이고 모여서 무리를 이루고, 그중 특출난 사람이 나타나 체계적인 조직 체계를 갖추어 이만큼까지 성장한 것이었다. 그러는 동안 얼마나 많은 조직 사람들의 피와 땀과 눈물이 흘렀겠는가.

그런 그들의 저력을 말하는 척 플래밍의 얼굴에는 자부심과 긍지가 뚜렷하게 나타나 있어 선애 또한 자기도 모르게 자세를 바로 하고 고개를 끄덕였다.

"예, 알고 있습니다."

선애의 태도가 마음에 든 듯 척이 만족스러운 표정으로 고개를 끄덕였다.

"좋아. 그런데 왜 부른 거지? 설마 지점장의 상태를 물어보려고 호출한 건 아닐 테고……."

척이 본론으로 들어가자 선애가 아까의 일이 떠오른 듯 빠드득 이를 갈며 대답했다.

"오늘 왔던 그 싸가지네 집안 좀 가르쳐 주세요."

"뒤집어엎게? 그 집안은 중앙 귀족 중에서도 제법 세력이 있는 곳이야. 그러한 집안을 무너뜨릴 수 있을 만한 정보는 1급에 속해. 게다가 그러한 정보를 안다고 해도 그걸 이룰 수 있는 힘이 있어?"

척의 말에 선애가 아주아주 기분 좋게 비웃음을 띠었다.

"훗, 너무 앞서가시는군요. 플래밍 씨의 말씀대로 전 그 집안을 무너뜨릴 만한 힘은 없습니다. 그렇다고 이번 일을 그냥 넘어갈 수는 없는 일이니, 최소한 오늘 일에 대한 대가는 받아낼 생각입니다."

"호오, 그런가? 어떻게?"

"그렇게 대단한 집안이니 보물 정도야 있겠죠? 게다가 중앙과 줄을 대기 위하여 돈 있는 지방 귀족들이 바친 재력도 상당할 테구요. 여기 수도 저택에 있는 보물과 그 위치, 그리고 그곳을 둘러싸고 있는 경비 체계에 대한 정보를 원해요."

선애의 말에 척이 잠시 생각하는 표정을 짓더니 입을 열었다.

"흠, 그건 2급이 넘어가는걸? 게다가 그걸 해낼 인재까지 찾아달라고 하는 건 아니겠지?"

"그건 이쪽이 알아서 해요. 그리고 2급이 넘어간다면… 저택에서 얻은 보석을 대가로 드리지요."

그 말에 척이 피식 웃었다.

"이런이런, 삼키기 힘든 음식은 우리에게 떠넘기는 건가? 그리고 대가를 치렀다고 생색을 내려고?"

"내가 삼키기 힘들다고 그쪽에서도 못 삼킨다는 건가요? 실망인데요. 그 정도도 못한다니… 못한다면 관두시지요."

척의 엄살에 선애가 어깨를 똑바로 쭈욱 편 자세로 살짝 눈을 내리깔고는 노골적으로 비웃으며 말하자 척이 쿡쿡 웃었다.

"도발하는 게 너무 어설퍼. 다른 녀석에게 그랬다가는 금방 속셈이 들통 나겠는걸?"

마치 귀여운 동생, 아니, 재롱떠는 손자를 바라본다는 시선에 선애가 자존심 상했는지 비웃는 태도와 표정을 금방 지우고는 인상을 썼다.

"됐네요. 당신, 완전 잘났어요. 우쒸, 잘나서 좋겠네요."

'이거, 이거, 돌아가면 또 열받아서 방방 뜨겠군.'

그렇지 않아도 지금 열받아서 죄없는 치즈 조각 케익만 포크로 사정없이 찔러 대고 있었다. 그걸 척이 그냥 고이 넘어갈 리가 없었다.

"어이, 괜히 죄없는 케익에 화풀이하지 말고… 먹는 거 가지고 장난치면 벌받아."

"먹을 거예요. 우쒸, 아는 거 많아서 먹고 싶은 것도 많겠네요."

"어, 잘 아네? 나, 좋아하는 음식 많은 거 어떻게 알았어?"

선애의 비꼬는 말을 무지무지 즐겁게 받아들이는 척을 선애는 매섭게 노려봤다.

"재밌어요? 퍽도 재밌겠네요?"

"아하하하! 그렇게 화내지 말고… 알았어. 그 정도의 정보는 소유하고 있으니 며칠 내로 잘 정리해서 보내줄게."

"쳇쳇."

척의 달래는 말에도 선애가 제대로 대답을 안 하고 모른 체하자 척의 얼굴에서 미소가 좀 더 진해졌다. 그래 봤자… 야비해 보였지만 말이다.

"어어, 많이 삐졌나 보네? 그만 풀어. 내가 그 케익하고 음료수 사줄 게."

"됐거든요?"

"허, 음료수 하나 추가해 줄까?"

"아, 됐다니까요."

선애가 고개까지 팩 돌리며 차갑게 말하자 척이 어깨를 으쓱했다.

"그렇게 사양하니, 그럼 관두지 뭐. 돈 굳어서 잘됐네."

너무나 시원하다는 표정으로 대답하니 괜히 열받아서 거부만 하던 선애가 바보가 된 느낌이었다.

'이 자식… 벨타이거 녀석과 비슷한 거 같지만, 확실하게 그보다 한 수 위인걸.'

그의 표정에 선애는 다시 한 방 먹었다는 표정이 되었다. 너무 뺐 나… 하는 후회도 보였지만, 이제 와서 사달라고 할 수는 없었다. 그렇 다고 그냥 넘어가기가 무지 분했는지 선애가 화난 어조로 입을 연다.

"우쒸, 너무 치사하고 비열하다고 생각 안 해요?"

"아하하하, 이왕이면 지극히 냉정하고 이성적이라고 해줘."

"전혀 그렇다고 느껴지지 않거든요. 엄청 비열해요."

"호오, 그런데 왠지 그 말이 내게는 칭찬으로 들리는걸?"

"칭찬 아니거든요? 의원에게 가서 귀 검사를 받아보시는 게 어떨까 요?"

"얼마 전에 받아봤는데 모두 다 건강하대. 걱정해 줘서 고마워."

그의 매끄러운 언변에 선애는 괜히 죄없는 이만 빠드득 갈 뿐이었 다. 아무래도 자신이 뭐라고 해봤자 이 상황에서 승기를 잡지 못할 것이라는 걸 깨달았나 보다.

　'역시… 벨타이거는 물론이거니와, 선애보다도 한 수 위야. 그나저나… 이 세계에 치과가 있으려나? 너무 이를 갈아대서 왠지 상태가 안 좋을 거 같은데……'

　그날로부터 사흘 후, 선애는 소피로부터 한 뭉치의 서류를 받아볼 수 있었다. 그건 물론 얼마 전 가게에 와서 행패를 부리고 간, 그 구워 먹고 튀겨 먹고 훈제해 먹어도 시원치 않을 귀족가의 철없는 계집애네 집안에 대한 것이었다.

　"어디 보자. 오호라, 그 지지배가 후작 집안의 영애였어? 캐링턴 후작가라… 아, 그런데 후작이면… 꽤 높은 거 아닌가? 귀족 중에서도 공작 다음이잖아?"

　선애는 가게 측에서 마련해 준 자신의 숙소로 와서 나와 둘이서 서류를 읽고 있었다.

　[뭐, 여기는 이 나라의 수도니까. 후작이 있다고 해도 하등 이상할 게 없지. 왕도 있는데 뭘…….]

　"그거야 그렇지만… 왠지 백작이나 남작들이야 만나도 그런가 보다… 하겠는데, 후작이라니 좀 놀랍다. 이 사람들은 완전 딴 차원의 세계 사람들 같은 느낌이었거든. 평생 가도 한 번 만나기 힘든 그런 사람들 말이야."

　[뭐어… 그래도 중앙 귀족들이 있는 곳에 후작이 빠질 리가 없잖아.]

　"나도 머리로는 알고 있었어. 단지 느낌이 그렇다는 거지. 어디 보자… 오호라, 이 후작가가 루빈스타인 후작가와 사돈지간이라는군."

[호오, 루빈스타인 후작가와? 하기야… 귀족들은 정략결혼 같은 거 많이 하잖아? 보통 한 다리 건너보면 다 사돈에 팔촌 아닌가?]

"그건 그런데… 왜 그 지지배 있잖아? 환타인지 미란다인지 하는……."

[아아, 너를 함정에 집어넣으려고 했다가 된통당하게 만들어준 애? 갑자기 그 녀석은 왜?]

"그 지지배하고, 그 지지배 오빠인 그 차갑게 생겨 가지구 잘난 체하는 녀석, 그 두 사람의 어머니가 이 후작가 사람이라는군. 지금의 캐링턴 후작 동생이래."

[오오, 이거야말로 정략결혼이로구만? 꽤 세력있는 두 집안이 정략결혼을 통하여 더 더욱 세력을 넓힌다, 이건가?]

"그건 아닌가 봐. 정보 길드의 보고에 의하면, 이 두 후작가 사이가 별로 안 좋은 사이였대. 그러다가 전대 후작들이 그만 싸우자고 화해하는 식으로 자식들을 정략결혼시켰나 봐."

[흠, 그렇다고 금방 사이가 좋아지려나? 아무래도 그냥 딸내미를 희생시킨 거 같은데?]

"그런 거 같아. 아, 혹시 그랜트 녀석이랑 미란다 녀석, 혹시 부모님 사랑을 못 받고 자란 거 아냐? 그래서 그 지지배가 그렇게 삐뚤어졌다든가……."

[보고서에 그런 것도 나오냐?]

"응? 아니, 이건 그냥 내 생각. 여기는 캐링턴 후작가에 대해서만 나오니… 그랜트와 미란다는 이름만 언급되어 있어. 현 후작의 동생이 그 집으로 시집가서 두 아이를 낳았다… 라는 식으로."

[헤, 그래?]

"응응. 이거 후작가가 가지고 있는 보물에 대해서만 알려달라고 했는데 간단한 인적사항까지 같이 보내왔네. 그런데 제법 재밌네. 루빈스타인 후작가에 대한 것도 보내달라고 해볼까나?"

이 세계에 온 후 한국에서 즐기던 모든 오락거리, 즉 만화책이라든지 인터넷 등등을 한꺼번에 잃어버린 선애로서는 오랜만에 보는 흥미로운 이야기였는지 눈을 반짝반짝 빛내고 있었다.

하기야, 남의 집안 이야기만큼 재미있는 이야기가 어디 있겠는가? 특히나 프라이버시에 가까운 이야기들… 그래서 가십 기사가 그렇게 인기있는 거다.

[뭐, 나중에 그러든지. 하여간 그 집에서 가지고 있는 보물이 얼마래?]

"아아, 잠시만 기다려 봐. 여기 있네."

[어디, 어디…….]

수도에 있는 캐링턴 후작가 저택에 보관 중인 많은 재물들 중 가장 가격이 높은 것은 캐링턴 후작가 대대로 내려온 몇몇 가보들 중 하나라고 한다.

대부분 후작가의 영지에 있는 본 성에 보관되어 있는 모양이지만, 이것만은 무슨 이유인지 몰라도 후작이 수도 저택으로 가지고 왔다고 한다. 아마 후작이 그것을 끔찍하게 아끼기 때문이 아닌가 하고 조심스러운 추측이 곁들여져 있었다. 그도 그럴 것이, 이 대대로 물려 내려왔다는 가보는 엄청나게 비싼 보석으로 만들어져 있다고 하니 말이다.

그것은 한 쌍의, 손등만 가려주는 형태의 보호구라고 했다. 여러 가지 마법 기능이 덧대어져 있는 모양이지만, 그 자세한 기능까지는 정확하게 알아내지 못한 모양이었다. 게다가 그 손등 장갑 전체가 미스릴로 되어 있다고 한다.

미스릴은 이 세계에 와서 알게 된 금속인데, 산재량이 적은데 효용가치가 무척이나 높아 엄청나게 비싼 물건이라고 한다. 거기다가 이 금속은 다루기가 힘들어서 드워프를 제외하고는 제대로 다룰 수 있는 장인을 찾아보기 힘들 정도로 까다로운 금속인데, 일단 만들기만 하면 그 자체로도 엄청나게 아름다운 것은 물론이거니와 뛰어난 강도까지 자랑한다고 들었다.

그리하여 보통 장신구처럼 위장된 보호구, 아니면 무기로 많이 사용되는 금속이라고 했다. 특히나 마법을 잘 받아들이고 오래 유지시키는 등의 마법과 상성이 잘 맞는 금속이라, 마법 물품을 만들 때 많이 사용되는 모양이었다.

그런 금속으로 만들어졌다는 것만 해도 엄청나게 비싼데, 그 장갑 가운데에는 강도를 높이기 위함인지, 아니면 미적 감각 때문인지, 아니면 그 두 이유 모두를 위함인지, 커다란 핑크 다이아몬드가 박혀 있다고 한다.

나는 한국에서 살 때도 서민으로 살았기 때문에 핑크 다이아몬드는 커녕 1캐럿짜리의 다이아몬드도 실제로 본 적이 없었다. 여기에 와서 벨타이거 녀석이 선애에게 선물 사준다고 보석점에 데리고 갔을 때 처음으로 봤지. 아, 어쩌면 한국에서 좀 더 살았다면 결혼을 해서 결혼반지로 다이아몬드 반지를 받았을지도…….

그러한 신세는 선애도 같았기에 울 꼬맹이는 핑크 다이아몬드라고 하니까 뭔지 감을 잘 잡지 못한 모양이지만, 나는 들은풍월이 있어서 대충 알고 있었다.

사람들은 대게 다이아몬드는 투명한 색인 줄 알지만, 그중 아주 희귀하게 안에 분홍색이 나는 다이아몬드가 있다고 한다.

희귀하니까 당연하겠지만, 보통 투명한 다이아몬드보다 몇 배나 비싸다. 이 다이아몬드가 얼마나 비싸냐 하면, 한국의 보석 상계에서는 구하기 힘들 정도라고 한다.

내가 한국 사람이기 때문에 스스로 이런 말을 하면서도 기분 나쁘지만, 한국에 들여오는 거라고는 1캐럿도 안 되는, 그것도 흠이 나서 가격이 엄청나게 다운된 것만, 그것도 어쩌다 가아아아아~ 끔 들여올 정도란다.

그러니께 이 핑크 다이아몬드란 보석은 내가 살았던 21C에서도 세계적으로 손꼽는 대부호들께서나 소지할 수 있었지, 보통 사람은 쉽게 보지도 못하는 물건이었던 것이다. 마치, 이 세계의 드워프제 물품 중에서 상등급 물품이라고나 할까?

그런 핑크 다이아몬드께서 박혀 있다고 하니 솔직히 나로서는 그 물건의 가치를 짐작할 수도 없었다. 어마어마하다는 건 알겠는데, 내가 짐작할 수 있는 차원을 넘어섰다고나 할까?

"하여간, 비싸다는 거지?"

핑크 다이아몬드를 잘 모르는 선애에게 내가 아는 이야기를 해주자, 그걸 다 듣고 있던 선애가 한마디로 결론을 내버렸다.

[뭐, 그게 정답이지.]

"좋아, 그럼 이거하고… 으음, 여기에 의하면 저택에는 돈이 몇 군데

로 나누어 분산되어 있는 모양이야. 아무래도 후작가 사람들이 당장 쓸 거, 보관할 거, 이렇게 나누어놓은 모양인데?"

선애의 말에 나는 인상을 찌푸렸다.

[어이, 어이, 설마 그걸 다 가지고 오라는 건 아니겠지?]

"설마… 내가 그렇게 바보인 줄 알아? 그러기 힘드니까… 가장 큰 돈만 가지고 와."

[가장 큰 거?]

"응. 저택을 운영하기 위한 자금과 비상시를 대비한 비상금 등은 후작과 집사가 관리하는 금고에 모아두는 모양이야. 그거 하나면 충분하다고 생각해. 후작 저택의 약 1년 정도의 예산이라고 추정하니까. 팔 하나에 1년치 예산 정도면 적당하지."

[하나니까 1년치냐? 그럼 2개면 2년치?]

"그렇지."

[참… 단순한 계산법이구나. 그럼 그 장갑인지 뭔지 하는 가보는?]

"그것도 몰라? 당연히 이자지."

[그거… 후작가 1년치 예산보다 비쌀 거 같은데, 아니, 비슷하려나? 나도 개념이 안 잡히니…….]

"괜찮아, 그 정도는 받아내도. 그렇다고 그 집이 파산하겠어? 어쨌든, 여기에 쓰여진 경호 수위를 보니 아무래도 언니라도 빼내 오는 건 좀 힘들겠… 윽……."

[왜?]

눈으로는 계속 서류를 읽으면서 나와 대화를 하는 신기를 선보이던 선애가 갑자기 멈칫 하더니 인상을 북 썼다.

그 모습을 보아하니 예측이 된다. 아무래도 척 플래밍이 몇 가지 충고를 써준 거겠지…….

"그 녀석 메모……."

'역시나.'

[뭐라고 썼는데?]

"마법 물품이 필요할 거래. 원한다면 원산지 가격으로 구해주겠다는군. 필요없다고 할까?"

선애의 말에 선애가 다 읽고 건네준 서류를 받아 읽고 있던 나는 슬며시 고개를 내밀어 선애가 읽고 있는, 척 플래밍이 써준 메모를 바라봤다. 거기에는 그가 필요하다고 예상한 마법 물품 목록과 그에 대한 간단한 설명까지 쭈욱 써 있었다.

[음, 난 필요할 거 같아. 최소한 마법 가방은. 많은 양이 들어가도 무게는 적게 느껴진다니… 나, 또 저번처럼 여러 번 왔다갔다하기 싫다.]

"그래? 그럼 이거하고… 음, 재운다는 마법 스크롤인지 뭔지도 필요할 거 같지? 또 가보에 추적 마법을 붙여뒀을 테니 그거 해제 마법 스크롤하고… 젠장, 아무래도 그 녀석이 쓴 거 다 사야 할 거 같잖아?"

선애는 인상을 북북 쓰며 투덜댔지만, 솔직히 나는 척 녀석이 감탄스러웠다.

'뭐, 이래저래 선애를 데리고 노는 것 같지만, 그래도 그놈 꽤 친절하잖아?'

마법 물품은 여전히 비쌌다. 착실히 돈을 받아내며 정보를 제공해주는 마당에 마법 물품을 서비스랍시고 공짜로 주는 것이 아니었기 때문에 그 모든 걸 다 사려니 꽤나 큰돈이 들었다. 그나마 사다 주는 수고비까지 안 받는 걸 다행으로 여겨야 하려나? 그래도 선애로서는 또 한 번 큰돈을 털리는 일이었기에, 어지간히도 인상을 북북 써댔다.

스크롤들이야 모두 일회용이라 좀 싼 걸로 사고 싶었는데, 싼 것은 불량품이 많아서 작동하지 않거나, 아님 엉뚱한 효과를 일으킬 수 있다는 친절한 충고를 들었다. 그래서 확실하게 하기 위하여 좀 더 비싼 가격의, 마법사 길드의 인증을 받은 정품들을 샀고, 마법이 걸린 배낭은 이번 한 번만 사용하기에는 아까운 일이라 제일 괜찮은 걸로 사느라 돈이… 생각보다 더 많이 들어갔다.

수도라 그런지 그런 물품을 빠르게 마련할 수 있었지만, 내가 본격적으로 행동을 개시한 것은 그로부터 일주일이 지나서였다.

그 이유는 우리가 계획을 다 세운 다음날 날라 온, 이번에 수도에 줄을 대고 싶어하는 지방 귀족들께서 또 한 아름의 재물을 가지고 올 거라는 제보 때문이었다.

중앙 귀족 중에서도 세력이 제법 있다고 알려진 후작에게 받칠 뇌물인데 어련히 준비를 잘하지 않았겠는가?

예상을 훨씬 상회하는 지출에 선애는 처음 단 1년치 예산만 가지고 오려던 계획을 모조리 백지화시키고, 가지고 올 수 있는 만큼 몽땅 다 가지고 오기로 방침을 바꿨다. 그런 선애가 지방 귀족이 가지고 올 뇌물을 놓칠 리가 없었기에, 며칠 안에 움직이려 했던 행동 계획들이 모조리 일주일 뒤로 미뤄졌던 것이다.

드디어 디데이날, 아직 동이 트지도 않아 깜깜한 이른 새벽, 만반의 준비를 갖춘 내가 마법 배낭을 메고 창문을 열자 선애가 졸린 눈을 비비며 배웅했다.

"언니, 잘 갔다 와."

[오냐. 너도 제 시간에 마중 나와야 한다.]

"응응. 부디 많이많이 가지고 와."

[오키.]

일을 벌이는 시각은 저녁이었다.

캐링턴 후작은 매일 저녁을 먹고 하루 일과를 마감하기 전 그 가보를 꼬옥 눈으로 확인하고, 감상하는 버릇이 있다고 한다. 아무래도 그 가보가 그만큼 굉장한 아름다움을 가지고 있는 모양이다.

그가 그런 감상을 할 때는, 당연하겠지만, 아무도 그 장갑을 보관하는 금고가 있는 후작의 서재 근처에 얼씬도 하지 못했다. 그때가 바로 내가 노리는 시각이었다.

금고가 보관된 곳은 그 서재 안에서도 중요 서류나 물품을 보관하는 방이라고 했다. 그 방은 창문이 하나도 없었기에 들어가기 위해서는 오로지 후작의 서재와 통해 있는 입구를 이용해야 한다.

뭐, 내 몸 하나 들어가는 거라면 하등 상관이 없지만, 문제는 그 가보라는 장갑을 가지고 나와야 하니 어쩔 수 없이 그 입구를 이용해야만 했던 것이다.

그런데 그 입구란 것이 서재 안에 들어가자마자 '입구는 여기입니다' 라고 말하듯 나무 문이 떠억 하니 나 있는 게 아니었다. 중요 물품만 보관하는 방이라 모든 사람들에게 알려진 곳이 아닌 숨겨진 비밀방이었기 때문에, 문 또한 일반 사람들이 찾지 못하게 교묘하게 숨겨져 있었다.

일명 비밀 문. 그러나 정보 길드에서는 집요하게 추적한 끝에 그 위치를 찾아내어 선애에게 알려주었다. 그런 걸 보면 이 세상에 정말 완벽한 비밀은 없는 것 같았다.

후작의 서재 안을 차지하고 있는 많은 책장들 중 동쪽 벽에서 가장 왼쪽에 있는 책장이 바로 그 비밀의 문이었다. 그러나 안타깝게도 문을 여는 방법은 알아내지 못했다.

비밀 문은 그 문을 여는 기관 장치뿐만이 아니라 마법까지 걸려 있었는데, 그 마법은 후작이 아닌 다른 사람이 문을 열면 당장에 요란한 알람 소리가 울리며 문이 잠겨 버린단다.

그런데 바로 그 열쇠라고 할 수 있는, 무엇으로 후작인 걸 아는지를 알아내지 못한 것이다. 그렇게 사람이 들어가면 안에는 자동적으로 마법 등이 켜지는 것 외에는 다른 마법은 걸려 있지 않지만, 대신 그 가보를 보관하는 금고가 버티고 있단다.

그 금고는 열쇠와 비밀 번호가 있어야 문을 열 수 있는데, 그 열쇠는 목걸이에 연결하여 후작이 항상 목에 걸고 다니며, 비밀 번호 또한 후작만 알고 있다고 한다. 문을 여는 방법은 알아내지 못했으면서 그 방 안의 금고에 대한 건 어떻게 알아낸 건지, 원…….

그러한 철저한 도난 방지 장치로 인하여 내가 해결할 방법을 찾을 수가 없어 차라리 후작이 그 금고를 열 때를 노리려는 것이다.

후작이 그렇게 비밀의 방에서 가보를 감상할 때, 후작의 오른팔이라고 할 수 있는 집사는 그날 후작가에서 움직인 재정 결산을 한다. 그런데 우리가 디데이로 잡은 날은 낮에 후작에게 잘 보이고 싶어 하는 지방 귀족이 많은 재물을 선물로 안겨줄 테니, 그런 거 일일이 점검하고 정리하려면 아무래도 시간이 오래 걸릴 터였다. 그 정도라면 내가 가보인 장갑을 훔치고 집사가 들어가 있는, 재물이 있는 방으로 찾아가기에 충분한 시간일 것이다.

그렇게 내가 해야 할 일의 순서와 움직일 동선 등을 머리 속으로 다시 한 번 점검하며 나는 인적이 없는 대로를 날듯이 달려갔다. 그동안 디데이가 되길 기다리면서 여러 번 현장 점검 차 다녔기 때문에 너무나 익숙한 길이었다.

그리고 얼마 지나지 않아 나는 거대한 위용을 자랑하는 저택에 도착했다. 담을 타 넘어가자 곳곳에서 순찰을 도는 사병들과 기사들, 그리고 그들이 데리고 다니는 커다란 개들의 모습이 보였지만, 나는 조금도 긴장하지 않은 채 느긋하게 움직였다. 단지 허공에 둥둥 떠서 돌아다니는 마법 배낭을 보고 놀랄 사람들 때문에 그 어두컴컴한 곳에서도 더욱더 짙은 어둠을 가진 곳만 골라 다녔다.

마법 배낭에는 순찰병들이 데리고 다니는 개들이 냄새를 맡지 못하도록 조치가 되어 있어서 특수 훈련을 받았다는 예민한 개들의 코를 걱정할 필요는 없었다.

그렇게 어두운 곳만을 골라 이동해 무사히 저택에 도착하여 벽을 타고 뒷문 윗쪽에 매달려 잠시 기다리자 슬슬 날이 밝아오기 시작했다. 그리고 좀 더 시간이 흐르자 제일 먼저 일어나 아침을 맞이하는 하인, 하녀들이 활동을 하기 시작했다.

그들 중에는 부엌을 담당하는 하인, 하녀들도 있었기에 부엌과 연결된 뒷문을 열고 아침 식사 준비를 하기 시작했다. 불을 피울 장작을 들여놓고, 물을 떠오고, 싱싱한 재료들을 준비하는 등등……

그들이 바쁘게 움직이는 틈을 타서 슬그머니 안으로 들어온 나는 천장을 타고 슬금슬금 이동하기 시작했다. 스파이더맨처럼 천장에 달라붙을 능력은 없지만, 벽 속을 뚫고 들어갈 능력은 있는지라 손과 발을 천장의 면을 뚫고 들어가 거기에 매달리는 것이다.

내 몸의 무게는 전혀 느껴지지 않기 때문에 마법 배낭의 무게만 견딜 수 있다면 천장과 벽을 타고 다니는 것도 충분히 가능했다. 뭐, 그 마법 배낭도 무게를 가볍게 하는 마법이 걸려 있어 두세 개라도 거뜬하게 들고 다닐 수 있을 것 같았다.

그렇게 조심스레 천장을 타고 후작의 서재 앞까지 이동한 나는 주위를 슬그머니 둘러보다가 보는 사람이 없자 잽싸게 문을 열고 서재 안으로 들어갔다.

'자아, 그럼 이제 기다리는 일만 남았구만.'

기다림이란 참으로 지루한 것이다. 더구나 아무것도 하지 않고 무작정 기다려야 한다면 더 더욱.

'아아, 마법 배낭만 아니었으면 틈을 노릴 필요도 없었는데 말이야. 하는 수 없지. 쩌비, 이쪽 계통의 일을 하는 사람들은 아무래도 인내심이 무척 많아야 하겠구나……'

나는 비밀 문이 있는 책장 꼭대기에 걸터앉아 손으로 턱을 괸 채 지루함에 길게 하품을 했다.

'후아아아암~ 심심해라. 안 되겠어. 시간도 많으니 놀아야지.'

지루함에 온몸을 배배 꼬다 못한 나는 결국 자리를 박차고 일어나

밖으로 나갔다. 덕분에 아침 식사를 한 후 느즈막하게 왕성에 갔던 후작이 오후가 되어 집에 돌아와 미리 그를 기다리고 있던 지방 귀족들과 만나는 모습을 구경할 수 있었다.

수도로 와서 새롭게 알게 된 건데, 누군가를 방문했을 때 기다리는 시간을 계산하면 자신이 대단한 사람인지 아닌지를 알 수 있다. 오랜 시간을 기다려야 하면 자신은 상대방에게 별것 아닌 존재로 인식되어 있는 것이고, 별로 기다리지 않는다면 거의 대등한 존재, 미리 기다리고 있거나 오는 즉시 환영받는다면 상대보다 대단한 존재라는 뜻이었다.

이~따시만한 선물을 잔뜩 싸들고 와서는 사람 좋은 미소를 흘리며 후작의 비위를 맞춰주다가 차 한 잔과 약간의 다과만 얻어먹고는 시간 내줌을 감사하며 돌아서는 지방 귀족을 바라보고 있자니, 역시 사람은 힘이 있고 봐야 할 것 같았다.

그런데 지방 귀족이 돌아간 뒤 보인 후작의 태도는 정말 기가 막혔다.

자신에게 아부를 떠는 지방 귀족을 '나는 관대한 윗사람이요' 라고 말하는 듯한 표정으로, 그러면서도 약간 깔보는 느낌을 주어 힘의 우위를 확실하게 각인시킨 후작은 지방 귀족이 돌아가자 그 즉시 안면을 바꾸는 거였다.

"기가 막히는군. 이제는 내가 저런 놈들까지 일일이 만나야 하는 건가?"

지방 귀족이 돌아갈 때 자신은 배웅조차 하지도 않은 주제에, 그를 배웅하고 돌아온 집사를 보고 후작이 기분 나쁘다는 어조로 투덜댔다.

"그래도 저자는 제법 쓸모가 있는 자입니다. 원래 영지도 부유한데다가 얼마 전에 제법 탄탄한 상회의 딸자식을 며느리로 맞아들였다고 하니, 데리고 있으면 들어오는 게 많을 겁니다. 확실히 오늘 가지고 온 것들만 봐도 상당하더군요. 주인님을 처음 뵈려니 준비를 많이 한 것 같습니다."

"아무리 그래도 그렇지. 돈밖에는 별로 쓸모가 없는 놈이더구만. 앞으로도 계속 상대를 해줘야 한단 말인가?"

"조금만 참으십시오. 저자가 알아서 신나게 바치는 건 너그러이 다 받아주시는 게 좋지 않겠습니까? 그 다음 꼬투리를 하나 잡아 쳐내시면……."

"큭, 하긴… 저런 놈은 없는 게 나라를 위하는 거야."

'어라라, 이거 있는 놈이 더하다고 하더니만, 그런 계산적인 생각으로…….'

후작과 집사가 자신을 방문하고 돌아간 지방 귀족을 비웃으며 주고받는 대화를 기가 막힌 심정으로 듣고 있던 나는 결국 고개를 설레설레 저었다.

'에라이, 이 상종 못할 놈들… 아니, 어쩌면 무척 현실적인가? 싸들고 오는 거 다 받아주고 쓸모없으면 버리는 게……. 에휴, 하여간 저런 놈들이 있어서 괜히 백성들만 고생하는 거야.'

왠지 못 볼 꼴을 본 것만 같아 기분이 찝찝해졌다. 심심해서 이것저것 구경하러 나왔는데, 이럴 줄 알았으면 그냥 서재에서 책이나 볼 걸 그랬다.

그래 털레털레 서재로 돌아가는데 황당하게도 후작과 집사가 내 뒤를 따라오는 것이었다. 그 둘도 서재에 볼일이 있는 모양이었다.

'엥? 서재로 가서 버르던 책을 찾아보려고 했더니만, 하필이면 이 인간들도 서재로 가냐. 하는 수 없지. 쩌비.'

결국 나는 입맛을 다시며 발걸음을 돌렸다. 그들이 서재로 가서 중요한 이야기를 주고받을지도 모르지만, 지루하게 그런 걸 듣고 있는 것보다는 차라리 아까 지방 귀족이 가지고 온 재물을 구경하는 게 나을 것 같았기 때문이다. 마법 배낭을 서재에 두고 온 것이 좀 마음에 걸렸지만, 가장 높은 책장의 맨 위 구석에다 올려놨으니 두 사람이 사다리를 타고 위로 올라가지 않는 한 쉽게 발견하지 못할 것이란 생각에 약간의 불안함을 다독였다.

후작 저택의 보물 창고는 지하에 있었다.

'그러고 보니 죄수를 가두는 감옥도 지하에 있고, 보물 창고도 지하에 있다니, 웃기는 일이야.'

그런데 지하의 보물 창고 입구는 재미있게도 3층에 있었다. 바로 집사의 서재 안에 말이다. 보통 보물 창고 입구는 뛰어난 실력을 가진 기사나 사병들이 무기를 들고 24시간 내내 철통같은 경비를 서는 곳이라고 생각하지 않는가. 그런데 아무도 지키지 않는 서재라니, 누가 이런 걸 상상이라도 할까? 바로 이런 게 상식을 깨는 일이 아닌가 싶다.

그러나 정보 길드가 알아낸 입구가 집사의 서재라는 걸 보니 아무래도 다른 곳에 비밀 입구가 더 있을 거 같다. 왜냐하면 입구가 주인인 후작이나 그들의 혈육이 드나들기 참 불편할 거 같아서였다. 정보 길드는 그것까지는 알아내지 못한 건지, 아니면 필요가 없다 여겨져 이야기를 안 한 건지 모르겠지만 말이다.

하여간 집사의 서재에 들어가면 거기에는 다시 한 번 상식을 깨는, 당당하게 '나 문이요!'라고 말하는 듯한 짙은 흑갈색의 문이 한쪽 구석에 버티고 있다. 뭐, 일반 문보다 되게 튼튼하고 단단해 보이는데다 튼튼한 자물쇠도 달려 있지만 이렇게 쉽게 눈에 띄게 있다니, 보물 창고의 입구는 숨겨져 있을 거라 여기는 사람들이라면 '진짜 맞아?'라고 의심하지 않겠는가?

그런 문을 열면 성인 남자 두 명이 간신히 지나다닐 만한 폭의 계단이 나타난다. 마법 등은커녕 횃불 장치가 있는 것도 아니고, 빛이 들어오는 창이 있는 것도 아니라 무척이나 깜깜한데다 계단이 꽤나 가팔라 한 번 발을 헛디뎌 굴러 떨어지면 쉽게 중상을 입을 것 같았다. 그러한 계단이 나선형으로 3층에서부터 곧바로 지하까지 쭈우우욱~ 이어져 있는 것이다.

그걸 보아하니 아무래도 이 계단도 도난 방지용으로 만든 듯했다. 이 보물 창고로 재물을 가져다 놓는 것도, 반대로 가지고 오는 것도 힘들 것 같지만 말이다. 뭐, 후작이랑 후작 혈육들이야 자기들이 힘든 게 아니니 불편함 같은 건 못 느끼겠지만.

그렇게 쭈우욱~ 내려가 지하에 도착하면, 저택 지하에 있는 다른 창고와는 단절된 단 하나의 창고가 나온다. 그것이 바로 후작네 보물 창고. 입구에는 과연 보물 창고다운, 내 손 한 뼘 정도 두께의 철문이 버티고 있다. 그걸 열고 들어가면 어마어마한 보물이 바로 눈앞에 드러나는 건 아니다.

이 방은 전체적으로 3중 구조로 되어 있었다.

맨 처음 방에 들어가면 튼튼한 철로 만들어져 있고, 각각의 함에 자물쇠가 달려 있는 성인 남자의 키만한 크기의 서류철이 한쪽 벽을 꽈악 채우고 있고, 그 앞에 있는 넓적한 책상과 나무 의자 3개가 그 방을 차지하고 있었다. 이 방은 맨 처음 보물을 들여와 종류별로 나누고 목록을 작성하는 사무실 용도로 사용하는 곳이었다.

그리고 서류함 반대편에는 내가 들어온 것보다는 덜하지만 그래도 여전히 튼튼해 보이는 철문이 버티고 있다. 이것을 열고 들어가면 키 160㎝에 몸무게 50㎏의 신체 사이즈를 가진 소녀가 몸을 조금만 구부리면 충분히 들어갈 것만 같은, 나무로 되어 있지만 각각의 모서리에는 철로 덧댄 커다란 상자들이 있었다. 이것이야말로 보통 만화나 영화에 나오는, 보물 지도를 따라 찾아낸 골인 지점에 있는 보물 상자였다. 게다가 이것도 각각 자물쇠가 달려 있는 것이, 이 보물 창고에 드나드는 사람들은 엄청난 열쇠 꾸러미가 필요할 것 같았다.

당연하겠지만, 이 보물 상자 속에서는 금화와 백금화가 들어 있다. 은화는 취급도 안 한다. 이건 정보 길드에서 알려준 게 아니라 내가 직접 와서 본 사실이다.

왼쪽 벽에 쌓여 있는 상자 속에는 금화가, 오른쪽 벽에 쌓여 있는 상자 속에는 백금화가 가득가득 들어 있는데, 금화 혹은 백금화 100개씩 담긴 꾸러미가 한 상자당 100개씩 들어간다. 그러니까 한 상자에는 금화나 백금화 만 개가 들어 있는 것이다.

그런 보물 상자가 있는 창고를 지나 안쪽에 있는 또 다른 철문으로 들어가면, 그곳에는 이 보물 창고의 하이라이트가 기다리고 있었다. 하이라이트는 역시나 다른 취급을 하는지, 문에는 잠김 마법이 걸려 있어서 그 마법과 반응하는 열쇠가 아니면 절대 열리지 않게 되어 있었고, 그 안쪽에는 엄청나게 비싼 보물들이 각각의 상자에 고이고이 쌓여 보관되어 있었다.

나는 평소 내 자신이 재물욕이 별로 없는 줄 알았다. 돈이야 많으면 많을수록 좋다고 하지만, 그래도 먹고사는 데 부족하지 않을 정도로 있으면 더 욕심을 안 내는 담백한 처녀라고 생각했었다. 그런데 이렇게 소중히 고이고이 보관되어 있는 보석들을 보니까 엄청나게 욕심이 생기는 거였다. 특히나 그 얄미운 계집네 집이라고 하니까 하나도 남김 없이 싸그리 싹싹 가지고 가고 싶을 정도였다.

그러나 그건 어려운 일이었다. 게다가 내가 가지고 온 배낭에 이게 다 들어갈지도 의문이었다.

이번에 내가, 아니, 정확히 말하면 선애의 요구로 정보 길드에서 구해온 마법 배낭은 그들이 구할 수 있는 가장 뛰어난 것임에도 불구하고, 들어갈 용량이 겨우 1톤 정도였다. 금화 500냥짜리였는데도 말이다. 그보다 더 대단한 거 없냐고 했더니 하는 말이, 차라리 드래곤에게 가서 그가 만든 것을 사라고 하는 것이었다.

사실 1톤 정도를 한국 학생들이 가지고 다니는 책가방만한 배낭에 넣어 실제 무게의 1/100 정도의 무게로 가지고 다니는 건 정말 대단한 일이다. 그러나 이곳의 보물들을 보니 그렇게 대단하게 느껴지던 배낭이 순식간에 불만스럽게 느껴지는 것이었다. 사람의 마음이 간사하다 하지만, 그만큼 이곳의 보물이 아깝게 느껴지는 것이었다.

'나중에 다시 한 번 올까나?'

하지만 이번에 내가 털어 가면 도난 방지 시스템이 좀 더 강화되리라는 건 뻔한 일이다. 게다가 이런 일에는 과욕은 금물이라고 척 녀석이 선애에게 신신당부를 했었다. 한 번 성공하면 부디 그것으로 끝내라고 몇 번이나 다짐에 다짐을 시켰는지 모른다. 물론 나도 그 말이 옳다고 생각하기 때문에 이번 일로 끝낼 것이지만, 무지무지 아쉬웠다.

하지만 그런 아쉬움은 마음 저 밑으로 밀어 넣고, 오늘의 목표인 물품을 바라봤다. 목표물은 첫 번째 방, 즉 서류함과 책상, 의자가 있는 방에 놓여 있었다. 이것은 바로 오늘 지방 귀족이 가지고 온 물품이었다.

내가 갔을 즈음에는 세 명의 남자가 상자를 열고 안의 내용물을 분류하고 있었다. 이 세 남자야말로 후작과 집사에게 두터운 신임을 받고 있는 사람들로, 후작과 집사를 제외하고 이 보물 창고에 드나들 수 있는 사람들이었다. 신임을 받는다는 건 미래가 보장되었다는 말과 같겠지만, 그래도 이들을 보니 안됐다는 생각도 든다.

그 나이 많은 집사는 부하가 세 명이나 있으니 육체 노동을 하지 않을 건 분명했다. 그렇다는 건 그 좁은 나선형 계단을, 4층이나 되는 높이를, 이 절대로 가볍게 보이지 않는 거대한 상자들을 단 셋이서 옮겼다는 이야기인데 그 고생이란……

'이럴 땐 차라리 신임을 안 받는 게 나을 거 같다.'

그래도 이 보물 창고를 들어올 수 있는 이들이라도 자기들끼리만 있다면 첫 번째 방까지만 들어갈 수 있는 모양이다. 집사가 같이 있어야만—아마 집사에게 열쇠가 있기 때문일 테지만……—그 다음 방에 들어갈 수 있었다. 그러니 아마 이들은 분류하고 목록만 작성할 테고, 집사가 온 뒤에야 분류한 보물들을 안쪽 방들에 가져다 놓을 수 있을 것이다. 그리고 그 집사는 아마 저녁 식사를 마치고 후작이 서재의 비밀 방에 들어갈 때 즈음에나 여기로 내려올 터였다. 그리고 이들이 분류하고 목록 작성한 것을 일일이 대조해 보고 안쪽의, 진정한 보물 창고라 할 수 있는 곳으로 옮겨놓을 테니, 최소한 한 시간 정도의 시간은 여기서 머물러야 할 것이다. 그 정도면 나에게는 충분한 시간이었다.

'자아, 그럼 내가 가지고 갈 물건들을 구경이나 해보실까나?'

세 상자 중 한 상자에는 금화가 가득 들어 있었다. 백금화를 담았다면 1/100 분량으로 줄일 수 있는 것을, 부피는 많아 보이게 하고 조금이라도 덜 바치려고 지방 귀족이 머리를 쓴 모양이다. 덕분에 이걸 옮기는 사람들만 신나게 고생했을 거다.

그리고 한 상자에는 서대륙에서 수입하는, 척 보기에도 무척이나 고급스러워 보이는 청자, 백자 등등이 깨지지 않도록 몇 겹이나 부드러운 천으로 싸여져 들어 있었다.

'오오, 이런, 자기들이 뇌물로도 이용되는군. 이거 왠지 기분이 으쓱해지는 게……'

이게 내가 살던 한국의 자기가 아니라는 것을 알면서도 괜스레 기분이 무척 좋아졌다.

'좋아, 이 자기들은 빼야지.'

그리고 나머지 한 상자에는 각각 하나씩 포장된 보석류가 담겨 있었다. 단순히 원석만 예쁘게 가공한 보석부터 목걸이, 팔찌, 브로치 등등 액세서리로 만든 것, 거기에 화려하게 보석들로 장식된 단검, 장검 등등도 몇 자루 들어 있었다.

'뭐야? 이거 무기로 쓰라고 준 거야, 장식품으로 준 거야?'

그렇게 그 사람들이 열심히 꺼내 열어보는 것들을 하나하나 구경하는 재미로 시간 가는 줄 몰랐던 나는 덜컹~ 하고 문 열리는 소리에 퍼뜩 정신을 차렸다. 돌아보니 거기에는 아까 봤던 후작가의 집사가 서 있었다.

"그래, 목록 작성은 다 했는가?"

'헉, 이런 큰일났다. 에구구, 늦었으면 어쩌지?'

집사가 여길 들어온 것을 보니 아무래도 저녁 시간이 거의 끝날 즈음인 듯했다. 그리하여 나는 황급히 일어나 위를 향하여 달리기 시작했다.

'우아아악~ 늦으면 큰일인데……'

내가 낼 수 있는 최소한의 속도로 빠르게 달려 올라갔지만, 그래도 조금 늦고 말았다. 후작의 서재에 도착해 보니 서재에는 아무도 없는 거였다. 내가 좀 일찍 온 거였으면 좋겠지만, 아무도 없는 서재에 불이 밝혀진 것을 보아하니 절대 그게 아니었다.

'이러언……!'

비밀의 문은 닫혀 있었다. 이건 자동문이라서 한 번 열었다가 사람이 나가거나 들어오면 저절로 닫혀 잠기게 되어 있었다. 이럴 땐 바깥에서는 열쇠가 있어야만 열 수 있었다.

'에구, 에구, 큰일이다! 마법 배낭을 들고 들어가야 하는데……'

발을 동동 굴렀지만, 한 번 닫힌 비밀의 문을 열 재주가 나에게 있을 리가 없었다. 그렇다고 내일 이 시간을 다시 노릴 수는 없는 일이었기에 나는 어쩔 수 없이 빈손으로 안으로 들어갔다. 그러자 과연 비밀의 방에는 후작이 이미 들어가 금고의 문을 열고 장갑을 꺼내서 보고 있는 중이었다.

미스릴이라는 금속으로 만들어졌다고 하는데, 척 보아서는 절대로 금속으로 만들어진 것 같지 않았다. 내가 촉각을 느낄 수가 없어서 느낌으로는 알 수가 없지만, 이건 마치 은색의 실로 코바늘 뜨기를 하여 만든 것처럼 생겼던 것이다. 만약 정보 길드에서 알려주지 않았다면, 나는 이게 금속으로 만들어졌다는 걸 절대로 알지 못했을 거다.

손가락 부분과 손바닥은 나오고 손등과 손목 부분만 덮는 디자인으로, 그렇게 섬세하게 만들어진 장갑의 손등 부분에는 핑크 다이아몬드라 하는 붉은 보석이 곳곳에 박혀 있었다.

주먹을 쥐었을 때 볼록 솟아오르는 다섯 군데 부분과 손등 가운데에 있었다. 동그란 것이 아니라 마치 꽃잎처럼 위에는 둥글고, 밑으로 가면 뾰족해지는 디자인이라서 은 쟁반 위에 붉은 꽃잎이 점점이 떨어져 있는 것처럼 보였다.

그러나 단순히 모양을 예쁘게 하기 위하여 박아놓았다기보다는 손 보호대라는 걸 알아서 그런지 마치 건달들이 무기로 사용하는, 가죽 장갑에 박아놓는다는 징을 떠오르게 했다.

'하, 그러고 보니 저걸 낀 주먹으로 한 대 맞으면 꽤나 아프겠다.'

내가 뒤에서 인상을 찌푸린 채 바라보는 걸 아는지 모르는지, 후작은 무척이나 행복한 얼굴로 그 장갑을 소중하게 든 채 새하얀 비단 손수건으로 세심하게 닦고 있었다. 단순히 장갑만 들여다보는 게 아니라 저렇게 매일매일 닦아서 장갑은 티끌 하나, 얼룩 하나 없이 새것처럼 반짝반짝 빛나고 있었다. 그런데도 뭐가 부족한지 입김을 호호 불어

세심하게 닦는 모습을 보면, 이걸 얼마나 끔찍하게 아끼고 있는지 절절하게 느낄 수 있었다.

'음, 이거 잃어버리고 쇼크로 쓰러지지는 않을지 쪼끔 걱정되는구만. 쯧쯧, 당신도 딸자식 잘못 키운 벌이라고 생각하시우. 그리고 아픈 것도… 죄송합니다아… 대신 다른 건 따악 한 가지만 가지구 갈게요.'

원래 계획은 후작이 비밀의 문을 열고 들어갈 때 나도 몰래 마법 배낭을 가지고 들어가는 것이었다. 그리고 후작이 금고를 열고 가보인 장갑을 꺼낼 때 마법 배낭 안에 가지고 온 '슬립' 스크롤을 사용해 그를 잠재운 다음, 장갑과 같이 들어 있는 몇몇 보석들을 가지고 잽싸게 집사가 있을 후작 집안의 보물 창고로 달려가 그쪽도 털려고 했던 것이다.

그런데 마법 배낭을 가지고 들어오지 못했으니, 스크롤 대신 순수하게 내 힘을 사용해야 했다.

'정말 죄송해요오…….'

나는 다시 한 번 후작을 향해 꾸벅 고개를 숙여 보이고는—후작은 날 보지 못했겠지만…….—그 방 한쪽에 고이 모셔져 있는, 대략의 높이가 70㎝ 정도 되어 보이는 여성을 단순 모티브로 만든 황금 상을 집어 들었다. 여기에 고이 모셔져 있는 걸 보니 꽤나 비싼 것일 게 분명했는데, 내 손에서 임시 방망이가 되어버리다니, 이 황금 상의 운명도 참 기구했다. 그런데 가늘어서 내 손에 착 감기는데다 길쭉해서 방망이 대용으로 쓰기에는 이것만큼 좋은 게 없어서 어쩔 수가 없었다. 그 황금 상을 안타까움과 미안한 시선으로 한 번 슬쩍 본 나는 길게 숨을 들이키고는 후작의 뒤통수를 향해 강하게 휘둘렀다.

퍼억~!

쿵~!

털썩~!

'헉, 쫌… 아니… 너무 셌나 보다.'

사실 때렸다가 제대로 기절하지 않거나, 금방 깨어나면 곤란할 것 같아서 힘을 쪼까 많이 넣었더니만… 후작이 비명도 지르지 못하고 얌전히 앞으로 고꾸라진 것까지는 좋았다. 그런데 어쩐 후작의 뒤통수와 조우한 황금 상이 움푹 들어간데다 붉은 핏자국이 묻어 있는 것이… 게다가 하필 앞으로 고꾸라지던 후작이 바로 앞에 있던 금고의 모서리에 이마를 그대로 찧는 바람에 이마도 내 손가락 두 마디 정도 찢어졌던 것이다.

덕분에 이마랑 뒤통수에서 피가 줄줄…….

그 뒤에 쓰러지며 바닥에 다시 한 번 머리를 쿵~! 하고 박았으니…….

'어억, 이거… 설마 이걸로 죽지는 않겠지?

그래도 혹시나 출혈과다로 뭔 큰 사단이 일어날까 걱정이 된 나는 후작이 장갑을 닦기 위하여 가지고 왔던 비단 손수건을 찢어 길게 연결한 다음, 그의 상처가 난 부위를 돌돌 감아 묶어줬다. 하얀 비단 천에 붉은 피가 슬며시 배어 나왔지만, 그래도 피가 줄줄 나는 사태는 막은 것 같았다.

'으음, 다시 한 번 죄송합니다아아~'

그렇게 기절한 후작을 고이 잘 눕혀준 나는 다시 한 번 고개를 숙이고는 잽싸게 장갑이랑 그 장갑이 들어 있던 금고 속에 같이 놓여 있던,

내 손바닥만한 납작한 상자 하나를 아무거나 집어서 튀었다. 원래는 그 금고 상자 안에 있는 보석은 다 가지고 가려 했지만, 후작에게 저리 부상을 입혀 버렸으니 양심에 찔려서 도저히 다 가지고 갈 수가 없었던 것이다.

그렇게 계획과는 달리 단 두 가지 보물만 가지고 비밀의 방을 빠져나온—나에게는 무척이나 다행스럽게도 안에서는 열쇠 없이도 문을 열 수 있었다. 이런 게 바로 비밀의 방의 맹점이겠지?—나는 잽싸게 비밀의 문이 있는 책장 맨 꼭대기 구석에 숨겨둔 마법 배낭을 꺼냈다.

'빨랑, 빨랑……'

가지고 나온 두 보물을 던져 넣고 그 안에서 스크롤 하나를 빼냈다.

후작 서재의 창에는 날이 저물면 저절로 알람 마법이 발동된다고 한다. 지금 내가 마법 배낭에서 꺼낸 스크롤은 바로 그 알람 마법을 해제시키는 것이었다.

후작이 서재 안으로 들어가 있는 시각에는 복도나 계단마다 철저한 경계가 서게 된다고 했다. 기실, 아까 집사 서재에서 서둘러 후작 서재로 올 때 복도 모서리나 계단 중간중간에 기사들이 두 눈을 부릅뜨고 경계를 서 있는 모습과 사병들이 둘씩 조를 이루어 경계를 돌고 있는 모습을 봤다. 그런 그들이 보는 가운데 내가 서재의 문을 열고 드나들다가 들킬지도 모르기 때문에 창문을 이용하기로 한 것이다.

이들 또한 창문에 알람 마법이 걸려 있다는 걸 알 테니, 누군가가 드나들기 어려울 것이라 생각하고 마음 놓고 있을 거다. 더구나 지금은 모든 이들이 잠들기에는 이른 시각이라 창문에 대한 경계 또한 밤이나 새벽 때보다 한층 느슨해져 있을 거였다.

창문 하나를 향해 스크롤을 찢자 창문에 희미한 푸른 빛이 한 번 어리다가 슬며시 사라졌다. 그게 바로 마법이 잘 해제되었다는 표시라 들었기에, 나는 지체없이 그 빛이 생겼다 사라진 창문을 열었다. 과연 창문을 여는 데도 불구하고 아무 소리도 나지 않았다. 창문 또한 평소 얼마나 관리를 잘했는지 소리없이 매끄럽게 잘 열리는 것이었다.

'거참, 평소 관리를 잘한 게 어째 도둑에게 유용하냐? 이거, 이래도 되는 거야?'

나는 괜히 속으로 툴툴거리며 잽싸게 밖으로 나와 다시 창문을 닫고는 벽을 타고 기어올랐다.

집사의 서재 창문에도 알람 마법이 걸려 있었기에 그 앞에 도착해서는 알람 마법 해제 스크롤을 하나 더 꺼내야 했다.

창문이 잠겨 있었지만, 복잡한 자물쇠가 아니었기에 나에게는 아무런 문제될 게 없었다. 손쉽게 창문을 열고 안으로 들어선 나는 또 다른 스크롤 하나를 마법 배낭에서 꺼내 들었다.

여기 입구는 마법이 걸려 있지 않은 대신, 안에서 잠겨 있었기 때문이다. 집사가 일행과 안에 들어가 있기는 했지만, 그렇다고 명색이 보물 창고 입구인데 들어가면서 열어놓고 갈 리가 없었다.

'에휴, 스크롤이 무지막지하게 들어가는구만. 되게 편리하긴 하지만, 너무 비싸서리……'

나는 입맛을 쩝쩝 다시며 '언 락(잠긴 문을 연다)' 마법이 걸려 있는 스크롤을 찢었다. 일반 스크롤도 엄청 비싼데, 내가 들고 있는 건 마법 시동어를 읊지 않고 단순히 찢기만 하면 마법이 발동되는 거라 일반 스크롤보다 좀 더 비쌌기에 돈이 더 들었다. 하지만 어쩔 수가 없었다.

내가 말하는 걸 선애는 듣지만, 스크롤은 듣지 못했기 때문이다.

다행히 여기 들어오기 전에 스크롤이 정말 되는지 한 번 시험해 봐서 다행이었지, 아니면 큰일날 뻔했다. 시동어를 말해야만 하는 스크롤을 가지고 왔다면, 전혀 쓰지 못하고 임무(?)를 완수하지 못했을 테니 말이다. 그래도 이번 임무를 완수하면 스크롤을 사기 위하여 들어간 돈 정도야 금방 회수할 수 있을 테니, 선애도 기꺼이 자신의 재산을 턴 것일 거다.

이러한 내 내심과는 상관없이 고급 스크롤답게 찢어지자 굳건하게 닫혀 있던 문 안쪽에서 작게 '달칵' 하는 소리가 들렸다.

'좋았어. 돈 값을 하는구만.'

그렇게 열린 문을 열고 들어간 나는 마법 배낭 안에서 자그마한 수정 조각을 꺼내 들었다.

이건 1회용 마법 횃불이라고 해야 하나? 내 엄지손가락 반만한 수정이었는데, 마법이 걸려 있어서 두 번 두드리면 희미한 빛이 나게 되어 있었다. 대략 3시간 정도 빛을 계속 낼 수 있는데, 중간에 잠깐 끄려면 한 번 두드리면 된다고 하는, 참 편리한 마법 랜턴이었다.

유령이라고 하지만 빛 하나 없는 곳에서는 사방을 볼 수 없는데다, 촉각도 없어서 더듬대기라도 할 수 없는 나였기에 빛 하나 없는 깜깜한 계단을 조용히 내려가기 위해서는 필수적이었다. 내 몸 하나뿐이라면 그냥 바닥을 통과해서 밑으로 내려가겠지만, 내 등에 덴 배낭은 그럴 수 없으니 말이다.

하여간 준비해 온 모든 마법이 이 배낭 때문에 필요한 것이었다. 어두운 곳에서 촉감도 없이 그냥 가다가 마법 배낭이 벽이나 바닥에 부딪쳐 난 소리를 안에 있는 사람들이 들으면 큰일이기 때문이다. 여기는 좁은 통로가 길게 밑으로 이어져 있어 작은 소리라도 크게 울리게 되어 있어 누군가 들어오는 소리가 되게 잘 들렸다. 그걸 알게 된 후 이걸 노리고 이 통로가 만들어진 건가 싶었다.

안에 있는 이들은 밝은 빛으로 밝혀진 방에 있을 테니, 겨우 사물만 분간할 희미한 빛 정도로는 저들이 알아채지 못할 터였다. 그래 나는 안심하고 수정을 높이 든 채 빠르게 밑으로 뛰어 내려갔다.

'바쁘다, 바빠.'

이렇게 빨리 뛰어도 바늘 떨어지는 만큼의 소리도 안 나는 건 참 다행스러운 일이다.

'나, 왠지… 이런 일을 하기 위하여 태어난 거 같아. 아예 이쪽 길로 나가볼까?'

거의 날듯이 순식간에 밑까지 내려와 드디어 보물 창고 입구인 철문 앞에 도착했다. 철문은 얼마나 딱 맞게 만들어놨는지 안에 밝은 빛이 켜져 있을 게 분명한데도 밖으로는 빛 한 점 새어 나오지 않았다. 머리만 디밀고 안을 살펴보니 사람들이 분주하게 움직이는 모습이 보였다.

'호, 뇌물을 잔뜩 받친 그 지방 귀족에게 고맙다고 해야 할까나?'

하기야, 집사가 여기 들어온 뒤로 그리 많은 시간이 지나지 않았으니 그들의 일이 아직 끝나지 않았을 거였다.

위에 있는 문을 잠가놔서 그런지 철문은 잠겨 있지 않았다. 그러나 조금이라도 문을 연다면 금방이라도 들킬 것 같았다. 틈새라도 있으면 그 틈으로 스크롤만 몰래 가지고 들어와 마법을 발현시켰을 텐데, 빛 한 점 새어 나오지 않을 만큼 따악 만들어진 문이었으니 스크롤이 통과할 틈이 있을 리가 없었다. 하는 수 없이 만약을 대비하여 스크롤을 꺼내 입에 물고, 한 손으로 스크롤 중간을 잡아 언제든 찢을 수 있도록 준비를 한 후 나머지 한 손으로 조심스레 철문을 열었다.

그런데 이 철문은 제대로 관리를 안 했는지 최대한 조심스레 연다고 열었는데, 귀에 거슬리는 불협화음을 내는 것이었다.

끼이익~

거의 대화없이 작업에만 몰두하던 사람들만 있었던 터라 그 소리는 방 안에 커다랗게 울려 퍼졌다. 아니, 긴장하고 있는 내 귀에만 천둥처럼 들린 건지도 모르겠지만, 그래도 방 안에 있던 사람들의 주의를 끌기에는 부족함이 없었다.

"응?"

"뭐야?"

'이런, 제기랄… 에잇, 나도 몰라.'

그리하여 나는 조금 열려진 틈새로 얼굴만 들이밀고는 그대로 스크롤을 찢어버렸다.

방위 1m 내에 빛을 쏘인 사람들은 모조리 하루 동안 잠재워 버리는 아주 강력한 수면 마법이 들어 있는 스크롤이 쫘아악 찢어지자, 역시 제대로 돈 값을 하는지 의아한 표정으로 슬그머니 열린 문을 바라보던 사람들의 눈이 일제히 몽롱해지더니 그 자리에 푸욱 고꾸라지는 것이었다.

그런데 마침 커다란 상자에서 물건을 꺼내던 사람이 그대로 옆으로 고꾸라지는 바람에 상자에 걸려 크게 덜커덩~ 하는 소리가 난 것이었다.

"응? 무슨 소리야?"

그 소리에 안쪽에서 목소리가 들리더니 한 사람이 빼꼼 얼굴을 내미는 것이었다.

"에엑? 이, 이게 어떻게 된 거야?"

[그건 내가 하고 싶은 소리다. 넌 왜 거기 들어가 있는 거야? 젠장, 스크롤을 찢기 전에 사람 수는 세어보는 건데…….]

사람이 있다는 것만 확인했지, 몇 명인 것까지는 신경을 쓰지 않는 바람에 안에 한 사람이 들어가 있던 걸 그만 눈치채지 못했다.

'아우, 나도 참 바보 같지. 안쪽의 문이 열린 걸 보고 의심도 안 해봤단 말이야?'

안에 있던 덕에 스크롤의 빛을 쐬지 않아 마법에 안 걸린 모양이다.

그 사람이 당혹한 표정으로 밖으로 나오자 나는 마법 배낭을 바닥에 떨어뜨리고 그 사람에게 달려가며 주위를 두리번거리다 마침 커다란 상자 속에 들어 있던, 내 머리통 두 개 정도는 들어갈 상자를 발견하고는 그것을 얼른 집어 들었다.

촤르륵~

그런데 안에 금화라도 들어 있었는지, 내가 머리 위로 번쩍 들자 안에서 자갈 쏠리는 소리가 나는 거였다. 그 소리를 들은 남자가 뒤를 돌아보다가 허공에 상자가 떠 있는 걸 발견하고는 눈이 동그래지며 입이 벌어졌다. 그 남자가 소리를 지르기 직전이라는 걸 깨달은 난 두 번 생각할 것 없이 냅다 그 남자의 안면에다 상자를 던져 버렸다.

"꿰엑~!"

[우쉬, 그러게 왜 혼자 안에 있으래요?]

그 남자의 안면을 그대로 강타한 상자는 남자와 함께 뒤로 나가떨어지는 바람에 뚜껑이 열려 안에 있는 것이 좌르르~ 쏟아지며 모습을 나타냈다.

그것은 아름다운 초록색을 내뿜는 에메랄드 보석이었다. 아직 어딘가에 사용하지 않은, 단순히 원석만 예쁘게 가공한 보석들만 모아둔 것이었다.

'쩝, 아까버라. 이거 언제 다 주워 담냐고⋯⋯.'

나는 한숨을 푸욱 내쉬며 상자 면에 그대로 직격당해 벌겋게 상자 한 면의 모습이 그대로 찍힌데다 코피까지 줄줄 흘리며 쓰러져 있는 남자를 노려봤다. 그리고는 얼른 에메랄드를 쓸어 상자에 담고 배낭에 쑤셔 넣었다.

'자, 이제 빨리빨리⋯⋯.'

마침 금화와 백금화를 보관하는 창고 문이 열려 있어서 운이 좋았다.

나는 그곳에 있는 세 상자 중 보물과 보석만 담겨 있는 상자 속만 싸악 비운 채 안으로 들어갔다. 뭐, 보물과 보석을 보관하는 창고 문은 열리지 않아 조금 아쉬웠지만, 백금화를 가지고 갈 수 있다는 것으로 만족하기로 했다.

집사의 품을 뒤져 보면 그 안으로 들어갈 수 있는 열쇠를 찾을지도 모르지만, 나는 그 열쇠가 뭔지 모르기 때문에 찾으려면 꽤나 오랜 시간이 걸릴 거라 생각하고 그냥 포기했던 것이다. 게다가 그 지방 귀족이 바친 것들만 해도 꽤나 많은 양이었고 말이다.

'사람이 과욕을 부리면 안 되는 거야.'

커다란 백금화 상자 4개를 쑤셔 넣자 배낭이 꽈악 찼다는 신호가 들어왔다.

'좋아.'

시간이 많이 흐르지 않았음을 느끼며 배낭을 서둘러 어깨에 메자 배낭의 무게 때문인지 어깨에 힘이 들어가는 것이 느껴졌다. 그래도 이 정도쯤은 얼마든지 들고 펄펄 날 수 있었다.

'빨리, 빨리.'

나는 다시금 안을 둘러봐서 깨어 있는 사람이 없음을 확인한 후 서둘러 철문을 닫고 빛이 나는 작은 수정을 꺼내 든 뒤 서둘러 위로 올라갔다.

집사의 서재로 나와 문을 닫고 슬그머니 바깥 동정을 살펴보니 별 큰 소란 없이 조용했다. 아직 후작이 쓰러졌다는 걸 모르는 모양이다.

'후우, 좋았어.'

안도의 한숨을 내쉰 나는 아까 알람 마법을 해제시킨 창문을 슬그머니 열고는 벽을 타고 조심스레 밑으로 내려왔다. 그리고는 어두운 부분을 이용하여 잽싸게 달려갔다.

담벼락까지 아무에게도 들키지 않자 다시 한 번 더 안도의 한숨을 내쉰 뒤 담벼락을 타 넘어가자 얼마 떨어지지 않은 담벼락 어두운 구석에 말 한 마리가 서 있는 모습이 보였다.

그 위에는 후드를 깊숙하게 눌러 쓴 누군가가 타고 있었는데, 날 봤는지 조심스레 다가오는 거였다.

"왜 이렇게 늦었어?"

익숙한 목소리, 선애였다.

[많이 기다렸냐? 최대한 빨리 나온다고 나왔는데…….]

선애의 모습에 나는 환하게 웃으며 어깨에 맸던 배낭을 벗어 건네고 그 뒤에 올라탔다.

[마차를 타고 올 줄 알았더니만, 왜 말을 타고 나왔어?]

배낭을 건네받고 내가 올라타기를 기다린 선애가 천천히 출발하는 사이 내가 묻자, 선애가 어깨를 으쓱해 보였다.

"생각해 보니까 내가 마차를 타면 마차를 몰아줄 누군가! 필요하잖아. 남들 눈에 허공에 혼자 동동 떠다니는 배낭이 어떻게 보이겠어? 그렇다고 나는 마차를 몰 줄 모르고. 나중에 마차 모는 연습이라도 해야 할까 봐."

[에휴, 아니면 너에게만 충성할 만한 사람을 찾든지 해야겠지. 아, 그나저나 여기까지 오는데 혹시 미행은 없었냐? 오늘 거사를 일으킨다는 건 정보 길드에서 다 알 텐데…….]

내가 묻자 선애가 어깨를 으쓱했다.

"아마 날 지켜보고 있을지도 모르지. 하지만 어쩌겠어? 그들의 눈을 따돌릴 능력이 나에게는 없는데. 처음에는 어떻게 피할까, 하다가 볼 테면 보라고 생각했지. 그들이 지켜보고 있다면 혹시 위험한 일이 있으면 알아서 막아줄 테고."

[야, 그러면 너 혼자 나온 의미가 없잖아. 그럴 거면 소피라도 데리고 올 것이지.]

"에잇, 그래도 혼자 할 수 있는 한은 해보려고 했지. 쓸데없는 짓이라고 해도 말이야. 하나부터 열까지 모두 그쪽에 의지할 수는 없잖아?
이런 내 위대한 뜻을 몰라?"

　[위대하기는 무슨… 그래도 뭐, 틀린 말은 아니네.]

　"어쨌든… 돈이다, 돈. 므흐흐흐, 얼마나 가지고 왔어?"

　[가서 봐라. 가지고 올 수 있는 최대한의 돈을 가지고 왔느니라.]

　"잘했어, 언니. 푸흐흐흐흐, 내일이면 그 집안이 발칵 뒤집히겠지?"

　다음날, 선애는 소피를 통하여 척과 약속한 장소에 도착했다. 이번
에는 찻집이 아닌 고급스러운 식당이었고, 역시나 손님의 프라이버시
가 잘 보장된 곳이었다. 그곳에서 선애는 척을 보자마자 내 손바닥 두
개를 합친 것만한 나무상자를 내밀었다.

　"자, 약속한 거요."

　척은 상자를 열고 그 안에 곱게 쌓인 헝겊을 풀더니 안에 들어 있는
장갑을 확인했다.

　"호오, 이게 그 유명한 후작 가문의 가보란 말이지? 실제로 보는 건
처음이군. 그림으로 본 적은 있었지만."

　조심스레 손가락으로 만져 보며 척은 감탄스러운 어조로 말하고는
선애를 바라봤다.

　"대단한걸? 이걸 정말 가지고 올 수 있을 줄은 몰랐어."

　감탄한 빛을 여과없이 드러내며 말했지만, 선애는 시큰둥한 표정으
로 대답했다.

　"누군가가 어디에 어떻게 있는지 다 알려준 덕분이죠."

　"아니야, 그 정보를 다 알았다고 해도 가지고 오는 건 무척 어려웠

을걸?"

"한 가지 물어볼 게 있는데… 그거 1급 정보 딱 하나의 값으로 홀라당 삼킬 건가요?"

선애의 말에 척은 영문을 모르겠다는 듯한 표정으로 선애를 바라봤다.

"으응? 그게 무슨 소리야? 처음부터 후작네 집안에 대한 1급 정보에 대한 걸로 이걸 넘겨주기로 한 거 아니었던가?"

그 말에 선애는 순순히 고개를 끄덕였다.

"그랬지요. 내가 말한 걸 부정할 생각은 없어요. 단지, 정말 그럴 거냐고 물어본 거죠. 내가 처리하지 못한다는 걸 알긴 하지만, 그런 위험 부담감을 제외하고도 그것의 가치가 1급 정보 단 하나의 가치밖에 안 되는 거냐고 묻는 거예요."

선애가 그렇게 말하며 척을 빤~ 히 바라보자 척도 선애를 빠아안~ 히 바라보았다. 그러나 선애가 지지 않겠다는 듯 시선을 들리지 않고 생글생글 웃기까지 하며 계속 빠아안~ 히 바라보자 결국 척이 졌다는 듯 픽 웃으며 시선을 돌렸다.

"훗, 제법이야? 나에게 이런 싸움을 걸 줄도 알고."

그의 말에 선애는 승리의 미소를 씨익 지어 보이며 대답했다.

"헤에, 제가 이긴 건가요? 이 기쁨을 '공정해야 할 거래를 슬며시 꼬아놓으려고 했던' 누군가에게 돌리도록 하죠."

선애의 말에 척이 다시 한 번 풀썩 웃었다.

"그래, 그래. 이번에는 내가 잘못했다. 뭘 원하지?"

"글쎄요… 그거 가지고 뭘 해줄 수 있는데요?"

이번에도 선애가 배시시 웃으며 척을 바라보자 그는 천장을 한 번 보고 허탈하게 웃더니 선애를 향해 단호하게 고개를 저었다.

"그건 아니야, 선애양. 설마 나와 머리 싸움을 하려고 하는 건 아니겠지? 만약 그걸 원한다면, 정말 진지하게 임해줄 수도 있어."

척이 그렇게 단호하게 나오자 선애가 찔끔해서 뒤로 물러났다.

"쳇, 누가 계속 찔러 댔는데 이제 와서 그런대요?"

선애 스스로도 아직 척에게 동등하게 대응하기에는 너무 부족하다는 걸 느낀 탓이었다.

"어쨌든… 솔직히 얼만큼 바랄 수 있는지 모르겠으니까, 알아서 해주시죠, 잘난 아저씨?"

선애가 불퉁하게 투덜거리는 어조로 항복하자 척이 예의 그 비열해 보이는 미소를 지어 보였다.

"훗, 좋아. 이건 내가 빚으로 하나 남겨두도록 하지. 그래도 물러날 때를 아는 걸 보니 기특한걸?"

"됐네요. 졌는데 계속 물고늘어지는 취미 없어요. 깨진 게 한두 번도 아니고……."

선애가 계속 투덜대는 모습이 척은 재미있는 모양이었다.

"어, 난 진심으로 하는 말이야. 자기가 졌어도 졌다는 걸 인정하지 못하고 끝까지 물고늘어져 아예 재기 불능으로 왕창 깨지는 멍청한 사람들이 많거든. 그에 비하면 선애는 현명한 거지."

"예이, 예이. 이렇게 현명한 날 항상 이기는 플래밍 씨는 더욱더 잘난 사람이겠죠?"

"아하하, 말이 그렇게 되나? 뭐, 틀린 말은 아니지."

"허, 참, 잘나셨어요. 아주 잘나셔서 좋~ 으시겠습니다."

선애는 입까지 삐죽이며 투덜거리다가 문득 생각났다는 듯 척에게 다시 자그마한 주머니를 내밀었다.

"음? 이게 뭐야?"

"지금 휴식을 취하는 지점장에게 전해주세요. 어느 정도가 적당한지 몰라서 금화 20개를 넣었는데, 적은 건 아닌지 모르겠네요. 내가 직접 방문해서 전해줘야 하겠지만, 어디 있는지도 모르고, 또 가서 얼굴 맞대기도 미안하구……."

선애의 말에 척이 고개를 갸웃거리며 주머니를 열어 안의 금화를 바라봤다.

"호, 이거 무슨 의미이지? 이렇게 금화를 줘도 착실하게 월급은 꼬박꼬박 받게 할 생각인데? 설마, 퇴직금?"

척의 말에 선애가 인상을 팍 찡그렸다.

"그만두게 할 생각도, 그거로 월급 대신할 생각도 없어요. 그건 단지… 뭐, 산업 재해 보상금… 이라고나 할까요?'

뜬금없는 선애의 말을 척은 알아듣지 못한 모양이다.

"그게 무슨 말이야?'

"아니, 그러니까… 일하다가 팔을 잘린 셈이잖아요. 그게 미안하다… 이런 거죠."

선애의 말에 척이 픽 웃었다.

"이거이거, 당차기만 한 아가씨인 줄 알았는데, 이렇게 마음이 여린 구석이 있다니… 설마 선애 탓이라고 생각하는 거야? 그건 운이 나빴던 거라고."

"물론 알고 있습니다. 하지만 내 잘못도 아예 없는 건 아니라고 봐요. 나는 엄연히 지점장의 상관이었잖아요. 철없는 계집이 와서 난리를 치는데, 그걸 힘이 없어서 사전에 막지 못한 내 잘못이에요."

"억지… 라고 말하고 싶지만, 그 가게의 지점장과 점원들의 실질적인 상관으로서, 정말 고마운 마음인걸?"

"됐어요. 감사의 말 듣자고 한 거 아니에요. 곰곰이 생각해 보니까, 힘없는 게 정말 잘못인 거 같아서… 이렇게밖에 보상을 못해줘서 미안하다고 해줘요."

선애가 한숨을 내쉬며 말하자 척이 크게 고개를 끄덕였다.

"그래, 그렇게 전하도록 하지."

"그래요. 에휴, 내가 귀족이 되든가, 회장님을 대귀족으로 만들든가 해야지 원… 힘없는 사람 서러워서 어디 살겠어요?"

선애가 자신의 처지가 마음에 들지 않는지 한숨을 내쉬며 툴툴대자 척이 선애를 바라보더니 진지하게 입을 열었다.

"방법이 없진 않지."

"뭐가요?"

"앞으로 이런 일이 벌어지지 않게 막을 방법이 있다는 이야기야. 선애가 귀족이 되거나, 크로스웰 남작을 아무도 무시 못할 중앙의 대귀족으로 만드는 것보다 훨씬 쉬운 일이지."

"그게 뭔데요?"

"힘있는 중앙 귀족의 그늘로 들어가는 거야. 그 사람의 이름을 등에 업으면, 그보다 못한 귀족들이 함부로 대하지 못하겠지. 마치 루빈스타인 상회 소속 사람들에게는 아무리 평민이라 하더라도 귀족들이 함부로 대하지 못하는 것처럼 말이야."

척의 말에 잠시 생각에 잠기던 선애가 별로 내키지 않는다는 어조로 말했다.

"대귀족 밑에 들어가려면 또 그만한 대가를 치러야 하겠죠? 아무 대가 없이 내 밑으로 들어오라고 하지는 않을 테니 말이에요."

"그거야 그렇지. 그래도 지금으로서는 괜찮은 방법 아닌가?"

척의 말에 선애는 천천히 고개를 끄덕였다.

"그렇군요. 나중에 회장님과 의논해 보도록 하죠."

"그거야 좋을 대로 해. 아, 그런데… 오늘 식비는 더치 페이인 거 알지?"

척 플래밍이 별로 보기 안 좋은 눈웃음을 치며 말하자 선애의 눈초리가 올라갔다.

"사달라고 할 맘 없네요."

Chapter 26

캐링터 후작가의 가보를 비롯한 많은 재물을 대가로 받아온 뒤 나는 제법 시끌벅적할 줄 알았다. 뭐, 수도가 발칵 뒤집히지는 않겠지만—솔직히 최악의 경우 그럴지도 모른다는 생각은 했다—최소한 후작가가 발칵 뒤집혀져 도둑을 잡겠다고 난리를 칠 줄 알았다. 수도 경비가 강화되고 경비대가, 혹은 후작가의 기사단이나 사병대가 뒷골목을 들쑤시고 다니는 등등의 일이 일어날 줄 알았는데… 이상하게도 조용했다.

내가 뒤통수를 후려쳐 생긴 후작의 상처는 후작이 실수로 넘어져 다친 것으로 둔갑되었고, 그 집안 가보를 비롯하여 꽤나 많은 돈을 가지고 왔음에도 불구하고, 집안이 발칵 뒤집히기는커녕 도둑이 들었다는 소문도 없었던 것이다.

절대로 내 소행이라는 걸 들킬 리가 없다는 걸 잘 알고 있지만서도 그래도 도둑이 제 발 저린다고 쪼금은 긴장한 채 거리를 도는 소문에 귀를 기울이고 있는데, 평소와 별로 다를 바 없는 생활이 계속되자 선애와 나는 의아함을 감추지 못했다. 선애 또한 내심 긴장하고 있었던 것이다.

"보통 도둑이 들면 한바탕 난리가 나지 않나? 그것도 웬만한 집이 아니라 수도에서도 꽤 영향력이 있는 후작 가문에 도둑이 들었는데……."

하루 일과를 마치고 숙소로 돌아와 로어도 자기 방으로 돌아가고 소피와 단 둘이 남게 되자 선애가 조심스레 입을 열었다. 상황이 생각과는 다르게 흘러가는 것도 의아한데다, 오히려 조용하니 전보다 더 걱정이 되었던 모양이다.

그러자 소피가 빙그레 웃으며 대답하는 거였다.

"설마요. 창피해서라도 도둑이 들었다는 걸 필사적으로 숨기려고 할 걸요? 도둑이 들었다고 난리 치는 건 그저 그런 가문들이에요. 캐링턴 후작가처럼 한가락 하는 집안들은 보안에 특별하게 신경 쓴다고요. 그런데 그런 보안을 뚫고 도둑이 들어 가보까지 훔쳐 갔다고 하는 건 캐링턴 후작가와 비슷한 힘을 가진 다른 가문들에게는 비웃음거리밖에 되지 않는 일이죠. '당신네 집안은 그 정도밖에 안 되느냐', '얼마나 허술한 경비를 가지고 있으면 가보까지 잃어버리느냐' 하고 말이지요."

"아하, 그래서 이렇게 조용한 거구나. 그런데 아무리 자존심 때문이라고 해도 가보까지 잃어버렸는데 쉬쉬 하고만 있나? 열받지도 않나 보지?"

소피의 말에 이해했다는 듯 고개를 끄덕이던 선애가 다시금 떠오른 의문을 내뱉자 소피가 고개를 저었다.

"에이, 설마요. 벌써 뒷쪽으로 손을 썼답니다. 장물 길드 쪽이랑 도둑 길드, 그리고 현상금 사냥꾼 쪽에 높은 상금을 내걸었대요. 가보만 가지고 와도 금화 천 냥, 제보를 하면 금화 10냥, 도둑까지 생포하고 가보를 가지고 오면 금화 5천 냥, 가보와 목을 가지고 오면 금화 3천 냥. 어마어마한 상금이라서 뒷쪽 세계는 벌써 한 번 떠들썩했는걸요."

보통 사람이라면 자신에게 상금이 걸렸다는 이야기에 긴장이라도 했을 텐데, 선애는 오히려 안심했다는 표정이다. 하기야, 선애가 걱정할 건 아무것도 없었다. 가지고 온 건 나였고, 증거는 아무것도 없었으며, 지금 그 가보는 정보 길드의 손에 있었으니 말이다.

"헤에, 그랬구나. 그런데 장물 길드가 뭐야?"

"장물 길드는요, 합법적이지 못한 경로로 들어온 보물들을 처리하는 길드예요. 잘 알려지지 않은 보물이야 당당하게 내걸고 제 값을 주고 팔 수 있지만, 잘 알려진 보물들은 어디 그게 가능한가요? 그런 걸 소리 소문 없이 처리해 주는 길드지요. 뒷세계에서 큰 세력을 가지고 있는 길드 중 하나예요. 독자적으로도 대단한 세력을 가지고 있지만, 도둑 길드와는 뗄래야 뗄 수 없는 공생 관계를 가지고 있어서 아무나 쉽게 건드릴 수 없는 곳이죠."

"히야, 그렇군. 그런데 웃긴다. 생포하거나 목이라도 가지고 오라고? 키득키득."

선애가 옆 침대에 앉아 소피의 말에 귀를 기울이고 있던 날 바라보며 히죽히죽 웃었다.

'나 원······.'

지점장은 벌써 복귀하여 일하고 있었다. 내 눈앞에서 팔뚝이 싹둑 잘려 나갔는데, 그게 도로 붙어서 일주일 만에 완쾌된 모습을 보니 정말 놀라웠다. 말 그대로 마법 같은 일이었다.

선애는 캐링턴 후작가에서 대가를 받아온 뒤에 지점장에게도 산재 보상금을 지급했지만, 그뿐만이 아니라 가게에서 일하는 사람들에게도 조금씩 돈을 지불했다. 자신이 로어와 소피에게 꼼짝 못하고 붙들려 윗층으로 올라가는 동안 깔끔하게 뒷처리를 해준 그들에게 대단하다는 감탄과 고마움, 그리고 든든한 상사가 못 되었다는 미안함이 뒤섞인 보너스였다.

그러한 돈들의 위력인지, 아니면 자신들에게 성의를 보인 선애가 마음에 들어서인지 완쾌 되어 돌아온 지점장을 비롯한 가게에 고용된 사람들은 전보다 더 활기차게 일을 하는 것 같았다.

뭐어, 여전히 잘나신 귀족들의 아랫사람들이 거만하게 굴었지만 말이다.

그로 인하여 선애는 척의 말대로 귀족들이라도 함부로 못하는 대귀족을 선택해 그의 그늘에 몸을 의탁하는 문제를 진지하게 고심해 보고 있었다. 이미 알파두르에 있는 벨타이거 녀석에게도 자신의 의견을 보냈고 말이다. 수도 지점을 운영함에 있어 삐그덕거리는 커다란 불협화음은 대귀족의 그늘에 들어가는 것 하나만으로도 상당히 사라질 터였다.

사실 수도 지점은 현재 어느 정도 자리를 잡고 있어서 잘나신 귀족들 문제만 아니라면 그럭저럭 잘되는 가게에 속해 있었다. 오픈된 지

몇 달도 안 되었는데 벌써 이윤이 생기고 있으니 말이다. 상회 일에 초보 중의 초보인 선애로서는 참 순조로운 출발이라고 할 수 있었다.

그러던 어느 날이었다. 여느 날과 다름없이 가게로 출근하여 일을 하고 있는데, 매장을 담당하는 여직원 중 한 사람이 사무실로 올라왔다.

"실례합니다."

"예."

그들은 상회의 가장 말단 직원이었으니 선애에게 존대하는 게 당연했지만, 선애는 그것이 여영 어색했던지 그들에게 차마 말을 낮추지 못하고 같이 존대를 하고 있었다. 지금에야 그녀들이 그걸 기분 좋게 받아들이고 있어서 괜찮은 일이라고 생각하지만, 처음에는 그걸 되게 이상하게 받아들여 선애가 무척이나 뻘쭘해했다. 하기야 소피나 그녀들이나 다 비슷비슷한 연령대인데, 소피에게는 말을 낮추고 그들에게는 존대를 하니 이상하게 보였을 것이다.

사실 선애 입장에서는 그래도 제법 친근한 소피에겐 편하게 말하고, 아직은 친하지 않은 그들에게는 존대하는 게 당연한 일이었다. 뭐, 지금은 아예 존대하는 것이 입에 붙어서 갑자기 말을 낮추지 못하고 계속 존대를 하는 실정이었지만 말이다.

"본사에서 이사님 앞으로 보냈네요."

정보 길드의 잘 정비 된 통신망(?)을 이용할 수 있는 것은 오로지 선애뿐이었다. 그러니 벨타이거나 클라리사를 비롯한 다른 이들이 선애에게 연락을 하려면 일반 운송 업체를 이용해야만 했다.

"고마워요."

그녀가 내미는 봉투를 받아 든 선애가 고개를 끄덕이자 그녀가 꾸벅 인사를 하고 돌아섰다.

[누가 보낸 거야?]

여직원이 몸을 돌리자마자 바로 운송 업체의 로고가 찍힌, 잘 쌓인 겉 포장지를 뜯어 본 선애가 안을 확인하더니 대답했다.

"본부에서 날 호출할 인간이 누구겠어? 회장이란 녀석뿐이지."

[헤에.]

안에 있는 종이를 꺼내 읽어 본 선애가 의아하다는 듯 고개를 갸웃 거리며 종이를 나에게 건네줬다. 그 종이에는 벨타이거가 아주 정중한 문체로 바쁘지 않으면 빨랑 알파두르로 와달라고 쓰여 있었다.

"뭔 일이 있나? 왜 갑자기 호출이야."

[의논할 게 있나 보지. 큰일이 있으면 정보 길드에서 벌써 알려줬을 거 아냐?]

"하긴. 뭐, 여기는 내가 잠시 자리를 비워도 잘 돌아갈 테니 가볼까? 오랜만에 휴나 자스민을 볼 수 있겠군. 아, 가기 전에 둘에게 줄 선물을 사야겠다."

둘에게 선물을 줄 수 있다는 생각에 기뻤는지 선애가 생글생글 웃으며 자리에서 일어나자 나도 따라 일어나며 물었다.

[그런데 로어는 어떻게 할 거? 데리고 갈 거?]

"로어? 글쎄, 별로 데리고 갈 필요가 없을 거 같은데? 그냥 소피만 데리고 가지 뭐."

별 생각 없이 대답하는 선애를 조심스레 바라보며 나는 입을 열었다.

선애는 토냐 때문에 로어를 데리고 다니기는 했지만, 로어를 그닥 비중있게 생각하지 않고 있었다. 그냥 단순한 비서 정도? 아마 클라리사랑 비슷하거나, 어쩌면 그보다 낮게 보고 있는지도 모른다. 뭐어, 지금까지 그가 뭔가 재능을 보일 만한 사건이나 일이 없었으니 어쩔 수 없는 일이지만 말이다.

[데리고 가는 게 어때? 필요가 없다고 하더라도, 토냐가 능력을 보장한 사람이니까 나중에 너만의 사람으로 만들려면 미리미리 여기저기 데리고 다니는 게 좋지 않겠어? 그도 여기에 꼬옥 있을 필요는 없잖아?]

"그런가?"

[그가 너무 늦게 합류해서 아직은 자신의 능력을 증명하지 못했지만, 그렇다고 너무 찬밥 신세는 좋지 않을 거 같아. 이럴 때일수록 그를 중요하다는 식으로 꼬옥 데리고 다녀주면, 그가 너를 좋게 생각할 거 아녀?]

내 말에 잠시 생각해 보던 선애는 곧 고개를 끄덕였다.

"뭐어, 언니 말이 맞는 거 같아. 어차피 그를 데리고 가나, 놔두고 가나, 그게 그거 같으니. 그럼 그에게 내일 가도록 정리하라고 하고, 나는 소피랑 쇼핑 가야징~"

그렇게 일단의 결론을 내린 선애가 룰루랄라 표정으로 소피를 찾아 나섰다. 돈도 많이 생겼으니 이왕 사는 거 아직 알파두르 항구 도시에 있는 루빈스타인 후작 저택에서 일하고 있을 시오나와 그의 애인인 드렉 암스트롱 경, 에밀리와 달시의 선물은 물론이요, 소피와 로어의 선물까지 사서 나누어 준 선애는 가벼운 기분으로 알파두르를 출발했다.

하지만 그 알파두르에서 선애를 기다리고 있는 건 별로 좋은 소식이 아니었다. 하기야, 그러니까 벨타이거 녀석이 잘 있는 선애를 호출한 거였겠지만 말이다.

선애를 맞이한 벨타이거 녀석이 평소 능글맞다고 생각될 정도로 달고 다니던 미소를 어디다 잃어버렸는지 좀 가라앉은 분위기였다. 뭐, 미소야 계속 달고 있었지만, 다른 때와는 확실하게 달랐다.

선애 또한 그를 보자마자 눈치챘는지 그에게 시비를 걸려고 입을 열었지만, 말을 꺼내는 대신 다시 입을 다무는 것이었다. 그리고는 뚫어져라 벨타이거의 얼굴을 바라보다 무거운 목소리로 물었다.

"무슨 일이에요?"

"아하하! 이거, 오자마자 본론부터 묻는 거야? 수도에 가 있는 동안 우리의 사랑이 식어……."

벨타이거 녀석이 평소와 다를 바 없다는 걸 보여주려는 듯 능글맞은 어조로 말을 꺼냈지만, 선애가 그의 말을 단번에 잘라 버렸다.

"시끄럽게 굴지 말고 본론만 말해요. 무슨 일이에요?"

"에에, 뭐야… 그렇게 티가 나나?"

선애의 단호한 어조에 벨타이거가 쑥스럽다는 듯 얼굴을 쓰다듬었다. 그런데 어째 그의 몸짓에 피곤함이 배어 있는 거 같다. 그걸 선애도 알아차렸는지 약간 누그러든 어조로 말했다.

"얼굴에 '뭔 일 있습니다' 라고 써붙이고 다니면서 그런 말이 나옵니까? 게다가 날 호출할 정도라면 보통 일이 아닌 거 같은데요?"

선애의 말에 벨타이거는 픽 하고 웃었고, 그 대신 옆에 있던 모건이 분노에 찬 어조로 입을 열었다.

"태클을 받았습니다."

"누구에게요?"

"핸들리 크로스웰에게서 말입니다."

"누구요?"

순간적으로 알아듣지 못했는지 선애가 되묻자 모건이 좀 더 자세하게 설명했다.

"핸들리 크로스웰이요. 지금 크로스웰 무역 상회의 실권을 가지고 있는 자 말입니다."

그 설명에 선애가 알았다는 듯 고개를 끄덕였다.

"아, 회장님 뒤통수를 쳐서 실권을 빼앗은 사람. 그런데 이번에 또 그 사람에게 태클을 당했다고요?"

한심하고 기가 막힌다는 시선으로 선애가 벨타이거를 바라보자 그가 슬그머니 시선을 피한다. 그리고 그 옆의 모건은 길게 한숨을 내쉬었다.

핸들리 크로스웰, 한 번도 보지 못했지만 이야기는 많이 들어본 사람이었다. 벨타이거가 숙부로부터 남작의 작위를 지켜낼 때 가장 큰 힘이 되어준 사람이면서, 마지막에 뒤통수를 쳐서 상회의 실권을 장악한 사람이었다. 덕분에 벨타이거는 크로스웰 무역 상회의 회장이란 직함만 가진 허수아비가 되어버렸다. 뭐, 지금은 미래에 있을 그와의 대결을 위하여 새로이 타이거 상회를 일으켜 키우려고 동분서주하고 있었지만 말이다.

"언젠가는 방해하리란 걸 조금은 짐작하고 있었지만, 벌써 이렇게 나올 줄은 몰랐어. 덕분에 상황이 좀 곤란해."

벨타이거의 말에 선애가 차갑게 말했다.

"변명은 됐으니까, 어떻게 된 일인지 상황을 말해보시죠? 아니, 회장님은 됐고, 모건 씨, 당신이 말해봐요."

"그게 어떻게 된 거냐면 말입니다……."

그렇게 말문을 연 모건의 말을 간단하게 정리하면 이렇다.

얼마 전 벨타이거 녀석은 헤스딩스 남작령 지점에서 연락이 왔다고 한다. 헤스딩스 남작령 지점은 나중에 새로 오픈한 곳이었는데, 그곳에 지점을 개점한 건 드워프들과의 연락을 수월하게 하기 위해서였다. 드워프 마을에는 로어의 형인 스탠리도 가 있었고, 그전에 페르티니어스 마법사도 가 있는 상황이라 그들의 편의를 위할 겸해서 특별히 개점한 곳이었다.

하여간, 거기서 연락이 와서 벨타이거가 달려갔더니 페르티니어스 마법사와 스탠리가 아주 뿌듯한 표정으로 완성된 선풍기를 떠억 하니 내놓더란다. 드디어 선풍기가 완성된 것이었다.

물론 한국의 선풍기처럼 미풍, 약풍, 강풍 등등 바람의 세기를 마음대로 조절할 수 있는 것도, 리모컨으로 멀리서 조절할 수 있는 것이 아닌 무조건 돌기만 하는 선풍기였지만 말이다.

그래도 거기에 드워프들의 솜씨로 멋들어지게 꾸미고 마법 등을 달아서 한국에서처럼 천장에 매다는, 전구등이 달린 선풍기 같았다.

뭐어, 더위를 식히려는 본래의 목적보다는 장식 성향이 강해지고, 드워프가 만든데다 마법 등까지 달아놓는 바람에 가격이 엄청나게 비싸지기는 했지만 말이다.

하여간, 이 시대 실내 장식품의 변혁을 가지고 올 선풍기의 완성까지는 좋았는데, 드워프의 마을에서 그 선풍기를 지속적으로 일정량을 생산해 내는 것에 대한 대가를 요구했다고 한다.

사실 우리가 드워프들과 거래를 터서 유리 제품들을 가지고 왔을 때, 판매하는 가격의 대략 70~80% 정도의 돈을 지불하려고 했었다. 그러나 드워프의 마을에서 선애의 시계를 이유로 무상으로 계속 제공하겠다고 약속했었다.

어차피 우리가 받아오는 제품들은 드워프들 사이에서는 처리하기가 곤란한 제품들이었다. 우리가 받아오는 수준의 제품들은 대부분 높은 경지를 이루기 위한 단계의 드워프들이 연습용으로 만든 거라 특별한 의미가 있는 몇몇 제품을 제외하고는 몇 달 뒤만 지나면 대부분 보관 장소 부족으로 파기해 버리게 된다고 했다.

사실 그들은 하루에도 수없이 많은 제품들을 연습 삼아 만들 텐데, 그걸 모두 다 보존하는 것은 어려운 일일 것이다. 그러니 깨기는 좀 아깝고 보관할 데가 없는 것들을 몽땅 우리가 떠맡는 것이니, 누이 좋고 매부 좋은 일이었다.

그러나 이 선풍기는 좀 달랐던 모양이다.

뭐, 우리야 거래만 해준다면 대가야 능력이 닿는 데로 주고 싶은 형편이었으니 벨타이거는 드워프 족장의 말에 무조건 고개를 끄덕였다고 한다. 그게 아니라 해도 드워프들에게는 밀고 당기는 거래의 맛 같은 건 없었다. 인간들 사이의 거래처럼 조금이라도 더 이윤을 남기기 위하여 한 번 튕겼다가는 그 즉시 완전히 거래 단절이 될 수 있으니, 할 수 있으면 무조건 고개를 끄덕이는 게 좋았다.

그리하여 드워프들이 좋아하고, 타이거 상회에서 공급 가능한 접점을 찾다 보니 나온 결론이 바로 '술'이었다.

드워프들이 엄청난 대식가이자 미식가인 줄은 알았지만, 대단한 애주가이기도 했던 것이다. 그것도 엄청난 주량을 자랑하는. 그러나 드워프들과 거래를 하는 다른 상인들이 벌써 이 사실을 알고 바이런 국의 각지, 심지어 다른 나라에서 생산되는 많은 명주들은 모조리 가져다 바치는 실정이라 그들이 가지고 오지 못하는 다른 술을 구하기란 요원해 보였다고 한다.

그런데 그럴 때 벨타이거 녀석이 떠올린 게 서대륙의 술이었다. 마침 벨타이거의 조상께서 루빈스타인 상회에서 독점하다시피 하던 서대륙과의 무역에서 그 틈새를 찾아 개척하였으니, 그것이 바로 서대륙의 '술'이었다고 한다. 왜, 사정이 넉넉한 애주가들께서는 이 세상의 모든 술을 맛보고 싶어하는 심리가 있지 않으신가 말이다.

루빈스타인 상회에서 미처 생각하지 못한 틈새를 파고들어 지금의 크로스웰 무역 상회를 이룩한 데에는 서대륙 명주의 지원이 있었던 것이다. 게다가 지금도 크로스웰 무역 상회의 큰 부분을 차지하고 있었기 때문에 벨타이거 입장으로서는 오히려 잘된 일이었다. 그래도 이름뿐이라고 하지만, 자신이 바로 크로스웰 무역 상회 회장인데다가 공짜로 가지고 오겠다는 것이 아니라 돈 내고 사 가지고 올 예정이었으니 말이다.

그리하여 벨타이거는 최대한 빨리 가져와 시식시켜 드리겠다고 자신있게 말한 뒤, 부리나케 크로스웰 무역 상회로 달려갔다.

한국에서는 해외 무역할 때 어떻게 하는지는 모르겠지만, 이곳에서는 필요 물량보다는 대략 10~20% 정도 넉넉하게 가지고 오는 것이

관례라고 한다. 오는 도중 망가지거나 상한다고 해도 반품이 순식간에 이루어질 수 있는 게 아니니까 말이다.

그걸 잘 알고 있던 벨타이거는 남는 건 종류별로 몽땅 다 넘겨달라고 요구했다고 한다. 그러자 크로스웰 무역 상회 측에서도 거래품을 달라는 것도 아니고 남는 걸 돈 주고 사겠다는 거였으니, 거절할 명분도 없어서 배가 들어와서 신상품을 들여놓으면 남는 걸 다 넘기겠다고 약속을 했단다.

"잘했네요. 드워프들에게 남는 술 가져다 준다는 게 좀 걸리지만, 맛만 선보이는 거니까. 그런데 문제가 뭐예요?"

"갑작스레 남는 물품이 없다고 통보를 해왔다는 거지요. 그래서 이번에 새로 들어온 물품 중에 각 종류당 한 병씩만 넘기라고 했더니, 모두 다 거래품이라고 하더군요. 넉넉하게 들어온다는 걸 뻔히 아는데도 말입니다."

모건이 그때의 상황이 떠올랐는지 이를 빠드득 갈며 말했다.

"이건 분명히 핸들리 크로스웰 녀석이 우리를 훼방놓으려고 하는 겁니다. 비열한 놈 같으니라고……!"

모건의 말에 선애가 의아한 표정으로 그를 바라봤다.

"왜요? 우리가 크로스웰 무역 상회 경영권을 넘보는 기색을 보인 것도 아니고, 우리 상회를 좀 키우겠다는데……."

"그게 문제인 겁니다. 핸들리 녀석은 명목만 있는 회장님이 필요하다고요. 만약 우리 회장님께 힘이 생긴다면, 자기 마음대로 휘두를 수가 없지 않습니까? 가게 몇 개 정도의 아주 자그마한 상회야 크로스웰 무역 상회의 콧김에 손쉽게 우르르 무너질 테니 회장님이 연다고 했을 때 그냥 두고 봤겠지만, 생각 외로 드워프들과 거래를 트고 커갈 거 같으니까 미리미리 연막을 치는 겁니다."

"나 원, 그럼 새롭게 서대륙과 무역할 때 우리 몫의 술을 들여오라고 해도 거절하겠군요?"

"그렇겠지요."

모건의 말에 선애가 이를 빠드득 갈았다.

"이런, 쌉주한 놈 같으니라고… 아니, 그래서 그놈에게 당해 이렇게 처져 있는 겁니까? 뭔 방법을 생각해 놨어야 할 거 아니에요?"

모건이 설명할 동안 묵묵히 입을 다물고 있던 벨타이거가 그제야 슬그머니 고개를 들고 입을 열었다.

"그래서 선애의 힘이 필요해."

"어떻게요?"

"사실 이사님께서 오시기 전에 웬만큼 해결하려고 했습니다만, 핸들리 놈이 아무래도 단단히 작정을 한 모양입니다. 이번에 드워프 마을 족장님께 말씀드린 건, 서대륙의 술을 잔뜩 싸 짊어지고 온다는 것이 아니라 최대한 빠른 시간 안에 맛을 보여드린다는 것 아닙니까? 그래서 크로스웰 무역 상회에서 못 구한다면, 차라리 좀 더 시간과 돈을 투자해서라도 서대륙 주류 판매상을 찾아 그에게 직접 구하려고 했었지요."

모건의 설명에 그동안 가만히 듣고 있던 로어가 손뼉을 따악 쳤다.

"옳거니, 그거 괜찮은 생각이군요."

"하지만 핸들리 녀석이 작정을 단단히 했다니까요. 알파두르 항구 도시에서도 분명히 유통시키는 상인이 있는데, 뭔 이야기를 들었는지 남는 술이 없다고 내놓으려 하지 않습니다. 이 근처의 큰 도시 유통 상인들도 마찬가지였군요."

"비열하지만, 정말 확실한 방법이군요."

로어의 말에 벨타이거가 고개를 끄덕였다.

"맞아. 당하는 입장으로서는 이를 갈게 되는 방법이지만, 확실하게 뚫기 어려운 방법이지. 이 근처에서 크로스웰 무역 상회의 압력을 무시할 수 있는 상인은 없으니 말이야. 그래서 선애의 인맥이 필요해. 그 인맥이라면 최대한 빠른 시간 안에 구할 수 있겠지?"

벨타이거의 말에 로어가 놀란 눈으로 선애를 바라봤다.

"헤에, 이사님께 그런 인맥이 있으셨습니까?"

"인맥… 이라기보다는 예전에 신세를 진 분이 여기서 큰 클럽을 운영하시거든. 그분이라면 도움이 되어주실 거야. 그러고 보니 연락을 드린 지 꽤 오래되었는데, 이번 기회에 찾아가 뵈어야겠네."

선애의 말에 벨타이거가 기다렸다는 듯이 입을 열었다.

"선물로 '새벽의 축복' 한 병이 어때? 우리가 가지고 있는 드워프 제품 중 가장 좋은 것에 담아서 말야."

"저도 그렇게 생각하고 있었습니다. 잘됐군요. 사실 수도에서 그분 선물도 샀거든요. 그거랑 같이 가지고 가면 되겠군요."

선애의 말에 벨타이거랑 모건이 무척이나 반색을 했다.

"오오, 역시 선애야!"

"선견지명이 있으시군요, 이사님."

한시름 놨다는 그들의 표정을 보고 나는 속으로 안도의 한숨을 내쉬었다.

'휴우, 캐더린 선물까지 사라고 하길 잘했군.'

사실 선애는 루빈스타인 후작 저택에 하녀로 있는 에밀리와 달시의 선물까지 다 챙긴 주제에 캐더린의 선물은 깜빡했던 것이다. 그러다가 내 지적으로 캐더린의 선물을 사면서 알파두르 항구 도시 지점의 지점장으로 일하는 첼시와 사라, 칸나, 카밀까지 생각나서 그들의 선물까지 사는 바람에 여기 올 때 가지고 온 짐이 크게 불었었다.

사실 그때 나는 너무 짐이 많아지는 것 같아 괜히 이야기해 줬나 하고 후회를 했었다. 울 꼬맹이가 깜빡하면 몰라도 생각나면 모두 다 챙겨주려는 타입이기 때문에 누구만 사주고, 누구만 안 사주니 아예 다같이 안 사주려 한다. 그래서 그녀들 선물까지 사는 걸 차마 막을 수가 없었다. 뭐, 내가 들고 오는 것도 아니었고, 돈이 없는 것도 아니었기에 별로 막을 생각도 없었지만 말이다.

"좋아요. 그럼 생각난 김에 지금 다녀오도록 하죠."

선애가 자리에서 일어나며 나갈 기세를 보이자, 벨타이거가 황급히 만류했다.

"어, 아직 이야기 안 끝났어."

그에 선애는 다시 소파에 엉덩이를 가져다 댔다.

"뭔 이야기가 또 남았는데요?"

"이번 일로 핸들리 녀석이 우리 타이거 상회가 커지는 걸 탐탁지 않게 여긴다는 게 확실해졌지. 그러니 앞으로 크로스웰 무역 상회와 뭔가 거래를 한다는 건 불가능할 거야. 사실, 그 정도로만 방해한다면 다행이겠지만……."

벨타이거의 말에 선애가 한심스럽다는 듯 그를 노려봤다.

"회장님, 크로스웰 무역 상회 회장님이 누구셨죠?"

"에이, 너무 그러지 마라. 나도 뼈저리게 후회하고 있다고. 하지만 변명을 하자면… 차라리 이 정도가 낫지. 만약 그의 손을 잡지 않았다면, 나는 이름뿐인 회장 자리도, 남작 작위도 잡고 있지 못했을 거야."

"하기야 뭐… 그래요, 지금은 내가 말이 좀 심했어요."

선애가 입맛을 쩝쩝 다시며 사과했다. 말이야 바른말이지, 아무것도 없다시피 한 벨타이거 녀석이 이 정도까지라도 버텨낸 것만 해도 대단한 것이었다. 알파두르의 정보 길드 부지부장인 휴의 인정을 받을 정도였으니 말이다.

"그래서 어떻게 할 생각인데요? 혹시… 직접 서대륙과 무역이라도 하게요?"

"응, 그럴 생각이야."

선애는 분명 아무 생각 없이 던진 말일 텐데, 그 즉시 벨타이거가 긍정하자 오히려 선애가 놀라 버렸다.

"예에? 진짜요?"

"그래, 만약 드워프들이 서대륙의 술들이 마음에 든다면 어쩔 건데? 선애가 아는지 모르겠지만, 이 바이런 국으로 들어오는 서대륙의 주류는 크로스웰 무역 상회에서 전매하고 있다고. 선애가 가진 인맥으로 술을 대량으로 구입하는 건 어렵지 않아? 선애가 혹시 모를 거 같아서 말하는 건데, 드워프들은 엄청난 주당들을 자랑한다고. 한 드워프당 맥주 큰 통으로 한 통이 일주일밖에 안 간다고 들었어."

맥주 큰 통으로 한 통이란, 통의 높이가 2m인데다 지름이 1.5m 정도였다. 그러니까 성인 남자가 손쉽게 들어가 누울 정도의 크기였던 것이다. 그게 일주일밖에 못 간다면 하루에 도대체 얼마나 마신다는 소리일까?

"뭐, 선애 인맥이라면 다음에 술을 주문할 때 양을 몇 배로 늘려서 얼마든지 충당할 수 있겠지. 그러나 그건 한계가 있을 거야. 드워프들이 원하는 양은 아마… 배 한 척을 채우고 남을 양이 아닐까 예상되니까. 그래서 차라리 내가 직접 거래를 해볼까 생각한 거야."

벨타이거의 말에 묵묵히 듣고 있던 로어가 슬그머니 끼어들었다.

"꼭 주류만 거래할 필요는 없다고 보는데요? 서대륙에도 여성 물품은 많을 거 아닙니까? 화장품이라든지 액세서리 등등… 지금 서대륙의 비단이 얼마나 인기가 많습니까? 돈 있는 여성들이라면 한 벌 이상은 비단으로 만든 드레스를 가지고 있을 정도가 아니던가요? 그러니 만약 거래만 튼다면, 드워프들뿐만 아니라 우리 상회로서도 좋을 것 같군요."

그에 선애는 시큰둥하니 입을 열었다.

"그래, 주류도 좋고, 화장품도 좋고, 다 좋은데 거래를 어떻게 뚫으려고요? 그만한 양의 주문을 새로 한다면 거래를 하기도 전에 핸들리 녀석에게 들킬 거 같은데."

지금 현재 서대륙에서 들어오는 주류는 크로스웰 무역 회사에서 독점하고 있었다. 그러니 그들의 눈을 피해 새로 거래를 트는 건 어려워 보였다. 별 상관 없는 사이라 해도 자신들이 다루는 물품을 새로이 엄청나게 들어온다면 경계하는 건 당연한데, 지금 이 핸들리라는 놈은 우리 상회가 커지는 걸 저어해 지금도 방해 공작을 펴는 사람이지 않는가 말이다.

그러나 이런 선애의 당연한 질문에 벨타이거 녀석은 벌써 다 생각해 놨다는 듯 의기양양하게 씨익 웃어 보였다.

"아니야, 방법은 있어. 핸들리가 날 방해할 수 있는 건 여기가 크로스웰 무역 상회의 앞마당이기 때문이야. 그러나 서대륙에서라면 어떨까?"

벨타이거의 말에 선애가 놀란 눈으로 그를 돌아봤다.

"뭐예요, 그러니까… 지금 서대륙으로 직접 가서 거래를 하겠다는 말입니까?"

"맞아. 이 바이런 국에서 직접 배를 가지고 가서 서대륙의 물품을 싣고 오는 상인들이 있지만, 반대로 서대륙에서 직접 배에 물건을 싣고 와서 파는 서대륙 상인들도 있어. 크로스웰 무역 상회가 처음 시작할 때 직접 물건을 싣고 오는 서대륙 상인과 거래를 했지. 그러니 나는 서대륙에 가서 배를 가지고 바이런 국으로 오는 상인을 찾기만 하면 돼. 그럼 여유분으로 배 한 척 정도 더 가지고 있는 대상인을 찾아야겠지, 갑작스럽게 배 한 척의 주문이 들어와도 충분히 수용할 수 있는."

벨타이거의 설명에 선애는 고개를 끄덕이기만 했다.

"그래서 드워프의 마을에 갔다 긍정적인 반응을 보이면, 내가 직접 서대륙으로 갈까 해."

"호오, 직접 가시게요?"

선애가 눈을 둥그렇게 뜨자 벨타이거가 진지한 얼굴로 고개를 끄덕였다.

"응. 우선은 그렇게 배 한 척 정도 주문하는 것으로 하고, 거기서 더 나가면 아까 로어 씨의 말대로 서대륙의 여성 제품들을 들여놓는 것도 나쁠 건 없겠지."

들여놔서 반응만 좋다면 우리로서는 큰돈을 버는 거다. 서대륙에서 들여온다면 아무리 싼 가격의 화장품이라도 가격이 엄청나게 뛰어오를 것은 당연한 일이었다. 울 나라에서 이천 원도 안 되는 소주가 일본으로 건너가면 삼만 원으로 둔갑해 버리는 것을 보더라도 말이다. 그래도 야생화 가게가 고급을 지향하고 있는데다가 백금화 십 단위에서 노는 가격의 드워프 제품도 잘 팔려 나가는 실정이었으니, 고급 화장품을 들여온다면 반응이 괜찮을 것도 같았다.

하지만 반대로 반응이 없다면 우리는 엄청난 피해를 감수해야 했다. 서대륙에서 수입하는 것은 바다 건너 가지고 온다는 소리이니, 같은 나라에서 이동하는 것과는 차원이 다른 비용과 시간이 들 것임은 자명했다. 그런데 그게 안 팔린다면 다시 도로 무를 수도 없는 일 아닌가? 뭐, 그런 것도 우선 거래가 이루어지고 난 뒤의 일이지만 말이다.

선애는 벨타이거의 이야기를 듣고 고개를 끄덕끄덕하며 말했다.

"회장님께서 직접 가신다니, 그럼 제가 그쪽으로 신경 쓸 건 없겠군요. 알아서 잘하세요."

선애의 말에 벨타이거가 하하하~ 하고 웃었다.

"남 이야기하듯 하지 마. 이 상회는 선애의 것이기도 하다고. 아, 그리고 모건은 나와 같이 갈 거거든. 그러니까 선애가 뒷일을 맡아줬으면 좋겠어."

벨타이거의 말에 선애는 선선히 고개를 끄덕였다.

"알겠습니다. 그런데 회장님도 참 나쁘시군요. 회장님이야 총각이시니 몇 달 외국에 나가 있어도 하등 상관이 없겠지만, 모건 씨는 처자식이 딸린 사람인데 외국으로 꼬옥 끌고 나가서야겠어요?"

선애의 말에 주변 사람이 크게 웃음을 터뜨렸다. 선애가 나서서 급박했던 술도 확보된 거 같고, 뒷일도 맡길 수 있게 되어 이제야 한시름 놓인 모양인지 벨타이거와 모건의 웃음소리는 무지 시원스러웠다.

"아아, 그렇지 않아도 마누라에게 뭐라고 말할지 벌써부터 걱정이 됩니다. 갔다 올 때 서대륙의 화장품이랑 액세서리들을 잔뜩 사다줘야겠어요."

"그래도 난 아마 달시에게 크게 미움받을 거야. 하지만 어쩔 수 없지. 나에게는 모건이 꼬옥 필요한걸. 모건, 부디 날 버리지 마."

벨타이거의 말에 모건이 씨익 웃었다.

"이번 보너스를 잔뜩 올려주신다면 생각해 보도록 하죠."

선애가 수도에서 사온 것은 물론이거니와 벨타이거가 특별히 준비해 준 '새벽의 축복' 말고도 몇몇 야생화 가게 제품들을 싸 들고 캐더린을 찾아가자, 캐더린은 깔깔대고 웃었다. 가지고 온 선물이 좀 많다보니, 그걸 척 보자마자 부탁할 게 있다는 걸 알아챘던 것이다. 그러면서 어렵지 않은 웬만한 건 들어줄 테니까 부탁할 때마다 선물을 잔뜩싸 올 필요는 없다고 친절하게 충고해 주는 것이었다. 하여간, 이 세계에 와서 자스민 다음으로 무척이나 마음에 드는 여성이었다.

그리고 그녀가 장담한 대로 이번 선애의 부탁도 그녀는 흔쾌히 들어주었다. 알파두르에서 손꼽힐 정도로 큰 클럽을 가지고 있는 그녀였으니, 서대륙에서 수입하는 술은 종류별로 다 취급하고 있던 터라 수월하게 구할 수 있었던 것이다.

드워프 마을에는 벨타이거와 모건이 갔다. 선애가 오랜만에 드워프들을 만나고, 또 가는 김에 있는 클라리사도 만나보고 싶어했지만, 벨타이거가 자신이 가길 원했기 때문에 양보했다. 벨타이거는 어차피 선애가 드워프들에게 영향력을 가지고 있으니, 자신 또한 타이거 상회의 대표로서 드워프들과 거래를 하는 사람이라는 인식을 심어주길 원했던 것이다.

그동안 선애가 알파두르에 없는 동안 벨타이거가 몇 번 드워프 마을을 방문했지만, 그때마다 그는 선애의 대리인 정도의 취급을 받았다고 한다. 그래서 이번 기회에 서대륙의 '술'을 가지고 선애의 대리인이 아닌 거래처 대표로 인식을 바꾸려 했다.

그의 말도 맞기는 하지만, 왠지 선애가 없어도 드워프들과의 거래에 오차가 없도록 미리미리 준비하는 것 같아서 나는 별로 기분이 좋지 않았다. 벨타이거 입장에서는 당연하다는 것을 알고 있었고, 그 또한 자신이 자리를 비워도 선애가 대신 상회 일을 해나갈 수 있도록 하고 있다는 걸 알지만, 나는 이 상회에서 이 드워프들과 대등하게 거래를 할 수 있는 건 선애 혼자였으면… 하고 바랐던 것이다. 물론 이것이 나의 지나친 욕심이라는 것도 안다.

그래서 선애가 이런 나의 내심과는 달리 드워프들과 만나지 못해 약간 서운하다… 정도로 생각하는 것이 다행스럽기도 하고, 내가 너무 속물적인 것 같기도 하고, 그러면서 너무 벨타이거 녀석에게 물러서 나중에 놈에게 이용당하기만 하는 건 아닌지 걱정되기도 하고, 하여간 한동안 마음이 되게 심숭생숭했었다.

그런 나와는 달리 벨타이거 녀석의 서대륙행 준비는 착착 진행되는 것 같았다.

　서대륙으로 가는 배는 선애가 따로 찾아볼 필요도 없었다. 모건이 드워프 마을로 가기 전에 운송 길드에 수배를 부탁해 놓고 갔기 때문이었다. 선애가 한 일이라고는 나중에 운송 길드로부터 온 연락을 받아두었다가 벨타이거와 모건이 돌아오면 그것을 전해준 것밖에는 없었다.

　그런데 일이 꼬이기 시작하려는지, 벨타이거와 모건이 예상보다 며칠 늦게 알파두르에 도착하는 바람에 운송 길드에서 처음에 마련해 준 배를 놓쳐 버리고 말았다. 그리하여 결국 최대한 빠른 시간 안에 출발하는 배를 찾다 보니, 우리처럼 서대륙과의 무역을 해보려고 서대륙으로 가는 배를 찾을 수가 있었다.

　거기다가 운이 좋게도 배가 일반 화물선보다 선체가 좀 작은 범선이라는 것이다. 그 배는 짐을 잔뜩 실은 화물선보다 속도가 빠르다고 한다. 될 수 있는 한 빨리 거래하길 원하는 벨타이거로서는 무척이나 잘된 일이었다.

　일만 잘 풀리면 얼마 전 크로스웰 상회에 술을 잔뜩 내려놓고 돌아간 서대륙 무역상이 다시 짐을 싣고 돌아올 때 그 배에 같이 타고 올 수 있을지도 모르겠다. 벨타이거가 제일 먼저 노리는 서대륙 대상이 바로 그곳이었기 때문이다.

　그때까지만 해도 우리는 벨타이거와 모건이 며칠 늦은 게 오히려 잘된 일인지도 모르겠다고 생각했었다. 하지만 나중에 생각하면, 우리는 그때 상황을 너무 안일하게 여기고 있었던 것이다.

　핸들리 녀석이 그렇게 딴지를 걸기 시작했는데, 단순히 크로스웰 무역 상회와의 거래를 방해하는 정도 외에 다른 일을 더할 것이라는 생각을 못했으니 말이다.

"예? 아니, 그게 갑자기 무슨 말씀이십니까?"

선애는 얼굴에 황당함을 가득 담은 채 벨타이거 녀석을 뚫어져라 바라봤다. 그가 지금 장난을 치는 건지, 아닌지 알아보려는 태세였다.

그런 선애에게 벨타이거는 무지 미안한 표정이었지만, 자신의 말을 철회하지 않았다.

"갑자기 이런 부탁을 해서 정말 미안해. 하지만 나로서는 포기하기가 정말 아까운 기회거든. 어떻게 안 될까?"

"그거참……."

간절함까지 느껴지는 벨타이거의 말에 선애는 딱 잘라 말하기가 어려웠던지 입맛만 쩝쩝 다시며 난처한 표정을 지었다.

벨타이거의 부탁이란 다른 게 아니었다. 자기 대신 서대륙으로 가서 거래를 해달라는 것이었다.

선애가 서대륙 출신이니 그렇게 어렵지 않을 것이라고 벨타이거는 생각한 모양이나, 선애는 전혀 그렇지 못했다. 이곳 사람들이 알아서 선애를 서대륙인이라고 생각했을 뿐이지, 선애는 서대륙 출신이 아니었으니 말이다.

아벤티노 대륙과 언어나 풍습도 모두 다르다는 그곳에 가서 선애가 무엇을 할 수 있겠는가? 뭐, 내가 있으니 말이야 알아듣겠지만 말이다. 그러니 선애가 난색을 표하는 건 당연한 일이었다.

하지만 다른 사람들은 선애가 서대륙으로 가서 상인을 만나 일을 해결할 자신이 없어서 주저하는 줄 오해한 모양이다.

"이사님, 너무 어렵게 생각하실 건 없습니다. 그냥 가서 주문만 하시면 되는 일입니다. 거래를 튼다 생각하지 마시고, 이번 한 번만 멀리가서 물건을 사온다고 생각하십시오."

모건이 조심스레 말하자 선애가 인상을 북북 쓴다. 하지만 그렇다고 딱 잘라 거절하지 못하는 건 벨타이거가 말한 기회가 정말 아깝다고 생각되었기 때문이리라.

벨타이거가 벼르고 별렀던 서대륙으로 가는 일을 선애에게 미룰 정도로 좋은 기회란, 다름 아닌 알파두르에서 내로라하는 거대 상인들의 모임 때문이었다.

사교계와 같은 모임이 귀족들 사이에서만 있으라는 법은 없었다. 알파두르에 본부를 두고 있던가, 아니면 이곳에 커다란 지부를 가진 상인들도 일 년에 몇 차례씩 자신들만의 모임을 가졌는데, 이번에 벨타이거 녀석이 그곳에 초대를 받은 것이었다.

물론 타이거 상회의 회장이 아니라 크로스웰 무역 상회 회장으로서 초대받은 거였지만 말이다. 그러나 초대의 연유가 무엇이든 이제 막 상회를 키우는 벨타이거의 입장으로서는, 알파두르에서 내로라하는 굵직한 상인들과 혹은 전국적으로 유통망을 가지고 있는 거대 상인들과 안면을 익히고, 운이 좋으면 교류의 발판을 마련할 수 있는 이 초대에 꼬옥 응하고 싶은 건 당연했다.

아니면, 미래의 라이벌이 될 상인들의 역량을 가늠해 보는 아주 좋은 기회이기도 했으니 말이다.

그러나 단 한 가지, 좀 꺼림칙한 게 있다면, 이 초대장이 핸들리 크로스웰로부터 왔다는 거였다.

공식적으로는 벨타이거 녀석이 크로스웰 무역 상회 회장이지만, 이쪽 계통의 정보가 빠삭한 사람들은 벨타이거는 그냥 이름뿐인 허수아비고, 실권은 핸들리 놈이 가지고 있다는 걸 다 아는 실정이었다. 그러니 핸들리가 벨타이거에게 그 초대장을 넘겨주지 않고 자기 혼자만 참여한다 해도 사람들은 이상하게 여기지 않을 것이고, 실제로 그동안 핸들리 녀석은 벨타이거에게 알리지 않고 자기가 직접 참석해 왔다.

그런데 이제 와서 벨타이거에게 초대장을 넘겨주다니, 이해가 가지 않는 일이었다. 그것도 얼마 전까지만 해도 타이거 상회와 크로스웰 무역 상회의 거래를 철저하게 막던 사람이 말이다.

하지만 벨타이거 입장에서는 그가 뭔가 꼼수를 가지고 초대장을 보내준 거라 해도 그걸 감수하면서까지 참여하고 싶은 거였다.

그런데 또 다른 문제는 그 초대장의 날짜가 우리가 타고 갈 배가 출항하는 날 저녁이라는 것이었다. 출항은 그날 아침이고.

그리하여 혹시나 하고 그 배의 선주에게 하루 늦춰주면 안 되겠냐고 문의를 해봤지만, 역시나 매몰차게 거절을 당한 상태였다.

그 다음에 서대륙으로 출항하는 배가 있기는 했지만, 웃기지도 않는 이유로 승선을 거부당했다. 미래의 라이벌이 될지도 모르는 사람을 태우면 부정을 탄다나 어쨌다나. 진심으로 하는 말인지, 핸들리의 입김이 작용하는 건지 헷갈렸지만, 결론은 안 태워준다는 것이었다. 그 다음 다른 배가 있었는데, 그건 루빈스타인 상회의 배라서 알아볼 생각도 하지 않았다.

그들 외에는 당분간 서대륙으로 출발하는 배가 없었기에 벨타이거가 하는 수 없이 선애에게 제의를 한 것이었다.

　드워프들이 캐더린의 도움으로 구해서 가지고 간 서대류의 술을 무척이나 마음에 들어했으니, 우리 입장에서는 하루라도 빨리 구해오는 것이 좋았다. 게다가 혹시라도 늦게 갔다가 술을 구한 상회의 배가 우리가 오기 바로 전에 떠나 버려 다음 출항을 기다려야 하는 불상사가 생기면 어쩐단 말인가? 매일매일 출발하는 여객선도 아니니. 한 번 때를 놓치면 운이 나쁘면 서너 달은 기다리게 될지도 몰랐다.

　그걸 잘 알고 있는 선애였지마안…….

　선애는 한숨을 내쉬고는 툭 내뱉듯 입을 열었다.

　"저는 한국인이라고요. 서대류인이라고 저에게 너무 기대를 하시는 것 같은데, 거래를 하는 나라는 '진 나라'라면서요? 거기에 대해서는 아무것도 모르는 절 보내고 싶으십니까? 말도 안 통할 텐데……."

　푸념조로 줄줄 늘어놓는 선애를 둥그런 눈으로 바라보던 모건과 벨타이거가 서로를 바라보더니 풋 하고 웃음을 터뜨렸다.

　"뭐야, 지금… 말도 안 통하는 생소한 곳에 간다고 해서 걱정했던 거야? 아하하하! 선애한테 이런 면이 있을 줄은 몰랐어. 귀여워라……."

　벨타이거가 빙글빙글 웃으며 하는 말에 선애의 눈에서 불꽃이 튀었다.

　"지금 누굴 보고~!!"

　그러나 분노에 찬 선애의 말은 슬그머니 끼어든 모건에 의하여 채 나오지도 못하고 중간에 잘리고 말았다.

　"걱정 안 하셔도 됩니다, 이사님. 아벤티노 대륙과 무역하는 진 나라의 항구 도시에서는 이쪽 말을 아는 사람들이 많아서 통역도 구하기 쉬운데다, 큰 가게나 여관에는 이 아벤티노 대륙의 글로 안내판까지 써 있다고 합니다. 그러니 회장님이 아무것도 모르시면서 당당히 가겠다고 하셨던 것 아니겠습니까?"

웃음을 참느라 만들어진 듯한 요상한 표정의 모건이 애써 침착한 목소리로 설명하자 선애의 눈이 사정없이 치켜 올라갔다. 아무래도 모건의 표정을 보고 심히 기분이 나빠진 모양이다. 덕분에 침착하게 설명하던 모건의 목소리가 뒤로 가면 갈수록 점점 기어들어 가더니만, 결국은 벨타이거 녀석까지 끌고 들어갔다. 괜히 '아무것도 모르시면서' 라는 말을 강조하면서 말이다.

그에 선애가 하는 수 없다는 듯 눈꼬리를 제자리로 보내더니 고개를 팩 돌려 버렸다.

"그랬군요. 그 설명을 못 들었으니 걱정하는 건 당연한 거 아닙니까?"

"에에, 설마 모르는 줄은 몰랐지. 여기 알파두르 항구 도시에도 찾아보면 서대륙 말을 하는 사람을 꽤 찾을 수 있거든. 에, 뭐… 선애 말로 하면 진 나라 말이겠지?"

안 찾아봐서 당연히 몰랐다. 뭐, 우리는 서대륙인이 아니었으니 찾았다고 해도 말이 통하지 않았겠지만 말이다.

하여간, 그렇게 되어 결국 선애는 가겠다고 대답할 수밖에 없었다. 벨타이거가 놓치고 싶지 않은 기회라 말하고, 거기 가면 이쪽 말을 하는 사람도 찾을 수 있다고 밀어붙이는데 어떻게 안 가고 버티겠는가.

"알았어요. 내가 가면 되는 거죠? 가긴 가는데, 난 자신없다고요. 나중에 일이 꼬여서 잘못되더라도 내 탓 하지 말아요."

선애가 어쩔 수 없다는 표정으로 선언하자 모건과 벨타이거 녀석의 얼굴이 밝아졌다.

"괜찮아, 괜찮아. 선애라면 할 수 있어."

"잘못될 일이 있겠습니까? 어쨌든 잘 부탁드립니다."

그들의 말에 선애의 얼굴이 굳어졌다. 놈들의 말 때문에 더 더욱 부담이 되었던 모양이다. 그러나 어쨌든 선애가 결국 벨타이거 녀석의 제안을 받아들이고 나자 우리가 '어어……' 하는 사이 일이 후다닥 진행되어 선애의 짐이 척척 쌓였고, 선애와 같이 갈 사람들까지 지정되어 버렸다. 이런 것이 바로 '기다렸다는 듯이'라는 것이겠지?

선애와 같이 서대륙으로, 아니, 정확하게 '진 나라'로 가게 된 사람은 소피와 로어였다. 뭐, 처음부터 예상한 사람들이라 선애는 고개를 끄덕였다.

그런데 의외의 사람이 그 일행에 끼게 되었는데, 바로 토냐였다. 생각지도 않은 토냐의 등장은 선애는 물론이거니와 벨타이거도 놀랐다.

그도 그럴 것이, 이건 윙겟의 의도 하에 생긴 일이었다. 그 향수와 꽃, 식물 외에는 다른 것에 조금도 관심을 보이지 않던 괴팍한 영감탱이 말이다.

토냐는 윙겟의 역작이라고 할 수 있는 '새벽의 축복' 향수를 본 후부터는 그를 자신의 일대 라이벌이자 넘어야 할 장벽이라 여기고 있었던 모양이다. 그리고 윙겟은 예쁜 아가씨가—40이 다 되어가기는 하지만 겉보기에는 충분히 아가씨로 보이니까—자신을 그리 여기는 게 싫지는 않았나 보다.

선애는 물론이거니와 벨타이거에게도 퉁명스레 대하던 사람이 토냐에게는 그녀의 질문에 상냥하게—물론 남들이 보면 퉁명스럽지만, 그의 성격을 대충이나마 아는 우리가 보기에는 윙겟의 성격치고 무지 상냥하게 말해주는 거다—대답해 주는 것은 물론이거니와, 그게 아니라 해도 이것저것 충고도 해주는 것이었다.

이번에도 딱히 마음에 드는 향수를 만들지 못해 낙담하고 있는 토냐에게 윙겟이 벨타이거가 서대륙에 가니까 같이 따라가서 서대륙의 향수 재료들을 한번 둘러보는 게 어떻겠냐고 넌지시 충고해 주었다고 한다. 그리하여 어떠한 새로운 돌파구나 신선한 자극을 원했던 토냐는 당장에 짐을 싸들고 달려와 벨타이거 대신 서대륙으로 가게 된 선애와 합류하게 된 것이었고 말이다.

벨타이거를 태우고 가기로 했던 배는 사람이 바뀌었다고 해도 별로 상관은 없었는지 약속한 돈과 시간만 지키길 바랐다. 뭐어, 맨 처음 이야기 된 것보다 사람이 한 명이 더 늘어서—원래는 벨타이거와 모건, 그리고 그들을 수행할 한 명의 하인이 다였다—돈을 더 내야 하기는 했다.

그리하여 그 배가 출항한다는 날 아침, 선애는 일찍부터 소피의 재촉으로 일어나 씻고 아래층으로 내려왔다.

"여어, 출발할 준비는 다 된 건가?"

미리 응접실에 내려와 있던 벨타이거 녀석이 웃으며 말을 건네왔다.

"준비는 어제 다 했는데요, 뭘. 그런데 어디 가요? 어째 외출하는 차림인데?"

정말 외출 망토까지 가지고 있는 벨타이거의 모습에 선애가 고개를 갸웃거리자, 벨타이거가 머쓱하게 웃었다.

"아아, 배웅 나가려고."

"헤에, 미안하긴 한가 보네요."

선애가 흐응, 하는 표정으로 묻자 벨타이거가 웃으며 고개를 살짝 숙여 보였다.

"정말 미안하게 생각하고 있어. 나 대신 아주 아~주 어려운 걸음 해주셔서 정말정말 감사합니다아~"

"그 마음 제가 돌아올 때까지 꼬옥 간직하고 계시길 바래요."

"기필코 그러도록 하지."

벨타이거가 하하 웃으며 문을 열어주자, 기다리고 있다는 듯 일행은 저택 밖으로 나와 준비된 마차에 올라탔다.

그런데 마차 안에 모건이 미리 앉아 있는 거였다.

"어라? 모건도 배웅?"

선애가 눈을 둥그렇게 뜨며 묻자 그가 씨익 웃어 보였다.

"배를 섭외한 건 바로 저 아닙니까? 제가 그 배까지 안내해 드리지 않는다면 누가 안내하겠습니까?"

"아……."

'맞아, 배는 모건이 알아봤지?'

일행이 항구로 출발한 시각은 평소 일행이 하루 일과를 시작하는 시각보다 좀 이른 때였다. 그러나 항구는 그 시각이 이른 때가 아니었는지, 우리가 도착한 넓은 항구는 벌써 하루 일과를 시작한 사람들로 인하여 활기를 띠고 있었다.

알파두르에 살고 있으면서 선애나 나는 우습게도 항구에 와본 적은 이번이 처음이라 생소한 모습에 두리번두리번거리며 구경하기 바빴다.

배를 타고 국외로 나갈 일이 없었으니 항구에 올 일이 없기는 했지만, 그래도 그동안 구경이라도 하러 올 수 있었을 텐데 한 번도 발걸음 한 적이 없다니 조금 우습기도 했다.

뭐, 항구와 바다가 내려다보이는 언덕 위의 고급 레스토랑에서 식사를 한 적은 있지만, 멀리서 보는 것과 직접 와 보는 것은 다르지 않는가 말이다. 그런데 멀리서 봤을 때도 생각한 거지만, 여기가 한국에 있을 때 내가 몇 번이나 가본 속초항보다 훨씬 컸다. 하기야, 한국의 속초항은 항구치고 작은 편이긴 했지만 말이다.

항구에서 떨어진 저 멀리 깊은 바다 쪽에는 십여 척 정도 되는 커다란 배가 있었다. 서대륙과 왕래를 할 정도로 커다란 배들은 항구까지 들어오지 못하기 때문에 짐이나 사람들이 그 배로 옮겨가기 위해서는 작은 배들을 이용해야 했다.

"아, 저쪽에 있는 배 보이십니까? 가장 안쪽으로 들어와 있는 배 말입니다."

모건이 마차에서 내려 멀리 바다 쪽을 바라보더니 갑자기 우리를 부르며 손으로 그쪽을 가리켰다. 항구를 구경하고 있던 모든 이들이 그의 손짓을 따라 커다란 배들이 있는 저 먼바다 쪽으로 시선을 돌렸다.

"어느 걸 말하는 거죠?"

토냐의 말에 모건이 다시 입을 열었다.

"그러니까… 음, 가장 작은 배를 말하는 겁니다."

모건의 말대로 가장 안쪽에는 눈으로 봐도 뒤쪽에 멀찍멀찍 떨어져 있는 배들보다 확실히 '작다'라는 느낌이 드는 배가 한 척 있었다. 다른 배들처럼 많은 짐을 싣고 가는 게 아니라서 큰 화물선이 아니라는 이야기는 들었지만, 눈에 확 뜨일 정도로 작은 배일 줄은 몰랐다. 그 모습을 보니 은근히 저렇게 작은 배로 괜찮을까… 하는 걱정이 들었다. 하지만 크기가 작아서 그런지 다른 배들보다 날렵해 보이기는 했다.

"저 배가 타고 가실 배입니다. 다른 배들보다 빨라서 적어도 일주일 정도의 시간을 단축시킬 수 있다고 하더군요."

그 배도 오늘 출항하기 때문인지 보트들이 줄지어서 그 배를 향해 다가가고 있었다. 그리고 그 보트들이 출발하는 항구의 선착장 한 부분으로 다가가 보니 두툼한 서류를 든 남자가 서류에 적혀 있는 목록과 자신의 주위에 차곡차곡 쌓여 있는 짐들을 비교해 보며 확인하고 있었다.

그 남자가 약속된 바로 그 사람인 듯 모건은 그 남자를 발견하자 얼른 다가가며 말을 걸었다.

"안녕하십니까."

"응? 아, 우리 배에 승선하신다는……."

남자도 모건을 알아보고 마주 고개를 꾸벅해 보였다.

"그렇습니다."

"늦게 오지는 않으셨구려. 그런데 어째 말한 것보다 사람이……."

모건의 뒤로 우르르 몰려온 일행을 바라본 중년 남자의 인상이 굳어지자 모건이 얼른 대답했다.

"아아, 배웅 나온 사람들이 같이 있어서 그럽니다. 승선할 사람은 약속대로 넷입니다."

"그렇소? 그럼 뭐… 아, 짐은 어디에?"

"마차에 있습니다. 얼른 내리도록 하겠습니다."

"어이, 자네 둘. 이 사람 따라가서 짐을 가지고 오게."

모건이 마차 쪽으로 몸을 돌리려 하자 중년 남자가 근처에서 짐을 보트로 옮기고 돌아오던 두 일꾼을 불러 모건 쪽으로 보냈다.

"곧 출항해야 하니까 작별 인사할 거면 빨리하쇼."

그렇게 중년 남자는 누구에게랄 것도 없이 우리 일행에게 말하고는 곧바로 짐 쪽으로 시선을 돌리며 다시 짐들을 확인해 나가기 시작했다.

그러고 보니 우리가 오기 전에 벌써 대부분의 짐을 옮겼는지, 그 중년 남자의 주위에 쌓여 있는 짐의 양은 얼마 되지 않았다. 아무래도 우리도 곧 배로 향하게 될 거 같았다.

그걸 보자마자 벨타이거도 시간이 없다고 생각한 듯 곧 입을 열었다.

"뭐어, 하고 싶은 말은 이미 다 했으니… 어쨌든 잘 다녀오도록 해. 몸조심하고."

"그럴게요. 그동안 상회 운영 잘하고 계세요. 망하게 하면 가만 안 둡니다."

"아하하하! 그러도록 하지."

선애가 그렇게 하고 뒤로 물러나자 토냐가 벨타이거에게 다가왔다.

"윙겟님께 안부 전해주세요, 잘 다녀오겠다고. 그리고 다녀와서는 윙겟님을 능가하는 향수를 꼬옥 만들고 말겠다고 말이에요."

토냐는 이 사회에서 윙겟보다는 훨씬 높은 위치의 사람이었다. 그녀는 비록 집안이 망했다 하더라도 어려서부터 체계적으로 교육을 받았고, 지금은 당당하게 마법사 길드에 등록된 마법사였으니 말이다. 게다가 토냐는 부자였기에 집안이 있든 없든 어디에 가서도 충분히 대접받을 사람이었다.

그에 비하면 윙켓은 정원사 출신으로, 보통 평민 할아버지에 불과했는데도 토냐는 윙켓의 능력을 인정하여 존칭을 써주고 있었다. 아마 토냐가 그렇게 대해주고 있었기에 윙켓도 토냐에게 잘 대해주는 걸지도 모른다.

"꼭 전해드리지요."

그렇게 물러나자 짐을 가지러 갔던 모건이 다가와 그에게 또 한마디씩 작별 인사를 하고 나자 기다렸다는 듯 아까 중년 남자가 일행을 불렀다.

"거기, 이제 다 했으면 빨리 오슈."

"자, 이제 가봐."

중년 남자의 목소리에 벨타이거가 뒤로 물러나며 웃어 보이자 선애가 시큰둥한 표정으로 투덜댔다.

"어째 빨리 쫓아 보내고 싶은가 봐요?"

그러자 벨타이거가 싱긋 웃으며 말을 받았다.

"빨리 가야 빨리 돌아오지."

"네네, 정말 말은 잘하신다니까요."

"어디 선애만 하겠어?"

"하기야, 회장님에 비하면 제가 좀 낫죠."

"아하하하! 아, 정말 못 당한다니까."

크게 한 번 웃고 난 벨타이거가 왠지 묘~ 한 시선으로 선애를 바라보더니 갑자기 뜬금없는 말을 꺼냈다.

"이런 말장난 다시 하려면, 시간이 좀 걸리겠지?"

그의 갑작스레 변한 분위기에 어리둥절한 선애는 그냥 별 생각 없이 넘기기로 했는지 시큰둥하니 대꾸했다.

"그게 누구 때문인데 그러십니까?"

그러나 벨타이거는 그런 선애의 말을 받는 대신 엉뚱한 말을 꺼냈다.

"무사히 돌아오도록 해."

그것도 선애를 요상한 눈길로 바라보며 말이다. 좋게 말하면 그윽한, 나쁘게 말하면 느끼하다고 표현될 수 있는 눈빛이었다.

그에 선애는 인상을 팍 찡그리며 팔뚝을 벅벅 긁었다.

"닭살 돋습니다. 그런 눈길은 다른 여자에게나 보내시죠? 으에, 느끼해라."

"으하하하! 역시 선애에게는 안 통하네?"

"뭘 새삼스레. 어쨌든 잘 먹고 잘 계세요. 최대한 빨리 다녀올 테니까."

"응, 꼭 무사히 돌아와."

벨타이거 놈은 선애가 몸을 돌려 걸어갔는데도 불구하고 선애를 바라보면서 작게 중얼거렸다. 선애야 못 들었겠지만, 벨타이거 놈을 째려보고 있느라 옆에 있던 나는 아주 자알~ 들을 수 있었다.

그때는 이놈이 선애에게 뭔 감정을 품는 게 아닌가 싶어 패씸했지만, 나중에 생각해 보니 혹시 벨타이거 녀석은 이때 뭔가 불안감을 느끼고 그랬던 게 아니었나… 싶다. 뭐, 아니면 말고.

C h a p t e r 27

작은 배로 항구에서 좀 떨어진 깊은 바다에서 대기하고 있는 커다란 배에 오르니, 그곳에는 또 다른 사람이 우리 일행을 기다리고 있었다.

아까 항구에서 짐꾼들을 지휘하던 사람은 중년 남자라서 그런지 얼굴이 그을리고 거친 피부를 가지고 있어도 사무직 담당이라는 분위기를 풍기던 사람이었다. 그러나 우리를 기다리고 있던 젊은 남정네는 온몸에 '나 선원이요' 라고 써붙인 것만 같았다. 180㎝는 쉽게 넘어 보이는 훤칠한 키에 체격 또한 튼실했다. 옷에 가려지지 못해 밖으로 드러난 피부는 우람한 근육질에 진한 갈색으로 그을려 있었다. 머리카락은 거칠어 보이는 연한 금발이었는데, 이게 하도 햇볕 아래에서 일하느라 색이 바래 그렇게 된 건지, 원래 그런 색인지 헷갈렸다.

그런 그가 삐딱한 자세로 배 위로 올라온 우리 일행들을 쓰윽 훑어

보더니만 건들거리는 어투로 말했다.

"선장이랑 선주가 만나고 싶다고 하니 따라오슈."

그러더니 우리의 대답도 기다리지 않고 당연히 따라와야 한다는 듯한 태도로 휙 몸을 돌려 걸어가는 것이었다.

우리는 돈을 내고 정정당당하게 배를 탄 손님이건만, 이건 친절하게 대해주지는 못할망정 완전 귀찮은 짐 덩어리 취급이었다. 물론 이게 손님들을 태우는 것이 목적인 여객선이 아니니 극진한 대우는 기대하지 않았지만, 그래도 이건 너무한 게 아닌가 싶었다.

토냐도 무척 황당했던지 그 건방진 선원의 뒤를 따라가며 선애에게 작게 속삭였다.

"저기… 선원이란 사람들은 원래 다 저런 거야?"

당사자가 바로 앞에 있으니 차마 하고 싶은 말을 삼키고 우회해서 말하는 듯 보였다. 그녀의 표정을 본다면 '저런 건방진 놈!' 이라고 외치고 싶어하는 거 같았으니 말이다.

"그, 글쎄요. 저도 잘… 저도 이런 배 타본 적은 처음이에요."

"그으래?"

토냐는 선애의 얼굴을 바라보며 고개를 한 번 갸웃하더니만 어깨를 으쓱하고는 그대로 입을 다물었다. 아마 서대륙에서 올 때는 뭐 타고 왔는지 묻고 싶었나 보다. 그래 봤자 선애는 대답해 줄 수 없겠지만 말이다.

선원이 일행을 데리고 간 곳은 선장실이었다. 커다란 배 갑판 위에서도 한층 높은 곳에 마련되어 있는 선장실은 그곳에서 보면 갑판 위의 상황이 훤히 내려다보이고, 뒷쪽 창으로는 넓은 바다가 보이는 아주 전망 좋은 자리에 있었다. 그러나 그렇게 좋은 전망을 가지고 있는 선장실에 들어가자마자 제일 먼저 느낀 감정은 '난잡하다' 였다. 벨타이 거네 저택에 마련된 선애의 방만은 못하지만, 그래도 꽤나 넓적한 곳이었건만, 온통 어질러져 있는 실내 덕분에 조금도 넓적한 맛을 느끼지 못하게 했다.

그러나 그 안에 있던 사람들은 이러한 난장판이 아무렇지도 않은 듯, 실내와 마찬가지로 무지 난잡한 커다란 나무 탁자 앞에 서서 탁자 위를 내려다보다가 마악 들어선 우리를 향해 시선을 돌렸다.

"만나서 반갑습니다. 내가 바로 이 배의 선장인 매튜라고 합니다."

정말 '전형적' 이라는 생각이 들 정도의 지저분한 턱석부리 수염을 가지고 있는 거대하고, 거칠어 보이는 인상을 가진 중년 남자가 일행을 향해 입을 열었다.

거칠어 보이는 느낌과는 다르게 그의 어조는 꽤나 정중해서 나는 속으로 좀 의외다… 라는 생각을 했다. 분위기가 우리를 안내한 선원만큼은 아니라고 해도 꽤나 무뚝뚝하거나 거칠고, 퉁명스러운 기운이 서린 어조일 것 같았기 때문이다.

그런 느낌은 선애도 마찬가지였던지, 눈을 동그랗게 뜨고 그를 바라보다 자신의 대답을 기다리는 선장과 그 옆에 있던 사람의 시선에 얼른 제정신을 차렸다.

"아, 실례를 해서 죄송합니다. 어쨌든 환영해 주셔서 감사합니다. 목적지까지 잘 부탁드리겠습니다."

"무슨 말씀을. 아, 그리고 이쪽이 바로 이 배의 주인이십니다."

선장의 소개에 우리 일행은 그가 가리키는 쪽으로 시선을 돌리다가 놀란 표정을 지었다. 그는, 아니, 그녀는 대충 20대 중반쯤으로 보이는 아가씨였던 것이다.

이 세계에서는 남녀 차별이 극심하여 여자는 집에서 살림만 하고, 남자가 바깥일만 하는 건 아니지만, 그래도 사실 어느 정도는 차별이 있는 터라 중요한 직책이나 어떤 조직의 대표를 차지하고 있는 사람들 대부분이 남자였다. 게다가 이 배의 주인은 서대륙까지 가서 거래를 트려고 하는 사람이라고 했기 때문에 당연히 남자일 거라 생각하고 있었던 것이다. 뭐어, 이것도 편견이겠지만 말이다.

하지만 선주로 나선 아가씨는 부티를 팍팍 풍긴다거나, 아니면 뭔가 지적으로 보인다거나, 상인턱한 분위기를 풍기지도 않아 더욱더 의외였다. 이 세계에서 뭔가 한자리를 차지하고 있는 여성 하면 뭔가 대단한 티가 날 거라고 생각했던 것이다.

그런데 이 아가씨는 단지 무척이나 발랄한 분위기만 나는 것이, 뭐랄까… 남자들만 있는 집안에 외동딸로 큰 듯한 분위기라고나 할까? 아니면 뭔가 거친 일을 하는 집안의 여식 같았다. 용병이라거나 선원이라거나, 아니면 술집 자식? 부유한 집안의 아가씨 같긴 했는데, 단순히 오냐오냐하며 엄청난 보호 속에 자란 온실 속의 화초가 아닌 뭔가 거친 분위기도 같이 느껴졌다.

선장 못지않게 갈색으로 그을린 피부에 머리는 거의 희미하게 금빛을 품고 있는 은발이었고, 눈동자 색도 옅은 녹색이라서 피부와는 무척이나 대조되었다. 눈동자 색과 머리색 때문에 피부가 더 짙게 보이는 건지도 모르겠다.

게다가 머리는 짧은 커트였다. 길거리의 개구쟁이 소년처럼 아무렇게나 자른 게 아니라 단정하게 잘 다듬어지기는 했지만, 이 세계에서 여유있는 여성들은 될 수 있는 한 긴 머리를 유지하는 게 보통이라 짧은 머리의 아가씨를 보니 되게 신기했다. 척 보기에도 부티가 팍팍 나는 아가씨인데 말이다. 하여간 여러모로 이 세계에서 쉽게 만날 수 없는 아가씨인 건 분명했다.

"이야, 이야, 만나서 반가워요. 나 말고도 서대륙으로 가겠다고 나선 여자가 있을 줄은 몰랐네? 동지잖아?"

그녀는 풍기는 분위기만큼이나 활달한 어조로 말하며 선애에게 다가와 다짜고짜로 팔을 잡고 흔들었다.

그녀의 입장에서는 무척이나 반가웠던 모양이지만, 선애의 입장에서는 무척이나 당혹스러운 행동일 뿐이었다. 그동안 선애가 가게 일을 하면서 그나마 좀 나아지기는 했지만, 그래도 아직은 처음 본 사람과 이야기할 때는 긴장을 하기 때문에 안색이 굳어진다.

"아, 예에……."

하지만 지금은 긴장해서 굳었다기보다는 얼떨떨해서 말이 안 나오는 모양이다.

"하여간 정말 반가워요. 우리 목적지에 도착할 때까지 잘 지내보자구요."

"하아, 예에……."

그녀가 말할 때마다 그녀의 귀에 달려 있는 은색 귀걸이가 찰랑거리며 흔들렸다. 길쭉한 세모 형태의 귀걸이였는데, 색을 보아하니 은이라기보다는 백금에 가까운 것 같았다. 내 두 번째 손가락 정도의 길이였는데, 어찌 보면 마치 화살촉 같아 보이기도 했다. 중간 부분에 붉은 색의 자그마한 보석이 박혀 있는 제법 예쁜 귀걸이로, 활달한 그녀에게 무척이나 잘 어울렸다.

'흠, 예쁘네. 울 꼬맹이도 저런 스타일이 잘 어울릴 텐데…….'

서대륙에 도착하면 저거와 비슷한 분위기의 액세서리가 있는지 한 번 찾아봐야겠다.

그 뒤 나머지 일행들을 간단히 소개한 뒤 몇 가지 시시한 이야기를 주고받다가 선장이 부른 다른 선원이 와서 일행들을 갑판 아래에 있는, 일행이 사용할 선실로 안내해 줬다.

그런데 참 기가 막히게도 그 방은 3인실이긴 한데, 보아하니 아무래도 2인실이었던 곳을 침대 하나를 더 들여놓아 억지로 3인실로 만든 것 같았다. 그러다 보니 선장실의 반의 반 정도밖에 안 되는 좁은 방이라 침대만으로도 거의 꽈악 차서 옷장 같은 건 들여놓을 자리도 없었다. 그나마 한쪽에 세수를 할 수 있는 세수 대야가 있다는 게 다행이랄까?

하지만 우리는 그나마 나은 편이었다. 일행 중 단 한 명의 남자인 로어는 다른 선원들과 같은 방을 사용해야 했으니 말이다.

작은 배인데다 여객선이 아니라서 넓은 1인실은 선장실을 제외하고 단 하나밖에 없다고 하는데, 그건 당연하겠지만, 선주가 차지하고 있었다. 그 외에는 다인실뿐이었는데, 로어를 배려하여 다인실을 그 혼자 쓰게 내줄 정도로 친절을 베풀 것처럼 보이지는 않았다. 그런데 어째 로어와 같이 쓸 선원들의 인상이 완전 조폭을 연상시켰기 때문에 육체파가 아닌 두뇌파인 로어의 안색을 헬쑥하게 만들었다. 단순히 인상만 그럴 뿐 실제로는 마음씨 좋은 사람들이라 해도 거친 선원들 속에 로어 혼자 두려니 도저히 마음이 안 놓였다

그래 결국 로어의 누나라고 할 수 있는 토냐가 불안감을 참지 못했

는지 방을 바꿔달라고 직접 요구하자, 일행을 안내한 선원이 자그마한 친절을 베풀어 일행들에게 4인실을 쓰게 해주었다.

덕분에 로어는 여자들이랑 같이 방을 쓰게 되어 표정이 찌그러졌지만, 그 또한 선원들보다는 차라리 익숙한 여성들이랑 지내는 게 나을 것 같았는지 반대하지는 않았다. 그로 인하여 선원들의 노골적인 비웃음을 당하게 되었지만 말이다.

그런 모습을 보며 나는 과연 이 배를 탄 게 잘한 것인지 무지 회의가 들었다. 비록 될 수 있는 한 빨리 다녀오면 좋겠다고 하지만, 이런 어려움을 겪으면서까지 시일을 단축할 필요가 있을까… 싶었던 것이다. 하지만 이제 와서 배에서 내릴 수는 없는 일이니, 잘 버티며 최대한 빨리 서대륙에 도착하기를 비는 수밖에 없었다.

"젠장할, 젠장할, 젠장하아아알~ 우쒸, 돌아가기만 해봐. 회장이고 뭐고 절대로 가만 안 두겠어!"

4인실 또한 비좁은 방이었기에 방 안에 있는 가구라고는 이층 침대 두 개와 세면대 하나뿐이었다.

게다가 이 침대라는 것도 절대로 고급이라고 할 수 없었다. 오래되어 낡은 침대라 누워 뒤척거리면 금방이라도 움직이지 말라고 항의라도 하는 듯 삐걱삐걱거리는 소리가 나는데다 매트리스나 베개는 딱딱했고, 시트는 낡은 면 시트였다. 그나마 깨끗하다는 게 감지덕지로 생각될 정도였다.

선애는 한국에 있을 때 온돌 바닥에서 생활하던 애였으니 딱딱한 매트리스라도 크게 불편함을 느끼지 않았고, 소피도 여러 훈련을 받아서 그런지 괜찮은 듯했다. 하지만 부유한 집안 출신인 토냐나 로어는 폭신한 침대에서만 생활해서 그런지, 처음 며칠은 잠도 못 자고 온몸의 근육통을 호소했었다.

그뿐만이 아니었다. 이 선실은 바깥쪽으로 둥근 창이 하나 나 있긴 했지만, 너무 작아서 햇볕도 제대로 들어오지 않아 안은 항상 어두컴컴했다. 게다가 환기도 제대로 잘 안 되는 모양인지, 습기가 많아 선실 안의 모든 물품이 눅눅해졌다.

나야 시각과 청각 외에 다른 감각이 모두 마비되어 별 불편을 느끼지는 못하지만, 다른 사람들은 그렇지 못했다. 그나마 토냐가 가끔 마법으로 바람을 불러들여 환기도 시키고, 습기도 말려주고, 일행 몸도 씻겨주니까 버틸 만했지, 안 그랬으면 도저히 못 견뎠을 것이다. 그게 아니라고 해도 일행들은 지금 불만이 쌓이고 쌓인 상태였는데, 그런 것까지 사람들에게 스트레스를 줬다면 아마 일행들은 모두 한 번씩은 폭발했을 거다.

선실 안 침대와 침대 사이에는 사람 하나가 비좁음을 느끼며 간신히 누울 정도의 공간밖에 없었기 때문에 네 사람이 둘러앉아 이야기를 하려면 아랫층 침대에 앉거나, 아니면 각각 자신의 침대에 앉는 수밖에 없었다.

선애는 지금 자신의 침대인 왼쪽의 이층 침대에서 베개를 내려치며 불만을 토로하고 있었다. 울 꼬맹이의 목소리가 앙칼졌지만, 다른 이들 또한 같은 심정인지 오히려 선애와 동조하고 있었다.

"아무리 급한 사안이라고 해도 이 배는 너무 심했어."

선애의 말을 거드는 토냐의 뒤를 이은 건 그래도 벨타이거, 아니, 정확하게는 배를 섭외한 모건을 이해하려는 로어였다.

"모건 씨도 어쩔 수 없었겠지요. 여객선도 아닌데 배 안의 사정까지 어떻게 세심하게 신경 썼겠습니까?"

"아무리 그래도 그렇지요. 만약 이런 배인 줄 알았다면, 나는 절대로 안 탔을 거예요."

선애의 말에 로어가 머쓱하게 웃으며 입을 다물었다. 아마 자신도 같은 심정이었기에 뭐라 할 수 없는 거겠지.

그도 그럴 것이, 일행은 이 배를 탄 뒤 하루 대부분의 시간을 이 좁은 선실에서 보내고 있었던 것이다.

딱히 선장이 일행을 선실에 가두어둔 것은 아니었다. 그러나 일행이 선실 밖으로 나가기만 하면 이 배 선원들의 이상야릇한 시선들이 쏟아져 일행의 신경을 박박 긁어놨기 때문에, 그걸 견디다 못한 일행들 스스로가 반 감금 생활을 자처하게 되었던 것이다.

여성 일행들과 방을 같이 사용하게 된 로어는 노골적으로 선원들에게 비웃음을 당했고, 나머지 여자들에게는 노골적인 시선을 던지는 거였다. 단지 시선뿐만이 아니라 우리에게 들릴 정도의 커다란 속닥거림, 휘파람, 심하면 야유까지 당하니 일행들이 견디질 못하는 것이다.

그래도 처음 며칠은 무시하거나 노려봐 주는 것으로 대응했지만, 그것도 하루 이틀이지, 계속 그런 상태가 지속되니 지치는 것은 일행이었다. 그렇다고 선장에게 항의해 봐도 선장은 오히려 우리보고 거친 선원 녀석들이니 이해해 달라고 할 뿐이었다. 뭐, 녀석들에게 주의를 준다고 하기는 했지만, 정말 주기나 하는 건지 의심스러울 정도로 녀석들의 행동은 조금도 변하지 않았다.

그런데 웃기는 건 선주에게는 절대 그러지 않는다는 거였다. 오히려 그녀와 마주치면 그녀의 시선을 피하기 위하여 시선을 내리깔 정도였다.

그런 거 보면 돈의 힘이란 정말 위대했다. 아무리 거친 선원들이라고 해도 자신들의 직장을 움켜잡고 있는 선주에게는 꼼짝도 못하니 말이다. 이럴 줄 알았으면 차라리 많은 출혈을 감수해서라도 공동 선주가 되거나, 아니면 우리가 따로 선주가 되는 걸 진지하게 고려해 볼 걸 그랬다.

나도 울 꼬맹이가 그런 일을 당하는데 절대로 가만있었던 것은 아니다. 처음에는 열받은 내가 그 즉시 쫓아가서 넘어뜨리거나 일을 방해하는 등등 혼내주기도 했지만, 한두 녀석이 아니라 이 배에 탄 선원 녀석들 전체가 그러고 있으니 별 효과가 없었다.

한두 놈만 집중적으로 꾸준히 괴롭힌다면 뭔가 깨닫는 것도 있겠지만, 이건 한 놈에게 한두 번 찝적대다 또 딴 놈에게 가서 한두 번 찝적대고 하니, 내가 할 일은(?) 산더미 같고 당하는 놈들은 그냥 한두 번 재수없다 여기는 것에서 끝나 버리는 통에 내가 먼저 기운이 빠질 지경이었다.

이런 게 바로 괴롭힐 맛이 안 난다는 거겠지? 이런 일을 겪고 나니 예전에는 조금도 이해 못했던, 남학생들 사이에서 눈길 한 번 잘못 준 걸로 시비가 생겨 싸움까지 일어난다는 말이 구구절절 이해가 갔다.

그나마 식사할 때는 선장실에서 선장, 선주와 함께했기 때문에 하루에 세 번은 잠깐 외출을 할 수가 있었다. 그리고 나머지 시간 동안 토냐는 뛰어난 향수 및 화장품 개발로 인하여 잠시 뒤로 미뤄놨던 마법 연구를, 나머지 셋은 서대륙에 대한 공부, 그리고 선애가 소피와 로어에게서 받는 아벤티노 대륙에 대한 경제, 정치 강의 등등이 있었기에 버티고 나갈 수가 있었다. 안 그러면 울 꼬맹이는, 아니면 일행 모두는 울분을 참지 못해서 벌써 배를 한바탕 뒤집어놓고도 남았을 거다. 뭐, 정말 그랬다면 우리에게도 안 좋은 일이었겠지만 말이다.

우리가 항해에 대해 뭔가 알고 있었다면, 차라리 깡패 혹은 해적 소리를 듣더라도 선원들을 몽땅 접수해 가지고 큰소리 치거나, 아니면 선원들을 몽땅 바다 속에다 던져 놓고 우리가 배를 몰고 가기라도 하겠다. 하지만 항해의 항자도 모르는 사람들뿐이었으니, 그저 이들이 하는 대로 얌전하게 따라가는 수밖에 도리가 없었다. 그러니 토냐도 몇 번이고 마법을 일으키려고 하다가 억지로 간신히 울분을 참은 것이다.

그렇게 힘들고 어려운 배 위의 생활이 2주 정도 지난 어느 날이었다. 밖의 날씨는 화창했고, 사방으로 펼쳐진 푸른 바다가 푸른 하늘과 어우러져 멋진 장관을 연출하고 있었지만, 자의 반 타의 반에 의하여 선실에 틀어박힌 생활을 하고 있던 일행의 얼굴은 암울하기만 했다.

토냐는 어려운 마법을 파고들었기 때문에 이 주나 지난 지금도 마법 책 한 권을 다 마스터하지 못해 열심히 머리를 굴리고 있었지만, 선애와 소피, 그리고 로어는 자신들이 가지고 온 책들을 벌써 다 읽어버렸기에 잡담으로 시간을 때우고 있었던 것이다. 하지만 그것도 기분 좋을 때나 이야기가 끊임없이 이어지는 거지, 시간을 때우려고 잡담을 한다는 게 어디 재미있겠는가?

때문에 분위기가 우중충하게 가라앉아 있어 나만 안절부절못하고 있는데 누군가가 선실 문을 두드리는 것이었다. 그러더니 대답도 듣지 않고 문이 벌컥 열리며, 그동안 우리 담당으로 배정받았는지 매번 식사 때마다 부르러 오고 데려다 주곤 하던 선원이 얼굴만 빼꼼히 들이미는 것이었다.

"점심 드쇼."

참으로 예의없는 말투였지만, 일행들에게는 잠시나마 이 선실을 나갈 수 있다는 소리였기에 모두 아무 말 없이 자리에서 일어났다.

사실 저 예의없는 녀석에게도 몇 번 응징을 가하기는 했지만, 저놈은 왜 자신이 재수가 없는지 깨닫지 못했기에 녀석의 태도는 조금도 변함이 없었다.

'그래도 배에서 내리기 전에 한 대 크게 패주기는 해야겠어.'

나는 그렇게 속으로 결심하고는 일행의 맨 뒤를 졸래졸래 좇아갔다. 그런데…….

'어라라? 그거참…….'

선실을 나와 갑판을 올라오니 어째 평소보다 많은 선원들이 갑판 위에 있다가 일행을 발견하고는 빠안~히 쳐다보는 것이었다. 그들의 시선에는 여전히 노골적인 감정이 들어 있었는데, 내 기분 탓인지 몰라도 오늘따라 왠지 좀 더 신경을 긁는 것만 같았다.

하지만 그렇다고 딱히 확연하게 달라진 점은 없어서 나는 단순히 평소보다 많은 사람들이 있어서 그런 기분이 들었나 보다… 하고 그냥 넘어가 버렸다. 지금 내 힘으로는 저들에게 한꺼번에 뭔가 속 시원하게 한 방 후려칠 수도 없는 노릇이었으니 참는 수밖에 없었다. 불덩어리를 선사할 수는 있었지만, 이 망망대해 위에서 배를 태워 버리면 그 뒷일을 어찌 감당한단 말인가? 그러니 그저 저놈들의 시선을 모른 체하며 선장실로 향할 수밖에…….

'체엣, 어디 강력한 설사약 같은 거 없나? 저놈들이 먹을 음식에 왕창 타버리면 속이 시원할 텐데… 저놈들은 밥도 안 먹나? 왜 할 일 없이 저렇게 갑판 위에 올라와 있는 거야?

사실 처음에 무지 열받아서 저놈들이 먹을 식사에 소금을 왕창 뿌리려고 했던 적이 있었다. 그런데 기가 막히게도 하얀 가루가 여러 개라서 미각을 모르는 나로서는 뭐가 소금이고, 뭐가 설탕인지 구별을 하지 못했던 것이다. 뭐, 둘이 빨갛고 파랗다 하더라도 뭐가 뭔지 몰랐겠지만……

그래서 열심히 머리를 굴려 소금을 타 넣는 것과 비슷한 효과를 내고자 바닷물을 퍼 넣으려고 했었다. 하지만 열받게도 바닷물을 두 번째 퍼 날라 집어넣으려고 할 때, 놈들이 먹을 스프가 완성되어 밖으로 옮겨지고 말았던 것이다.

나야 놈들에게 안 보이니 자유자재로 움직일 수 있지만, 바닷물이 가득 담긴 커다란 양철통은 그렇지 못했다. 그래 시선을 피하고 피해 간신히 한 번 넣는 것은 성공했지만, 그게 시간이 너무 오래 걸려서 두 번까지는 불가능했던 것이다.

그리하여 그때 녀석들의 식사는 평소보다 아주 쬐에에에에~ 금 짭짤하구, 평소보다 조금 묽은—바닷물을 퍼 넣었더니 스프에 들어간 물이 많아졌던 것이다—스프를 먹는 것으로 끝나 버리고 말았다. 그것도 녀석들은 아는지 모르는지 맛나게 퍼먹기만 했을 뿐이었다. 스프가 좀 짭짤하고 묽다는 걸 알아차린 사람은 그 배의 주방을 담당한 선원들뿐이었으니 말이다.

하여간 괴롭히는 나를 더욱더 열받게 하는 놈들이었다. 자의든 타의든 말이다. 그리하여 나는 그 뒤에는 음식 가지고 장난치는 걸 그만뒀다.

그렇게 예전 일을 생각하는 사이, 일행은 어느덧 선장실의 문을 열고 들어가 있었다. 선장실까지 안내한 선원이 막 나오면서 문을 닫고 있었지만, 나는 전혀 아랑곳 않고 그대로 통과하여 안으로 들어갔다. 안으로 들어가니 일행들이 좀 놀랍다는 시선으로 식탁을 바라보고 있는 게 보였다.

'어라라?'

그도 그럴 것이 평소보다 식탁 위에 차려진 음식들의 질과 양의 수준이 한 단계 올라 있었기 때문이다. 선장, 선주와 같이 식사를 하기 때문인지 평소에도 일행이 먹는 식사는 선원들이 먹는 것보다는 좀 나은 수준이었지만, 그래도 이곳이 고급 유람선도 아니었기에 일반 음식점 정도의 수준이었던 것이다.

그런데 오늘은 일반 음식점의 정식 수준이었으니…….

"오늘 무슨 날인가요?"

토냐가 식탁을 바라보다가 다시 선장을 바라보며 묻자 그가 싱긋 웃으며 손을 들어올렸는데, 그의 손에는 와인 병이 하나 들려 있었다.

"예, 사실은 오늘이 제 생일입니다. 항해 중에 생일이란 게 뻔해서 일부러 알리지 않았는데, 녀석들이 어떻게 알았는지 이렇게 준비를 해 줬지 뭡니까?"

"어머, 생신이셨습니까?"

그의 말에 일행이 놀라 당황하자 선장이 사람 좋게 웃으며 손을 저어 보였다.

"아아, 신경 쓰실 것 없습니다. 자자, 어서 앉으시지요. 먹기 전에 와인 한 잔씩 할까요?"

우리가 오기 전에 미리 준비를 한 것인지 탁자 위에는 자리마다 유리잔이 놓여져 있었고, 그 자리 중 두 곳을 선장과 선주가 미리 차지하고 있었다. 그래 선장의 권유에 일행은 기분 좋게 다가가 남은 자리를 차지하고 앉아 선장이 따라주는 와인을 받았다.

향을 맡아본 토나와 로어가 기분 좋은 표정을 짓는 걸 보니 꽤나 괜찮은 와인인 모양이다. 선애는 별 흥미 없다는 식이었지만…….

울 꼬맹이는 술을 별로 안 좋아했다. 이제는 성인도 되었겠다, 막는 부모님도 안 계시니 마음 놓고 술을 마셔도 되기는 하지만, 본인이 술맛을 잘 모르니 일부러 즐기기 위하여 찾지 않았다. 단지 남들 마실 때 분위기상 조금씩 마셔주는 정도였다. 많이 마시면 알코올의 힘 때문인지 알딸딸한 것이 기분이 좋아지기는 하지만, 그걸 느끼기 위하여 일부러 맛도 없는 걸 마시고 싶지 않다는 것이 선애의 지론이었다. 아직 고급술을 안 마셔봐서 그러는 건지 아니면 선애가 술맛을 몰라서 그러는 건지는 모르겠지만, 언니 입장에서는 선애가 술을 좋아하지 않는다는 점이 무지 다행스러웠다.

"자, 건배할까요? 선장님의 건강을 위하여~!"

보통 이런 일은 선장이 주도를 하지만, 오늘은 선장이 주인공이라 그런지 선주가 먼저 잔을 치켜들고 건배를 청했다. 덕분에 일행들도 얼결에 잔을 들고 가볍게 상대의 잔과 부딪쳤다.

그 후 선장과 선주는 화통하게 적포도주를 원샷 했지만, 우리 쪽 일행들은 행동이 엇갈렸다. 잔에 포도주가 채워지자마자 냄새를 맡고는 무척 만족스러운 표정을 지었던 로어는 선장, 선주와 마찬가지로 단번에 쭈욱~ 들이켰지만, 원래 술을 좋아하지 않는 선애는 그냥 입술만 적시는 수준 정도로 마시고는 잔을 내려놓았다.

평소 술 마시는 모습을 보인 적이 없는 소피도 술을 안 즐기는지, 한

모금 정도 마시고 내려놓았는데, 로어와 마찬가지로 적포도주의 향기
에 만족스러운 표정을 지은 토냐도 기분 좋게 쭈욱 들이키는가 싶더니
만, 한 모금 정도 마시고는 잔을 내려놓고 고개를 갸웃거리는 거였다.
입맛을 쩝쩝 다시는 모습만 본다면 포도주의 맛이 감탄스러워 그러는
것 같지만, 그녀의 표정은 절대로 그게 아니었다. 마치 포도주 안에 이
물질이라도 끼어 있다는 듯 보였으니 말이다.

　그 표정을 봤는지 선장이 물어왔다.

　"아니, 왜 그러십니까? 혹시 안에 뭐라도 들어갔습니까?"

　그런 선장의 말에도 대답도 안 하고 계속 고개만 갸웃거리던 토냐가
다시 포도주를 들어 맛을 보더니만 얼굴이 굳어졌다.

　"먹지 마!"

　그러나 그녀의 외침은 늦어서 로어는 벌써 한 잔을 다 마셔 버린 뒤
였다. 뭐, 선애와 소피는 한 모금도 다 안 마셨지만……

　토냐는 그렇게 외치자마자 자리에서 벌떡 일어났다. 그 모습에 우리
일행도 자리에서 일어나 뒤로 물러나기는 했지만, 영문을 몰라 어리벙벙
한 표정이었다. 그중 소피만은 뭔가를 알아챈 듯 날카로운 눈빛으로 선장
과 선주를 노려보고는 잽싸게 자리를 이동하여 선애 옆 자리를 차지했다.

　"뭐, 뭐야, 누나?"

　로어가 당혹한 얼굴로 선장, 선주와 토냐의 얼굴을 바라보며 묻자
토냐가 입을 열었다.

　"안에 수면제가 들어 있어."

　"엥?"

　히껍한 로어의 얼굴.

선장과 선주는 자리에 앉아 일행을 가만히 바라보기만 하다가 토냐의 말이 나오자 천천히 자리에서 일어났다.

짝, 짝, 짝~

선주인 아가씨는 아주 감탄했다는 표정을 지으며 박수를 쳤다.

"정말 대단하시군요. 이래 봬도 꽤나 애를 써서 구한 약이었는데 말이죠."

그녀의 말에 토냐가 날카로운 미소를 지었다.

"이래 봬도 그쪽 계통 전문가라서 말이지."

'엥, 토냐는 화장품과 향수 전문인데… 하긴 거기에도 향과 특효 때문에 여러 가지 약이나 약초를 섞기도 한다니까……'

토냐의 대답에 선주가 무척이나 안타깝다는 듯 고개를 저었다.

"이런, 이런, 그래도 기껏 당신들을 생각해서 구한 건데… 역시 사람은 평소대로 해야 한다니까."

선주의 말에 선애가 바락 화를 냈다.

"그게 무슨 소리지? 왜 이런 짓을 하는 거야?"

선애의 질문에 선주는 친절한 미소를 지으며 상냥하게 설명해 줬다.

"아, 그건… 누군가가 대금을 지불하면서 당신들을 처리해 달라고 했거든. 선수금을 받았으니 계약을 이행해야지. 그래도 꽤나 마음에 들기는 했지만 공은 공이고, 사는 사잖아?"

"누가 그런……!"

"어머, 미안하지만 그건 알려줄 수 없어. 이런 일을 하려면 의뢰자의 비밀 보장은 기본이지."

그렇게 선주의 친절한 설명이 이어지고 있는데, 갑자기 로어가 불쑥 토냐를 불렀다.

"누나……."

"응?"

갑작스러운 부름에 모두의 시선이 그쪽으로 쏠리자 로어는 일행을 바라보며 아주 미안한 표정을 지어 보이더니만 그대로 눈을 감고 스르르 쓰러졌다.

"죄… 송……."

'아, 그러고 보니 로어는 한 잔 다 마셨지?

"로어!'

놀란 선애가 그를 부르며 달려가려는데, 그보다 먼저 로어에게 다가간 토냐가 괜찮다는 뜻으로 손을 저어 보였다.

"괜찮아. 그냥 잠든 것뿐이야."

"하아……."

기가 막힌다는 선애의 표정을 힐끔 바라본 소피가 나섰다.

"너희들은 누구냐?"

"우리? 우린 해적이야. 그것도 그 유명한 붉은 해골 해적이지."

선주의 친절한 설명이 끝나자마자 선장실 문이 거칠게 벌컥 열리더니만, 선원 녀석들이 우르르 몰려들어 왔다. 평소 깔끔한 제복이 아닌 제멋대로의 너저분한 옷차림을 하고 있어도 일반 선원이라 그러려니 생각했는데, 그게 아니라 해적이라서 그랬던 모양이다. 지금 그들은 각자의 손에 무기를 하나씩 쥐고 있었다.

"붉은 해골 해적? 그런 것도 있었어?"

선애가 작게 속삭이자 소피가 역시 작은 목소리로 대답해 줬다.

"인근에 있는 해적들 중 그래도 이름있는 축에 드는 해적이에요. 해적 선장이 여자인 것으로 더욱더 유명하죠. 그런데 그 해적 선장이던 여자는 붉은 머리라고 하던데… 그래서 해적 이름이 붉은 해골이라고……."

"뭐? 그럼 이 배에 저 여자 말고 다른 여자가 있다는 소리네?"

소피와 선애의 속닥거리는 소리를 들었는지 선주가 다시 친절하게 설명해 줬다.

"그건 아니야. 내가 바로 이 해적선의 선장이지."

"에에?"

그녀의 말에 일행의 시선이 그녀에게 쏠렸지만, 이제 20대 중반 정도로 발랄하게만 보이는 아가씨의 모습 어디에서도 험악한 해적 선장의 모습을 발견할 수 없어 일행의 표정에는 믿지 못하겠다는 기색이 떠올랐다.

"변장하고 있는 거냐?"

토냐가 그럴듯한 추론을 내놓자 자칭 해적선 선장 양께서 피식 웃으며 어깨를 으쓱거렸다.

"아니야. 이게 내 본 모습이다. 너희들이 알고 있는 붉은 해골 해적단의 붉은 머리의 선장은 내 어머니셨어. 나는 2대다."

'호오, 해적도 대대로 물려받는 건가?'

"해적이 남의 의뢰를 받기도 하는 줄은 몰랐는데."

이죽거리는 소피의 말에도 그 해적 선장 양께서는 조금도 불쾌한 빛을 보이지 않았다. 오히려 생글생글 웃으며 친절하게 설명해 주는 것이었다. 우리를 다 잡은 고기라 생각하고 여유를 부리는 것인가?

"지불한다는 대금이 마음에 들었거든."

이번에는 토냐가 물었다.

"정확하게 의뢰받은 내용이 뭐지?"

"이 배에 돈을 지불하고 타는 녀석들을 모조리 죽일 것."

해적 선장 양과 대화를 나누는 동안 선장실 문을 통해 들어온 선원 녀석들은 우리를 완벽하게 포위하고 있었다.

해적 선장 양의 대답에 토냐가 기가 막힌다는 시선으로 선애를 바라봤다.

"너, 평소에 행실을 어떻게 하고 다녔기에 원수가 있는 거냐?"

그러나 선애는 억울하다는 표정이었다.

"그거야말로 제가 묻고 싶은데요?"

선애를 죽이고 싶어하는 사람이라니, 아무리 머리를 굴려봐도 딱히 떠오르는 인물이 없었다. 잠깐 루빈스타인 후작가의 그 철없는 계집애가 생각나기는 했지만 곧 지워 버렸다. 만약 그 미란다인지 환타인지하는 계집애가 선애에게 이를 바득바득 갈고 있었다면, 애초에 수도에서 개점할 때 충분히 보복을 할 수 있었을 거다. 가게를 못 열게 한다든지, 영업을 방해한다든지, 아니면 지금처럼 목숨까지 빼앗을 생각을 했다면 그때 자객을 보내든지 말이다. 지금처럼 번거롭게 선애가 서대륙으로 떠날 때를 노려 해적에게 의뢰를 하지 않아도 얼마든지 다른 손쉬운 방법이 있었을 거다.

'나 원, 벨타이거 녀석처럼 작위 가지고 싸움… 잠깐, 벨타이거?'

속으로 꿍얼거리던 나는 번뜩 든 생각에 선애에게 말을 걸었다.

[야, 혹시… 그 의뢰한 놈이 벨타이거 숙부 아닐까? 원래는 벨타이거가 가기로 되어 있었는데 갑자기 너로 바뀐 거였잖아.]

타당성이 있는 말이었다. 핸들리 녀석도 용의자로 떠오르기는 했지만, 우리를 방해하기는 해도 그는 아직 벨타이거가 필요한 입장이었다. 그렇게 생각하자 혹시 핸들리 녀석이 벨타이거가 위험한 걸 알고 일부러 그 초대장을 보내서 못 가게 막은 게 아닐까 하는 추측까지 해본다.

"아무튼, 지금은 그게 중요한 게 아니지. 우선 여길 빠져나가자."

이 방을 빠져나간다고 해도 배 위에서 도망칠 데는 없었지만, 그렇다고 딱히 뾰족한 수가 있었던 것은 아닌지라 일행은 모두 고개를 끄덕여 동의했다. 물론 수면제를 먹고 잠에 빠진 로어는 빼고 말이다.

토냐는 주변을 한 번 빠르게 훑어보더니 작게 속삭였다.

"내가 앞을 뚫지. 누가 뒤 좀 맡아줘."

"그럼 제가 맡도록 하죠."

당연하겠지만, 뛰어난 호신술을 갖추고 있는 소피가 나섰다.

"좋아, 그럼 선애는 로어 녀석 좀 부탁해. 내가 신호하면 잽싸게 입구로 뛰는 거야."

토냐의 말에 선애는 인상을 찡그렸지만—아마 로어를 담당한 게 마음에 안 든 모양이다—지금 상황에서 혼자만 불평할 수 없다는 걸 잘 알고 있는 터라 순순히 로어를 등에 업었다. 축 늘어진 로어가 꽤나 무거운지 끙끙대는 모습이었지만, 도와줄 수는 없었다. 나도 혹시나 모를 사태를 대비하고 있어야 했으니 말이다.

우리가 태세를 갖추자 가만히 지켜보고 있던 선주, 아니, 해적 선장이 생글생글 웃으며 말을 걸었다.

"이제 의논은 끝난 건가?"

그녀는 마치 쥐를 코너에 몰아넣고 어찌할 바를 몰라 하는 모습을 즐기고 있는 고양이 같은 미소를 띠며 말했다.

"만약 의논이 끝난 게 아니라면 말만 해. 얼마든지 시간을 더 주지."

그녀의 말에 주변에 있던 해적 녀석들이 와하하~ 하고 웃어 대는 거였다. 이놈들도 다 잡은 고기를 보는 것마냥 여유가 넘치고 있었다.

단 한 사람, 우리에게 이 배의 선장이라고 했던 중년의 사내가 긴장을 풀지 않은 표정으로 해적 선장에게 말했다.

"이제 그만하고 잡는 게 어떻겠습니까? 이런 일에 방심은 금물이라는 걸 잊으신 건 아니죠?"

그러나 해적 선장은 오히려 방실방실 웃으며 긴장을 풀라는 듯 그의 어깨를 톡톡 쳤다.

"에이 참, 숙부는 걱정도 많아요. 제 깟 녀석들이 이 상황에서 뭘 어떻게 할 수 있겠어요?"

"맞아요, 맞아."

"부선장은 걱정도 많으시우."

"나이가 들면 걱정만 는다잖아."

"다 잡은 물고기를 놓치면, 우리는 붉은 해골 해적단이 아니라 붉은 치마 해적단이다."

"우하하하~"

해적 선장의 말을 뒤이어 처음부터 긴장하고 있지도 않던 주변의 해적 녀석들이 와자지껄 떠들어 댔다.

"시끄럽다, 이놈들! 그러다 큰코다치지."

선장, 아니, 해적 선장의 숙부가 근엄하게 한마디 했지만, 밝고 경쾌한(?) 분위기의 해적들에겐 먹혀들지 않는지 그놈들은 계속해서 떠들어 댔다.

그 소란스러운 틈을 타 침착한 표정으로 주변을 둘러보고 있던 토냐가 작게 입속으로 뭔가를 중얼거리기 시작했다. 그러자 그 모습을 본 소피가 아무래도 시선을 그녀에게 가지 못하게 하려는 듯 잽싸게 입을 열었다.

"물어볼 게 있다."

"호오, 그래? 얼마든지 물어봐. 대답 못해주는 거 빼고 다 대답해 줄게."

해적 선장의 친절한 대답에 주변이 다시 한 번 왁자지껄해졌다.

"와하하~ 명대답입니다, 선장님."

"우리 선장님은 그 미모만큼이나 마음씨도 고우시다니까."

그런 해적 녀석들의 말 틈 사이를 뚫고 소피가 질문을 던졌다.

"왜 우리에게 수면제를 먹이려고 했던 거지? 단번에 죽이려면 독약을 먹이는 것이 좋았을 텐데."

소피의 말에 해적 선장이 생글생글 웃으며 기꺼이 대답해 줬다.

"물론 그렇게 하는 것이 쉽겠지. 하지만 너희들이 죽으면 노예로 팔 수가 없잖아? 대금도 받고, 노예로 팔고. 이런 게 바로 일석이조 아니야? 게다가……."

거기에서 잠깐 말을 끊은 해적 선장은 이상야릇한 눈길로 우리 일행들을 쭈욱 훑어보더니 말을 이었다.

"생각지도 않게 그물에 걸린 고기가 여자가 셋에 남자가 하나잖아. 그래서 생각했지. 우리 애들이 요 근래 바빠서 스트레스를 풀지 못했는데, 이번 기회에 잠깐이라도 스트레스를 풀 기회를 줘야겠다고 말이야. 뭐어, 남자를 좋아하는 녀석도 있으니 잘됐지. 그 남자도 야리야리하게 생긴 게……."

삐이익~

"우리 선장님 최고오~!!"

"아, 빨랑 잡자고요!"

해적 선장의 친절한 설명에 선애가 처음에는 벙찐 얼굴이더니 뒤이어 이를 빠드득 갈았다.

그때였다.

"준비해. 선애야, 셋 세라."

토냐의 말에 선애와 소피의 근육이 긴장되는 것이 보였다.

"하나, 두울, 셋!"

선애가 나지막하게 셋을 세자 그 즉시 토냐의 입에서 마법 시동어가 터져 나왔다.

"일렉트릭 스파크!!"

그녀의 말이 끝나자마자 그녀의 주위에 파지직~ 하며 스파크를 일으키는 야구공만한 빛의 구 5개가 생기더니, 선장실 문 주위에 포진하고 있던 해적 녀석들에게 날아갔다.

"으헥!"

"저게 뭐야!"

빛의 구가 날아가자 해적들이 뭔지는 모르겠지만 일단 피하고 보자는 심정인지 옆으로 몸을 날리는 것이었다. 과연 이름있는 해적단 녀석들이라 그런지 동작 하나는 잽쌌다.

"가세욧!"

소피의 외침이 아니라도 미리 준비하고 있던 선애가 제일 먼저 로어를 업은 채로 달렸고, 그 뒤를 토냐와 소피가 따랐다. 그들을 앞질러 간 내가 굳건히 닫힌 선장실 문을 열어 젖혔고, 일행이 나오자마자 문을 닫았다. 그러자 토냐가 몸을 휘익 돌리더니 닫힌 선장실 문을 향해 두 손을 뻗으며 외쳤다.

"락!"

그녀의 말이 끝나자마자 선장실 문에 파르스름한 빛이 잠깐 어리다가 사라졌다. 그 뒤 문이 딸깍딸깍거리다 쿵쿵거리는 소리가 나는 것으로 보아 문이 안 열리는 모양이다.

"됐어. 문을 마법으로 잠가 버렸으니 잠시 시간을 벌 수 있을 거야."

안에서 문을 쳐대고 욕을 지껄이는 게 들려왔지만, 문은 끝까지 안 걸렸다. 그런 걸 보면 확실히 마법이라는 게 대단했다. 그 모습에 토냐가 안도의 한숨을 내쉬며 말했지만, 소피가 가라앉은 어조로 반박했다.

"그러지 못할 거 같은데요."

그도 그럴 것이 겨우 녀석들의 손에서 잠시라도 해방되었다고 안도한 순간, 우리는 밖에 있던 또 다른 해적 무리들에게 둘러싸여 있었던 것이다. 그들 사이에는 주방과 식당을 담당하고 있던 녀석들의 모습도 보였다.

'하, 전에 읽은 소설책에서 해적선에서는 주방장은 물론이거니와 하다못해 갑판 청소하는 신입 선원까지 모두 전투 요원이라고 하더니만, 그게 진짜였나 보네.'

그게 아니라고 해도 선장실이 그렇게 넓은 곳이 아니었으니, 이 해적선의 전투 인력 전원이 들어왔을 리가 없다. 다 들어오고 싶어도 좁아서 못 들어왔을 테니 말이다. 게다가 여자 셋을 잡는 데 모든 인력이 몽땅 동원될 리도 없고 말이다.

그걸 생각하지 못한 나는 그저 선장실을 빠져나오기만 하면 뭔가 길이 생긴다거나, 하다못해 잠깐의 시간이라도 벌 수 있을 거라 여겼다.

'경험이 없어서 그래, 경험이.'

나는 속으로 한숨을 푹푹 내쉬며 암담한 눈으로 우리를 둘러싼 채 대치하고 있는 놈들을 노려봤다.

녀석들도 우리 중에 마법사가 있다는 걸 알아채서 그런지 함부로 덤비지 않고 신중한 눈으로 바라보기만 하고 있었다. 그리고 토냐도 계속 중얼거리고 있는 것을 보니 여차하면 마법을 날릴 태세였다.

나 또한 여차하면 불기둥이라도 피워 올릴 준비를 하고 있었다. 배위에서 불 가지고 장난치는 건 위험하지만, 요즘 내 불을 다루는 능력이 예전보다는 훨씬 나아져서 내가 원한다면 나무가 아니라 종이 위에서 불을 태운다 해도 나무나 종이에 불이 옮겨 붙지 않게 할 수 있었다. 단지 놈들을 처리한 후 뒷감당을 하지 못할 것 같아 대기하고만 있을 뿐이었다.

그런데 그때 우지끈~ 쿠당탕~ 하는 뭔가가 부서지는 소리가 들려왔다. 고개를 돌렸더니 기가 막히게도 선장실 안에 갇힌 녀석들이 문이 안 열리니까 그 주변에 있던 문보다는 약해 보이는 창문을 부수고, 그곳을 통해 밖으로 빠져나오고 있었다.

"진짜 짜증나게 만드네. 어차피 붙잡힐 거 얌전하게 붙잡힐 것이지, 감히 내 선장실의 창문을 부수게 만들어? 너희들, 이 배가 어떤 배인지 알기나 해?"

해적 녀석들에 앞서 창문을 통해 밖으로 빠져나온 해적 선장이 화가 나는지, 아까까지만 해도 여유만만하던 짓고 있던 미소를 싸악 지워 버리고 조금 날카로워진 목소리로 말했다.

'어떤 배긴, 해적선이지.'

그녀의 질문에 속으로 이죽거리며 대답해 주기는 했는데, 정말 난감했다. 하다못해 멀리 육지라도 보인다면 이 배를 다 뽀사 버리는 한이 있더라도 한바탕 소동이라도 일으킬 텐데, 우리가 알파두르 항구에서 떠나온 지 어언 2주가 지난 시점이었다. 그동안 서대륙으로 갈 것이라 조금도 믿어 의심치 않았기 때문에 배가 움직이는 것에는 요만큼의 신경도 쓰지 않았다. 그래서 어느 쪽으로 가야 망망대해고, 어느 쪽으로 가야 육지가 나오는지도 모르는 시점이라서 무지 깨쌤하기는 했지만, 저놈들의 도움이 절실히 필요한 때였다.

그러나 제압하기에는 놈들의 숫자가 너무나 많았다. 그래서 뭘 어떻게 해보지도 못하고 머뭇머뭇대기만 하고 있던 그때였다.

"우왁!"

선애의 놀람에 찬 외침.

여자다운 '꺄악!' 과는 거리가 좀 먼 비명이긴 했지만, 다급하다는 것만은 충분히 알 수 있었다.

[선애야!]

"선애!"

선장실의 창문을 깨고 밖으로 나온 해적 선장에게 신경이 쏠려 있느라 나나 토나는 미처 뒤에 있던 녀석들이 선애에게 달려드는 걸 막지 못했다. 그러나 단 한 사람, 선애 옆에 있던 소피가 다행스럽게도 녀석들에게 맞서 갔다.

"쿠엑!"

"꽥!"

선애의 비명 소리가 난 다음에 고개를 돌렸기 때문에 나는 안타깝게도 소피의 멋들어진 펀치를 보지 못하고, 단지 턱을 부여잡고 뒤로 주춤주춤 물러나는 녀석 하나와 복부를 감싸고 제자리에 주저앉는 녀석을 볼 수 있었다. 뭐, 그 다음 복부를 붙잡고 주저앉는 녀석을 소피가다시 멋들어진 발차기로 턱을 걷어차는 모습은 볼 수 있었지만 말이다.

아마 토냐의 시선이 다른 쪽을 향해 있자, 그 틈을 타서 선애나 소피를 인질로 잡으려고 했던 모양이다. 소피가 뛰어난 체술을 가지고 있다는 걸 몰랐던 그들의 계산 착오로 부상만 입었지만, 시도는 정말 좋았다.

녀석들이 소피에게 얻어맞는 틈을 타 정신을 차린(?) 다른 녀석들이 달려들려고 했지만, 그때는 이미 토냐의 시선이 녀석들에게 닿은 후였다.

"움직이지 맛! 움직이면 마법 맛을 보게 될 것이다!"

토냐는 자신의 말이 허풍이 아니라는 것을 보여주기 위함인지 척 보기에도 고압 전기로 보이는 빛줄기가 파지직거리는 손을 들어올렸다.

배 위라서 차마 불을 사용할 수 없어서 선택한 것이 전기인 모양이다. 전기라도 뜨거우면 불이 나겠지만, 전압만 잘 조절하면 그래도 덜위험할 거다. 여차하면 나도 있고 말이다.

어쨌든 그런 토냐의 날카로운 말에 처음 달려들던 두 녀석이 제압되는 틈을 타 움직이려 몸을 움찔하던 녀석들의 동작이 멈춰 버렸다.

"모두 꼼짝 마. 안 그러면 네놈들이나 우리나 다같이 죽는 거야. 내

능력이면 이 배 하나 정도는 얼마든지 산산조각 낼 수 있다고."

토냐가 한 바퀴 비잉 돌아 일행을 둘러싸고 있는 해적 녀석들 하나하나를 노려보며 힘주어 말하자, 시선을 마주친 녀석들은 슬그머니 토냐의 시선을 피했다. 잘못했다간 자신들이 덤벼들 거라고 오해를 줄 거 같은가 보다. 그렇지 않아도 토냐가 들어올린 손에서 파직거리는 전기의 스파크는 좀 전에 비해 훨씬 커졌다. 얼핏 봤다가는 번개가 손 위에 내리 꽂혔다고 착각할 것만 같았다.

"어떻게 된 거야? 저 녀석들 사이에 마법사가 있다는 소리는 없었잖아?"

그 모습에 해적 선장이 옆에 있던 녀석에게 앙칼지게 물었다.

"그, 그게 저도 잘… 그런 말은 없었는데……."

옆에 있던 녀석이 아무래도 우리 일행에 대한 정보를 담당하는 놈인가 보다. 기가 팍 죽어 우물쭈물하고 있는 녀석에게 처음 우리에게 자신을 선장이라고 말했던 중년 남자가 한숨을 내쉬며 말했다.

"바보 같은 녀석. 타겟을 한 번 확인했다고 해서 안심하면 안 되지."

"그, 그게… 마지막에 갑자기 인원이 바뀐 거란 말입니다."

녀석이 억울한지 볼멘 목소리로 항의했지만, 녀석들의 입장에서는 상황이 안 좋았던 터라 목소리에 힘은 없었다.

"어쩌지요? 저놈들 사이에 마법사가 끼어 있으면 아무래도 힘들 텐데… 이쯤에서 그냥 타협을 보고 나중을 기약하는 것이……."

중년 남자가 다시 한 번 한숨을 내쉬고는 선장을 향해 건의했다. 그에 해적 선장은 열받는 표정으로 입술을 잘근잘근 깨물며 생각에 잠겼다.

그때 주변에 있던 녀석들이 조심스럽게 하나둘씩 건의를 했다.

"저기… 그냥 한꺼번에 덮쳐 버리죠?"

"야, 그러다 저 마법사가 다같이 죽자고 폭발하면 어쩌냐?"

"그, 그건……."

"나중을 기약하는 게 어떨까요? 여차하면 우리 아지트로 데리고 가는 것도 좋구요. 제깟 놈들이 항해를 알기나 하겠습니까? 어디로 가는지도 모르는데……."

그 즈음 우리 일행도 재빠르게 의견이 오가고 있었다.

"이제 어쩌죠?"

선애의 말에 전기 스파크를 번쩍이고 있는 토냐가 하늘 높이 올렸던 팔이 아픈지 슬그머니 내리며 한숨을 내쉬었다.

"나도 몰라."

최대한 마나를 아끼려는지 빛의 크기도 아까보다 훨씬 작고 약해져 있었다.

"혹시… 텔레포트할 줄 아십니까?"

소피의 말에 토냐가 절망스러운 어조로 고개를 절레절레 저었다.

"내가 가능할 리 없잖아? 나는 겨우 3클래스 익스퍼트, 4클래스 익스퍼트 마법사라고."

"몇 명을 인질로 잡아서 협박해 볼까요? 이놈들 살리고 싶으면 돌아가자고."

소피의 말에 선애가 토냐를 바라보며 물었다.

"괜찮을 거 같은데?"

그러자 토냐도 고개를 끄덕였다.

"그 방법밖에 없으려나? 그럼, 누구를 인질로 잡지?"

"아무래도 해적 선장을 잡는 게 낫지 않을까요?"

소피의 말에 선애가 슬그머니 나를 한 번 보더니 입을 열었다.

"나쁘지 않아. 그럼 인질로 잡는 건……."

선애의 말이 채 끝나기도 전이었다. 우리랑은 반대로 저쪽에서 쑥덕대고 있던 해적들의 의논이 끝났는지 해적 선장 양께서 갑자기 우리를 불렀다.

"이봐!"

의미심장한 뜻이 있어서 그런 건지, 아니면 우리의 긴장을 조금이라도 풀어주려는 건지 그녀는 처음처럼 방긋 웃어 보이며 일행이 자신과 시선을 마주치길 기다리더니 말을 이었다.

"우리 이쯤에서 그냥 타협하자."

우리도 바라는 바였지만, 해적 쪽에서 먼저 제의를 해오니 반가움보다는 의심이 앞섰다.

"타협?"

그게 나뿐만은 아니었는지 토냐가 의심스러운 시선으로 그녀를 바라보며 되묻자, 해적 선장 양께서는 별다른 뜻이 없다는 의미로 빈손인 양손을 앞으로 펼쳐 보이며 말했다.

"그래, 타협하자고."

그러자 소피가 앞으로 나서며 말했다.

"당신이야 비무장일지도 모르지만, 험악한 인상의 사람들에게 둘러싸인 채로는 당신의 말을 그대로 받아들일 수가 없는걸?"

"거참, 의심도 많으셔라."

소피의 말에 해적 선장 양은 어이없다는 듯 허허 웃으면서 우리를 둘러싸고 있던 해적들에게 손짓을 해 보였다. 그러자 녀석들이 뒤로 몇 걸음 물러나더니만 손에 들고 있던 무기들도 다 땅에 내려놨다.

"이 정도면 만족해?"

하지만 솔직히 나는 뒤로 몇 걸음 물러난 거 가지고 뭔 차이가 있는지 모르겠다. 무기도 내려놓기는 했지만, 여기가 한 번 도망가면 다시는 못 잡을 도시의 뒷골목도 아니고, 망망대해 위에 떠 있는 배 위인데 말이다.

그러나 그 정도만으로도 소피가 만족한 듯이 고개를 끄덕이며 뒤로 물러나자 토냐가 해적 선장을 향해 턱짓을 해 보였다. 하고 싶은 제안을 말해보라는 뜻이었다.

그에 해적 선장이 기다렸다는 듯 입을 열었다.

"지금 여기서 계속 싸운다면, 우리에게는 마법사가 없어서 큰 피해를 입겠지. 그리고 너희들에겐 비록 마법사가 있고, 저 계집이 좀 하는 모양인데, 그렇다 해도 우리 모두를 상대로 이기기는 힘들 거야. 설사 이겼다고 해도 항해 기술도 모르는 너희가 어떻게 육지로 돌아갈 거지?"

거기에서 해적 선장이 잠시 말을 멈추고 동의하냐는 시선을 일행에게 던졌다. 구구절절 맞는 말이었기에 우리 일행은 고개를 끄덕거리며 그녀의 다음 말을 재촉했다.

"해서 내가 제안하고 싶은 건 이거야. 싸움을 중지하자는 것. 만약 너희들이 내 제안을 받아들이겠다고 한다면 우리는 더 이상 너희를 위협하지 않을 것이고, 의뢰를 포기하고 너희들을 무사히 육지로 데려다주겠어."

"육지가 어디냐에 따라 다르겠지."

토냐의 말에 해적 선장이 어깨를 으쓱하며 대답했다.

"물론 알파두르 항구지. 서대륙에는 처음부터 갈 생각도 없었어. 혹시 너희들이 원한다고 해도 우리가 한 번도 간 적이 없는 곳이라 어려워."

드워프들에게 술을 가져다 줄 날이 엄청나게 늦어지기는 하겠지만, 지금 그보다 더 반가운 말은 없었다.

그러나 그 제안을 덥석 받아들이기에는 해적 선장을 믿을 수가 없었다. 그쪽이나 우리 쪽이나 양쪽 다 좋은 조건이기는 한데, 이들이 우리에게 했던 일을 생각한다면, 믿음이 조금도 가지가 않았던 것이다.

역시나 토냐가 시큰둥한 어조로 물었다.

"제안은 좋은데, 그걸 어떻게 믿지?"

그러자 해적 선장이 예상하고 있었다는 표정으로 피식 웃으며 말했다.

"물론 우리가 한 행동과 우리의 정체를 알기에 믿기는 어려울 테지. 그래서 이렇게 하면 어떨까? 내가 너희들의 인질이 되겠어."

그녀의 말에 그녀와 의논하지 못했던 해적들이 놀라 숨을 들이키거나 그녀를 부르는 등등 웅성거림이 일어났다.

하지만 해적 선장은 그들을 싸그리 무시하며 우리만 바라보고 있었다.

"어때, 내 조건이?"

그녀의 조건은, 물론 나쁠 건 없었다. 어차피 우리 일행도 그들 중 중요한 사람 한 명을 인질로 잡아서 우리의 요구를 관철시킬 생각이었으니 말이다. 게다가 그 인질이 해적 선장이라면 더 더욱 좋았다. 그녀가 혹시 다른 마음을 품고 온 것일지도 모르지만, 그렇다고 해도 우리에게는 소피도 있고, 토냐도 있으니 쉽게 당하지는 않을 것이다.

선애와 토냐, 그리고 소피는 서로의 시선을 마주쳐 의사를 교환하더니 결국 해적 선장의 제안을 받아들이기로 했다.

그리고 대표로 토냐가 승낙의 말을 건넸다.

"좋아. 혹시 몸에 가지고 있는 무기는 없겠지?"

토냐의 말에 해적 선장이 방글방글 웃으며 말했다.

"의심스러워? 의심스러우면 이 자리에서 옷을 벗어줄 수도 있어."

자기가 알아서 벗겠다는 여자는 당당했지만, 그 말을 들은 선애는 무지 기가 막힌 얼굴을 했고, 토냐는 자기가 벗는 것도 아닌데 얼굴이 빨개졌으며, 소피는 담담했다.

나는 솔직한 심정으로는 벗으라 해놓고 그녀의 온몸을 샅샅이 뒤져 보고 싶었다. 그러나 이 자리는 내가 나설 곳이 아니었기에 가만히 입 다물고 있을 뿐이었다.

"되, 됐으니까 그럼 천천히 이쪽으로 걸어오도록 해. 경고하지만, 허튼 행동을 했다가는 그대로 날려 버릴 거야."

"알았어."

토냐의 말에 해적 선장이 순순히 고개를 끄덕이고는 양손을 들어 빈손을 보인 채로 천천히 이쪽으로 걸어왔다. 아까까지만 해도 토냐의 손에서 파지직거리며 불꽃을 튀기던 전기 스파크는 사라져 있었지만, 토냐의 폼을 보니 다른 마법을 준비해 놓고 있는 모양이다.

한 걸음, 두 걸음…….

그녀가 다가올수록 우리 일행은 긴장한 채로 그녀를 바라보고 있었고, 해적들 또한 긴장한 시선으로 우리를 주시했다. 단 한 사람, 당사자인 해적 선장은 여유만만한 얼굴이었다. 속마음을 내색 안 하는 건지, 정말 여유가 많은 건지 모르겠지만 말이다.

드디어 해적 선장이 우리 일행에게 다가왔고, 소피가 먼저 앞으로 나서서 그녀가 들고 있던 팔 하나를 잡아 뒤로 꺾어 제압했다.

"아야야야, 살살 하라고. 평화를 위해 넘어온 인질을 이렇게 막 대해도 되는 거야?"

순순히 팔을 꺾여주던 해적 선장이 과장되게 인상을 찡그리며 엄살을 부리자, 소피는 흥~! 하고 코웃음을 한 번 치면서도 팔 힘을 약간 풀어줬다. 해적 선장의 말대로 휴전하기 위하여 넘어온 인질을 거칠게 다루었다간 좋을 게 없었기 때문이다.

그러나 그게 실수였다.

소피가 약간 힘을 빼서 그녀의 꺾은 팔을 느슨하게 해주는 순간, 해적 선장은 자신의 팔을 잡고 있는 소피의 손을 거세게 쳐내고는 소피의 사정거리에서 벗어났다.

"앗!"

정말 앗! 하는 순간이었다.

그 짧은 순간 소피를 쳐내고 벗어난 해적 선장은 바로 옆에 여전히 잠들어 있는 로어를 데리고 있느라 쉽게 움직이지 못하는 선애에게 달려들었다.

"우악!"

놀란 선애가 비명을 지르는 사이 해적 선장은 선애의 등 뒤를 점한 뒤 팔뚝으로 선애의 목을 감았다. 그리고는 반대쪽 손으로 자신의 귀에 달려 대롱거리고 있는 귀걸이 하나를 뜯어내듯이 떼어내 그 끝을 선애의 목에 가져다 댔다.

"선애야!"

"선애님!"

놀란 토냐가 마법 시동어 대신 선애를 불렀고, 소피도 선애를 부르며 달려들려고 하자 해적 선장 양이 뒤로 한 걸음 물러나며 외쳤다.

"움직이지 마."

저놈의 귀걸이가 이상하게 끝이 뾰족하다 했더니만, 이럴 때 쓰는 암기였던 모양이다.

해적 선장의 말에 토냐와 소피가 멈칫거렸다.

그에 만족스러운 미소를 지으며 해적 선장이 말했다.

"노파심에 말하는 거지만, 이 귀걸이 끝에는 독약이 묻어 있거든? 조금만 이 아가씨의 목을 파고들면, 이 아가씨는 그 즉시 끝장이야."

그러나 소피는 그 협박에 굴하지 않았다.

"웃기지 마. 어차피 우리 모두를 죽일 생각이잖아?"

하지만 해적 선장도 만만치 않았다.

"내가 언제 죽인다고 했지? 나는 분명히 노예로 판다고 했어."

그녀의 말에 토냐가 방방 뛰었다.

"시끄러. 어떻게 이럴 수가 있지? 네가 말한 걸 그렇게 쓰레기 버리듯 쉽게 어겨 버릴 수 있는 거야?"

토냐의 반박에 해적 선장이 아주 기분 좋게 방그웃~ 웃으며 말했다.

"해적이 말한 걸 그대로 믿어버리는 사람이 바보 아니야?"

그 말에 토냐가 이를 빠드득 갈았다.

"그래, 나 바보다. 그래서 바보 같은 짓을 좀 해야겠어. 네놈들도 죽고, 우리도 죽자아!"

그렇게 열받아서 외치는 토냐가 마악 마법 주문을 외우려고 하자 해적 선장이 그 대바늘 같은 자신의 귀걸이를 선애의 목에 더 가까이 가져다 대며 외쳤다.

"조용히 해!"

"윽……."

너 죽고 나 죽자는 심정으로 외우려 했지만, 아무래도 눈앞에 선애가 붙잡혀 있으니 차마 계속 외울 수 없었던 모양이다. 그리하여 토냐가 주문을 멈추자 해적 선장은 아주 만족스러운 표정으로 고개를 끄덕였다.

"그래, 일행을 무척이나 소중히 생각하는 아주 착한 마법사시군요."

"그러게. 그리고 너는 참 멍청한 해적이고 말이야."

생각지도 못한 곳에서 나온 말이라서 그런가? 해적 선장 양께선 그 목소리가 나온 곳을 향해 무척이나 황당하다는 시선을 돌렸다. 그도 그럴 것이, 그 말을 한 이는 바로 해적 선장에게 잡혀 옴짝달싹도 못하고 있는 선애였던 것이다. 게다가 그것도 모자라 상황에 갖지 않게도 얼굴은 여유만만한 미소까지 띠고 있었다.

그러한 선애의 태도에 오히려 뭔가 불안함을 느끼며 긴장을 하는 해적 선장이었다.

"뭐지? 뭐가 그렇게 여유만만이실까? 뭔가 믿는 구석이 있는 거 같은데?"

그러나 이 해적 선장 양께서도 어머니의 빽 덕분에 거저 선장의 자리에 올라온 것은 아니었던지, 금방 긴장 어린 표정을 지우고는 생글생글 웃으며 물었다. 그러면서 은근히 선애의 목에 가져다 댄 귀걸이 암기를 위아래로 쓰다듬으며 쓸데없는 짓은 하지 말라는 협박을 가했다.

그러나 울 용감한(?) 꼬맹이는 여전히 여유만만, 무사태평, 유유자적 등등이라 표현할 수 있는 표정을 지우지 않았다. 거기다 이제는 뭔가 있는 듯한 의미심장한 미소까지 씨익 지어 보였다.

"물론 믿는 구석이 있으니까 이럴 수 있는 거지. 한 가지 충고하겠는데, 지금이라도 얌전히 물러나서 네가 처음에 제안한 대로 행동하는 게 좋을걸? 안 그러면 후회할 거야."

선애의 자신만만한 말에 해적 선장의 불안함이 더 가중되었고, 거기에다 뭔가 껄끄러움 등등이 생긴 모양이다. 그러한 복합적인 감정을 견디지 못한 그녀는 결국 화를 냄으로써 감정을 표출해 버렸다.

"시끄러! 뭐가 그렇게 잘났지? 어디, 그 믿는 구석 좀 한번 보여주지 그래? 응?"

그러면서 해적 선장이 강하게 선애의 목을 조이려고 할 때였다.

"꺄아악~!!"

그녀는 그동안의 호탕한 이미지를 깨뜨리고 날카로운 비명을 지르며 뒤로 쓰러졌다. 그 이유는… 내가 뒤에서 그녀의 머리카락을 잡고 화악 잡아 당겼기 때문이다. 물로온~ 선애의 목 가까이 가져다 댄 독이 묻은 뾰족한 귀걸이는 선애가 찔리지 않도록 자알 잡고 말이다.

갑작스럽게 머리카락이 뜯기는 통증 때문인지, 아니면 놀람 때문인지 선애의 목을 조이고 있던 그녀의 팔이 풀렸다. 그 순간 나는 그 팔을 잡고 뒤로 꺾었다.

'호신술 배워놓길 잘했다니까. 비록… 어설프지만… 냐하하하~'

그렇게 해적 선장이 선애에게서 떨어지자 얼른 소피가 달려와서 선애를 끌어 토냐 쪽으로 밀어놓고는 내가 제압하고 있던 해적 선장을 대신 잡았다. 이번에는 인정사정없이 손에 힘을 주어 아까보다 더욱더 강하게 그녀의 팔을 꺾고 어깨를 붙잡아 제압했다.

"아윽, 살살 해! 아프단 말이야."

"당신이 자초한 일이지."

정말 아팠던 모양인지 해적 선장이 인상을 찡그리며 투덜거렸지만, 소피의 반응은 싸늘하기만 했다.

선애의 무사함을 확인한 토냐는 기가 막힌다는 시선으로 소피에게 제압당한 해적 선장을 바라봤다.

"정말 기가 막히는군. 뭐? 해적을 믿은 사람이 바보라고? 그래, 이렇게 되니까 좋냐? 이제 어쩔 거냐?"

비아냥거리는 어조로 묻자 해적 선장이 피식 웃었다.

"글쎄. 이제 내가 뭐라고 말해봤자 너희들이 믿기나 하겠어? 그냥 이대로 다같이 죽을까?"

"이……!"

무책임한 해적 선장의 말에 토냐가 분노한 표정으로 뭐라 말하려고 했지만, 몇 번 입술만 달싹이다 그냥 입을 다물었다.

'이런, 이런…….'

그 모습에 나는 속으로 혀를 끌끌 찼다. 선애를 무사히 구출하고 해적 선장을 인질로 잡은 것까지는 좋았지만, 상황은 나아지기는커녕 오히려 악화되었으니 말이다.

우리는 해적들을 이제 콩으로 메주를 만든다고 해도 믿지 않을 상황이니, 해적 선장을 인질로 잡았다 해도 안심할 수가 없을 터였다.

차라리 저 해적 선장이 정말로 거래를 할 마음이었다면 모든 게 평화적으로 잘 해결되었을 텐데, 저 심보 고약한 해적 선장 덕분에 일은 악화일로로 치닫게 되었다. 덕분에 최악의 상황으로까지 번져 버리고 말았다. 서로 죽일 수도 없고, 살릴 수도 없는, 무조건 대치할 수밖에 없는 상황 말이다.

"이게 뭐요, 선장? 자신있게 이번 의뢰를 받아들이더니만, 돈을 벌기는커녕 우리가 다 죽게 생겼잖아!"

무지 못마땅하다는 어조로 나선 놈은 맨 처음 배에 탔을 때 우리를 마중해서 선장실로 안내해 준 놈이었다. 그 뒤로는 다른 사람이 연락을 가져오고 안내도 해줘서 배 위를 지날 때 얼핏얼핏 얼굴만 보던 녀석이었는데, 보아하니 선장을 못마땅하게 생각하고 있었던 모양이다. 이 배의 대장인 선장에게도 공손은커녕 무례한 어투를 사용하는 걸 보니 말이다.

게다가 문제는 녀석의 말에 노골적으로 동조를 표하는 해적들이 있다는 거다.

'내분인가?'

저희들끼리 치고 박고 싸운다면 우리에게 좋은 기회일 수도 있겠지만, 아까 해적 선장의 거짓말을 겪은 뒤라 그 모습이 좋다기보다는 '이번에는 또 뭔 수작인 거냐'라는 생각밖에 들지 않았다.

"네 이놈, 닥치지 못할까? 지금 이 상황에 그 말투가 뭐야? 내분이라도 조장하겠다는 거냐?"

해적 선장이 숙부라고 부른 중년 남자가 나서자 조금은 '어… 이거 진짜인가?' 하는 생각이 든다. 그래도 아직은 진짜라고는 믿지 못하겠다.

그런데 중년 남자의 카리스마 넘치는 매서운 호통에도 그 4가지가 없는 놈은 조금도 위축대지 않고 오히려 더 큰소리쳤다.

"닥쳐, 영감. 그럼 어쩌라고? 까딱 잘못하다가는 다 죽게 생겼는데. 이렇게 만든 사람이 책임을 져야 할 거 아냐?"

그러자 주위에서 '옳소!', '역시 계집은 안 돼!', '엄마 빽만 믿고……' 등등의 동조 소리가 아까보다 더욱더 높게 퍼졌다.

"이놈들이!"

중년 남자의 옆에 있던 다른 남자가 소리쳤다. 그러고 보니 그 남자도 나이가 좀 있어 보였다.

'어… 이거 진짜인가?'

토나라 선애, 소피도 당혹한 얼굴로 서로의 얼굴을 바라본다. 그들도 진짜처럼 느껴지는가 보다. 그렇다고 이 상황에 나설 수도 없는 일이라 가만히 지켜보고 있는데 해적 선장이 나섰다.

"모두 닥쳐!"

갑자기 터져 나온 커다란 고함 소리.

뭐, 소피에게 제압당해 있는 터라 주변의 분위기를 휘어잡는 카리스마는 없었지만, 그래도 어쨌든 주변의 시선을 자신에게로 모으는 데는 성공했다. 그렇게 시선을 모은 해적 선장은 길게 한숨을 내쉬고는 살기가 줄기줄기 쏟아지는 시선으로 자신에게 반하는 놈들을 바라봤다.

"그래, 난 실패했다. 그러니 이번 일에 책임을 지고 자결하도록 하지. 그 뒤는 잘난 네놈들이 알아서 해결해 봐! 죽든지 이들과 타협하든지 말이야."

거기까지 말한 해적 선장은 아주 달콤한 미소를 지으며 한마디를 덧붙였다.

"물론 이들이 네놈들의 말을 믿어줄지는 미지수지만 말이야."

그러더니 갑자기 으윽… 하는 신음 소리를 내며 허리를 굽히는 것이었다.

"쿨럭……."

게다가 기침과 함께 그녀의 입에서 터져 나오는 시커먼 액체.

소피가 황급히 그녀를 일으켜 세웠지만, 이미 해적 선장의 얼굴은 푸르죽죽했고, 입술은 보라빛으로 물들어 있었다.

"어떻게 된 거야?"

당황한 선애가 곁으로 다가오자 소피는 해적 선장의 손을 들어 보였다. 거기에는 아까 선애의 목숨을 위협했던 해적 선장의 귀걸이 암기가 들려 있었는데, 그 암기의 뾰족한 끝이 해적 선장의 손가락 끝에 꽂혀 있는 것이었다.

"선장님!"

그 모습에 선장파들이 놀라 달려들었고, 반대편도 낭패한 표정으로 덤벼들었다.

"씹, 덤벼!"

[선애야!]

그 모습에 놀란 나는 무조건 선애를 잡아당겨 그 무리에서 빠져나오려 했지만, 놈들이 우리를 둘러싸고 있던 터라 빠져나갈 구멍이 보이지 않았다. 그래 불을 일으키려고 하는데…….

콰과광~!!

나보다도 먼저 토냐가 손을 썼다. 그녀는 사람들에게 직접 타격을 주고 싶지는 않았는지 사람들이 아무도 없으리라 예상되는 선장실을 노렸다.

거대한 폭발음과 함께 선장실이 산산조각이 나자 험한 표정으로 달려들려고 하던 녀석들이 멈칫거렸고, 그런 이들을 쭈우욱 둘러보며 토냐가 말했다.

"잊었나 본데, 나는 마법사거든? 지금 당장 물러나지 않으면 이번에는 선장실이 아니라 네놈들 발밑을 폭발시켜 주지."

토냐의 협박이 먹혀들었는지 녀석들이 주춤주춤 뒤로 물러났다. 그러나 여전히 눈빛만은 매서운 것이 여차하면 다시 달려들 태세였다.

'허어, 이 상황을 어찌해야 할꼬.'

인질이었던 선장은 자결했고, 선원들은 두 패로 나뉘어 분위기가 험악하다.

"이제 어쩌죠?"

선애가 묻자 소피가 덤덤한 어조로 말했다.

"방법은 있습니다. 가만히 관조해서 양 패거리가 싸우는 걸 지켜보거나, 아니면 한쪽 패거리와 거래를 해서 반대편 패거리를 제압하는 데 힘을 보태는 대신 육지로 돌아가는 거죠. 아니면 우리가 양쪽을 다 제압하든지."

그녀의 말에 선애가 말했다.

"지금은 단순히 관조하기는 그른 거 같은데?"

일행이 있는 곳은 싸움의 한복판, 일명 태풍의 눈이라고 할 수 있는 곳이었다. 싸움의 한 귀퉁이에 있었으면 첫 번째 방법이 제일 좋겠지만, 놈들에게 둘러싸여 빠져나갈 구멍은 보이지 않고, 우리 일행은 놈들의 시선에 고스란히 노출되어 있으니 관조하는 것이 어디 가당키나 하겠는가? 만약 빠져나가려 한다면, 분명 어느 쪽과 부딪쳐 빠져나갈 구멍을 만들어야 되니 싸우지 않고 지켜본다는 건 애당초 그른 일이었다.

"한쪽 패거리와 거래한다는 것도 마땅치 않아."

이건 토냐의 말이었다.

하지만 그도 맞는 말이었다. 그도 그럴 것이 우리와 거래를 할 가능성이 있는 쪽은 선장 반대파 녀석들인데, 자신의 상관이 아무리 마음에 안 든다고 해도 안 좋은 상황에 싸악 등 돌리는 놈들을 어떻게 믿겠는가?

이런 놈들은 박쥐 같은 놈들이라 할 수 있다. 자신의 이익이나 생명을 위해서라면 얼마든지 자신이 속한 조직을 배신하고 팔아먹을 수 있는 놈들.

믿음이 가는 건 그나마 좀 의리가 보이는 선장 옹호파인데, 선장의 시체가 우리들 손에 있는데 우리랑 거래를 하려 하겠는가? 선장의 복수를 하겠답시고 덤벼들지나 않을까 걱정이다.

"그럼 양쪽 다 제압할까요? 몇 놈만 살려놓고 위협하면 항해는 가능하지 않을까요?"

소피의 제안에 선애와 토냐가 시선을 마주 봤다. 그게 어째 제일 그럴듯해 보였던 것이다.

"좋아. 그럼 대충 양쪽에서 몇 명만 살려놓고……."

토냐의 말에 선애와 소피가 고개를 끄덕이며 진지하게 경청한다.

"내가 한꺼번에 절반 정도 쓸어버리지. 그럼 선애나 소피는?"

"제가 포로로 잡을 놈들을 제압하죠. 가능할 겁니다."

선애의 말에 토냐와 소피가 놀란 눈으로 쳐다봤지만, 아까 해적 선장에게 잡혔을 때의 일도 있고 해서 믿는 모양이다. 물론 궁금증은 있었지만, 상황이 상황이니 나중에 묻기로 한 듯 그냥 고개를 끄덕였다.

"열 명 정도면 될 거예요."

"알았어."

소피의 말에 선애가 날 힐끗 바라보며 고개를 끄덕인다.

그에 나도 대답해 줘야겠지만…….

날 힐끔 보던 선애는 내가 대답을 안 하자 의아하다는 표정으로 날 바라본다.

그도 그럴 것이, 아마 내가 육체를 가지고 있었다면 바로 이런 모습이었을 거다. 새파랗게 질렸다든가, 새하얗게 질렸다 하는… 유령도 그런 얼굴색을 가질 수 있는지 모르겠지만 말이다.

"언니?"

내 표정이 되게 놀라웠는지 선애가 대놓고 나를 불렀지만, 나는 대답하지 못했다. 하고 싶었는데 입이 따악 달라붙었는지 도저히 떨어지지 않았던 것이다. 그만큼 내가 느끼는 압력은 너무나 크고 커서 두려움이 느껴질 정도였다.

나는 지금 선애에게 정말 절실하게 묻고 싶었다.

'너는 지금 우리에게 다가오는 이 거대한 힘이 느껴지지 않니?'

"언니, 왜 그래?"

내가 아무 대답도 못하고 굳어 있자 더욱더 이상했는지 선애가 재차 물어왔다. 그러자 옆에 있던 토냐와 소피도 의아함을 느낀 모양이다.

"왜 그래?"

"무슨 일입니까, 선애님?"

"아, 그게… 날 돕던 힘이 이상해요."

선애의 말에 토냐와 소피가 얼굴을 일그러뜨린다.

"하필 이럴… 웅?"

한탄을 내뱉으려던 토냐. 그런데 말을 채 끝마치기도 전에 뭔가를 느낀 듯 얼굴이 굳어지더니만, 그 굳어진 얼굴에서 서서히 사아악~ 하고 핏기가 가시기 시작했다.

나 말고도 토냐까지 이상한 행동을 하자 선애는 더 더욱 불안한지 나와 토냐를 번갈아 바라보며 묻는다.

"토냐, 토냐까지 왜 그래요?"

불안함 때문인지 목소리가 떨리자 소피가 다가와 선애의 팔을 굳건하게 잡아준다.

"아그그……."

그래도 토냐는 나보다 한결 나은지 입술이 벌려졌다. 물론 단지 그것뿐, 그녀의 입에서는 단어가 형성되어 나오는 대신 뭔가 신음 소리 같기도 한 괴상한 언어가 흘러나왔지만 말이다.

"왜 그래?"

덕분에 울상인 건 선애였다.

그러나 이상하게도 토냐와 나 말고는 우리 쪽으로 다가오는 거대한 힘을 느끼는 사람이 없는 모양이다. 나와 토냐는 굳어서 움직이지도 못하는데, 해적들은 아무렇지도 않은지 흉흉한 눈빛을 빛내며 다가오고 있었던 것이다. 그것도 하필이면 최대 전력이라고 할 수 있는 토냐와 내가 묶인 상황에서 말이다.

그런데 참, 이 무슨 오묘한 일이던가.

해적들이 주춤주춤 다가와도 우리 일행이 별다른 움직임을 보이지 않자 그에 힘을 얻은 듯 와아~ 하며 달려들려는 찰나~!

"어느 버러지가 죽고 싶어서 여기서 소란을 파우는 거냐?"

만약 나에게 고막이 있다면, 그 즉시 고막이 터지는 듯한 느낌을 받았으리라. 기실 다른 이들에게는 단순한 추측이 아니라 현실이었기에 말이 끝나자마자 모두 귀를 막고 그 자리에서 엎드리고 말았다.

"끄으윽……."

"끅, 끅……."

차마 비명도 지르지 못하겠는지 나오는 소리라고는 숨넘어가는 신음뿐이었다.

나라고 해서 아무렇지도 않았던 건 아니었다. 나는 지금 온몸이 재가 되는 것만 같은 기분이었다. 누군가가 톡 건들면 우수수 무너져 내려 바람이 불면 휘잉~ 하고 날아가 흩어져 이 세상에서 완전히 사라질 것만 같은, 바로 그런 기분 말이다. 필사적으로 흩어지려는 정신을 다잡으며 견디고는 있지만, 까딱 잘못하다간 정말 산산이 부서질 것 같았다. 이런 게 바로 소멸될 것만 같은 기분인 걸까?

그러한 기분을 한마디로 표현하자면…….

'미치겠군.'

이었다.

그러한 상황이었기에 나는 손끝 하나 움직이지 못한 채 내 눈 앞에 모습을 드러낸, 그 거대한 힘의 주인의 모습을 고스란히 바라보고만 있어야 했다.

다행히도 그 거대한 주인은 나를 보지 못하는 것 같았다. 만약 보고 있다면 다른 사람들은 다 엎드렸는데 홀로 뻣뻣하게 서 있는 날 보고 뭐라고 한마디 건넸을 테니 말이다.

날 보지도 못하는 주제에 내가 소멸을 생각할 정도로 나에게 영향력을 행사한다는 것이 무척이나 마음에 안 들었지만, 한편으로는 과연 드래곤이란 생각이 들었다.

그랬다.

갑자기 바다 밑에서 불쑥 솟아나서 저 까마득히 높은 곳에서 황금빛으로 빛나는 눈을 부라리며 죽고 싶냐고 말한 존재는 바로 드래곤이었다.

말로 많이 듣고, 그림으로 많이 보고, 판타지 소설에서 묘사를 많이 읽어서 그런지 척 보자마자 한눈에 드래곤이라는 걸 알아볼 수 있었다.

그림으로도 무척이나 강인하고 우아한 아름다운 생물이라고 생각했지만, 실제로 보니 내가 봤던 그림들은 실제 드래곤 모습의 1/10도 표현하지 못한 것만 같았다. 게다가 존재감만으로도 내가 소멸될까 봐 두려움에 떨게 하다니…….

몸체가 태양 빛을 받아 새하얀 은빛으로 빛이 나는 드래곤은 그 두려움 속에서도 찬탄이 나올 정도로 정말 아름답고 강한 생명체였다. 과연 모든 생명체 중의 으뜸이라고 손꼽을 만했다.

"간뎅이가 너무 부어 죽고 싶어 환장했느냐? 감히 내 영역에 그 천한

발을 들이밀다니."

'헉, 여기가 드래곤 영역이었어? 이 바보 같은 해적 놈들이! 지금 다 같이 죽자는 거야, 뭐야?'

그래서 열받은 드래곤이 뛰쳐나온 모양이다.

드래곤의 말에 나는 물론이거니와 엎드리고 있는 놈들도 사색이 되었다.

"다 죽여주마!"

마지막으로 매서운 사형 선고가 떨어지자 드래곤의 존재에 대한 두려움 때문에 벌벌 떨기만 하던 해적들이 경악을 했다.

그리고 그중 해적 선장의 숙부라 불린 중년 남자가 마지막 용기를 그러모았는지 목소리를 냈다.

"요, 용서해 주십시오, 위대한 존재시여. 저희는 여기가 위대한 분의 영역인지 몰랐습니다."

물론 두려움을 완전히 떨치지 못했는지 엄청 떨리는데다가 목소리도 크지는 않았지만, 다행스럽게도 드래곤에게는 들린 모양이다.

"흥, 하찮은 변명거리구나."

"아니옵니다. 절대로 아니옵니다. 만약 알았다면, 저희는 이 근처에서 얼쩡거리지도 않았을 것이옵니다. 믿어주시옵소서."

중년 남자가 결사적으로 부인하고 나서자 그와 같은 파의, 나이가 좀 많은 사람들이 너도나도 거들며 나왔다.

"저희는 정말 몰랐습니다."

"제발 살려주십시오."

"다시는 오지 않겠습니다."

그렇게 나이 많은 선장과 사람들이 나서자 반대파 사람들도 가만있을 수가 없는지 드래곤 앞에 머리를 조아리며 자비를 베풀길 빌었다.

그 용기가 가상한 모습들을 드래곤은 아무 말 없이 가만히 내려다보고 있을 뿐이었다.

저들이 간절히 비는 모습이 통한 것이길 바라지만……

"아, 아냐… 우린, 우린, 다 죽을 거야."

내 옆에서 엎드러진 토냐가 두려움에 찬 목소리로 작게 중얼거리는 게 들렸다. 그리고 나는 그녀의 말에 십분 동감했다.

그도 그럴 것이 드래곤이 우리를 바라보는 시선은 해적들의 간절한 말에 흔들리는 것이 아니라, 명백히 비웃음을 담고 있었기 때문이다. 마치 고양이가 쥐를 다 잡아놓고는 마지막에 몸부림치는 걸 거만하게 구경이라도 하는 것처럼 말이다.

그런 드래곤의 시선을 암담하게 쳐다보고 있는데—솔직히 말하면 굳어서 움직이지 못하다 보니 본의 아니게 계속 바라보고 있게 된 것이다—계속 보고 있다 보니 드래곤에 대한 공포심이 조금이라도 익숙해졌는지, 나는 지금까지 알아차리지 못한 무언가를 발견할 수 있었다. 드래곤의 머리, 정확히는 드래곤의 콧등 위에 있는 희끄무레한 무언가를 말이다.

드래곤이 온통 은색으로 빛나다 보니 더욱더 발견이 늦어진 것일지도 모른다. 그러나 한 번 발견하고 시선을 집중시키자 나는 그 희끄무레한 것이 사람의 형체를 하고 있다는 걸 알 수 있었다.

그 형체는 허리까지 내려오는 아주 기~다란 생머리를 가지고 있었는데, 나를 등지고 앉아 있어 여자인지 남자인지는 구분이 안 갔다. 단지 무척이나 날씬한 체형을 가지고 있다는 것은 알 수 있었다. 거기다

특이하게도 그 존재의 머리카락은 무척이나 싱그러워 보이는 초록색이었다. 이 세계에 와서 칼라플한 머리색을 많이 보기는 했지만, 초록색은 또 처음 보는 것이라 나는 그 와중에 신기함까지 느꼈다.

그런데 그 존재에게 더욱더 신경을 집중하고 있다 보니 그 존재가 드래곤에게 뭐라고 계속 말하고 있다는 걸 발견할 수 있었다.

[흑흑흑…….]

'어라, 우네? 그런데… 목소리가 가는 것을 보니… 여자?'

그러나 드래곤은 자신의 콧등 위에서 웬 여자가 걸터앉아 울고 있다는 걸 조금도 눈치채지 못하고 있었다.

'어억! 그, 그럼 저 여자는 나와 같은 귀신? 허억, 그럼 지금 귀신이 곡하고 있는 거야?'

같은 유령인 주제에 나는 그런 처지를 자각하지 못하고 순간적으로 놀라서 헛바람을 들이키며 뒤로 움찔하고 물러났다. 그리고 나는 다시 한 번 놀랐다.

'헉, 내가 지금 움직였다? 움직일 수 있어?'

하지만 얼결에 드래곤을 본 나는 다시금 그 존재감에 압도당해 굳어 버리고 말았다.

'역시…….'

그러나 한 번 움직였다는 건 다시 움직일 수 있다는 것과 마찬가지였다. 그 생각에 이를 악물고 두려움을 참으며 손끝을 움직이려 애쓰자 잠시 후에 어렵사리어렵사리 손끝이 살짝 움직이는 것이었다.

'좋아, 다시 한 번.'

조금씩 움직일 때마다 내가 산산조각 흩어지는 건 아닌지 무지 겁이

나고 떨렸지만, 그래도 움직일 수 있다는 사실에 한편으로 안도감이 들었다.

드래곤의 존재를 의식하면 계속 못 움직일 것 같아 나는 최대한 드래곤 대신 그 드래곤의 콧등에 앉아 있는 여자 유령에게만 모든 신경을 집중시키려고 노력했다. 덕분에 나는 희미하게 들리던 그녀의 속삭임을 좀 더 확실하게 들을 수 있었다.

[흑흑흑, 안 돼요… 그만 해요… 렌… 더 이상 그러면 안 돼요. 흑흑흑, 내 말 안 들려요?]

'렌? 저 드래곤 이름이 렌인가? 그럼 저 여자는 드래곤이랑 잘 아는 사이?'

내가 그렇게 놀라고 있는 사이, 드래곤이 해적들이 애걸하는 것을 듣는 것도 지루해진 모양이다.

"시끄럽다. 내 영역에 들어온 것은 용서하지 못할 죄. 죽음으로 갚아라!!"

그리고는 사람, 아니, 유령 무지 불안하게시리 깊게깊게 숨을 들이마시는 것이 아닌가?

"허억, 브, 브레스……."

그 모습을 본 것인지, 토냐가 이번에는 새파랗게 질려서 중얼거렸다.

게다가 드래곤의 콧등에 있던 여자도 더욱더 놀라서 이제는 아예 드래곤의 미간에 달라붙어 간절하게 외치고 있는 것이다.

[안 돼요, 렌. 제발, 제발 그만 해요! 부탁이에요, 제발 그마아아안~!!]

그녀의 눈물 젖은 간절한 외침에 나는 잽싸게 선애를 향해 외쳤다.

[야, 저 드래곤 이름이 렌이래. 그러니까 잠시만 멈추라고 해봐. 알려줄 게 있다고.]

이 상황에서 드래곤의 존재감 하나만으로도 얼어버린 내가 드래곤의 브래스를 정면으로 막을 수 없다는 건 당해보지 않아도 잘 안다. 그래서 생각해 낸 것이 저 드래곤 콧등에 올라타 미간에 들러붙어 애절하게 애원하고 있는 저 여자 귀신의 이야기였다.

저 여자 귀신의 폼을 보아하니 뭔가 원한을 가지고 드래곤에게 들러붙은 게 아니고, 드래곤이랑 잘 아는 사이인 거 같으니까 저 여자 귀신의 이야기가 뭔가 해결책이 되지 않을까 하는 생각에서였다.

내 말에도 선애는 엎드러진 채 부들부들 떨며 도통 움직일 생각을 못했다.

드래곤이 숨을 들이마시는 게 어째 곧 절정에 다다를 거 같은지라 나는 다급한 마음에 선애에게 달려가 그녀의 어깨를 잡고 흔들었다.

[야, 야, 정신 차려, 여기서 죽고 싶냐? 빨랑 말하라니까!]

나의 거친 손길에 강제로 상체를 일으킨 선애는 통증 때문에 인상을 팍 찡그리며 날 바라봤다.

"뭐, 뭐야, 이 상황에?"

그러나 드래곤의 영향력 때문인지 목소리는 형편없이 떨리며 기어들어 가고 있었다.

[저 드래곤에게 말을 걸라고.]

"나, 날 그렇게 죽이고 싶냐? 언니가 해애~"

선애의 말에 나는 점점 더 다급해졌다.

[야, 내 말이 들리면 당장이라도 외쳤지. 빨랑 말해. 저 드래곤이 브

레스를 뽑으려고 하잖아. 그럼 우리는 끝장이라고~!!]

내 다그침에 선애는 인상을 찡그리고 드래곤을 한 번 바라보더니 그 존재감에 다시 압도되어 그대로 굳어버렸다.

그리하여 나는 선애의 귀에다 대고 큰 소리로 외쳤다.

[정신 차리라니까아아아~!!]

덕분에 선애의 째림을 다시 받아야 했지만, 선애의 몸이 풀렸다는 것 하나만으로도 얼마든지 감수할 수 있었다.

"시, 시끄러… 알았으니까 그만 해."

말투가 아예 기어들어 가 별로 미덥지 못했으나, 내 말은 드래곤에게 들리지 않으니 나는 초조하게 기다려야 했다.

선애는 날 흘겨본 다음 길게 심호흡을 하더니 입을 열었다. 시선은 절대로 드래곤에게 주지 못하고 갑판의 나뭇결을 바라보며 말이다.

"저, 저기… 뭐라 말하라고 했지?"

[저 드래곤 이름이 렌이래. 할 말이 있다구 해.]

내 말에 선애는 다시 한 번 길게 심호흡을 하더니 말을 꺼냈다.

"후우, 드래곤 렌님? 하, 할 말이 있는데요."

그 목소리가 옆에 있는 나에게 말하는 정도의 크기밖에 안 나와 날 더욱 초조하게 만들었다. 만약 나에게 심장이 있었다면, 이 순간 오그라드는 느낌을 받았을 거다.

그런데 놀랍게도 이런 작은 선애의 말을 드래곤이 들은 것이었다.

저~ 까마득히 높은 곳에 있던 드래곤이 숨을 멈추더니 놀람의 빛을 담은 시선이 우리에게, 정확히는 선애에게 떨어졌다. 그리고는 곧바로 그 커다란 얼굴이 높은 곳에서 쭈우욱 내려왔다. 드래곤의 입장에서는 가볍게 고개를 숙인 것에 불과하지만, 우리 입장에서는 정말 까무러칠 것만 같은 모습이었다.

기실, 울 꼬맹이를 비롯한 토나와 몇몇 해적들은 그 자리에서 기절해 버렸고, 나머지 사람들은 비명도 지르지 못한 채 바닥에 다시 머리를 박고 벌벌 떨기만 했다. 소피도 새파랗게 굳어서 숨만 간신히 깔딱깔딱 쉬고 있는 실정이었다.

그런 상황에서 드래곤의 무서운 일갈이 떨어졌다.

"누가 날 불렀지?"

그러나 당연하게도 선애가 기절해 버렸기 때문에 대답하는 이가 없었다.

드래곤은 잠시 기다려도 대답하는 이가 없자 자신의 질문이 무시당했다는 것에 무지 기분이 나빴는지 분노를 담아 다시 물었다.

"누가 날 불렀냐고 물었다!!"

드래곤의 몸에서 분노 때문인지 강하고 무서운 기운이 뿜어져 나왔다. 그것만이라면 좋겠지만, 그 기운과 함께 거센 강풍이 불어와서 사람들을 다 날려 버리는 것이었다. 덕분에 간신히 기절하지 않고 버티고 있던 인간들까지 모두 기절해서 강풍에 우르르 쓸려가 버리고 말았다. 그나마 배의 높고 튼튼한 난간 때문에 바다에 떨어지지 않았지, 난간이 없었다면 모두들 기절한 채로 바다로 떨어졌을 거다.

그리고 그건 우리 일행도 마찬가지였다.

나머지 일행들에게는 정말 미안한 말이지만, 나 또한 제대로 움직이기 힘들었던 터라 간신히 선애만 잡을 수 있었다. 그래도 일행이 어디 어디로 쓸려갔는지는 확인해 뒀으니 나중에 금방 회수(?)할 수 있을 거다.

선애는 하필이면 갑판의 정 한가운데에 떠억 하니 자리를 차지하고 있던 가장 굵은 중앙 돛대에 부딪치려 했지만, 내가 부딪치기 직전에 간신히 잡아서 충돌만은 막을 수 있었다.

'후아, 후아, 후아.'

그 모습에 속으로 안도의 숨을 내쉬는데 드래곤의 분노에 찬 목소리가 다시 한 번 들려왔다.

"당장 대답하지 않는다면 너놈들을 모조리 죽여 버리겠다!!"

어차피 죽일 거였으면서 이제 와서 다시 죽이겠다고 협박하다니, 참 논리적이지 못한 드래곤이라는 생각이 들었다. 게다가 저 드래곤은 사람들이 모두 자기의 분노에 질려 기절했다는 것도 모르는 모양이다.

이대로 뒀다가는 정말 저 분노한 드래곤이 자신의 말을 실천할까 두려워 나는 얼른 선애의 팔을 잡고 높이 들었다. 이게 먹힐지는 자신없었지만, 지금의 나로서는 이 방법밖에 없었던 것이다.

다행히 갑판 위를 분노에 찬 시선으로 바라보고 있던 드래곤이었기에 선애가 팔을 드는 모습을 본 모양이다. 그의 고개가 좀 더 아래로 숙여지더니 물어왔다.

"네가 날 불렀느냐?"

그러나 기절한 꼬맹이가 질문에 대답할 리 만무했다.

[야, 일어나~ 일어나라고오~]

내가 아무리 선애의 귀에다 대고 소리치고 뺨을 때려봐도 선애는 도통 일어날 생각을 못했다.

[우째, 우째, 이를 우째애애~]

그러나 천만다행스럽게도 이 드래곤은 자신의 의문은 해결해야 직성이 풀리는 성격의 소유자였던 모양이다.

　대답없는 선애를 빤히 내려다보던 그는 선애가 기절했음을 깨닫고 는 낮게 한마디 중얼거리는 것이었다.

　"웨이크 업!"

　순간적으로 나는 그 드래곤 녀석이 선애에게 해꼬지라도 하는 줄 알 고 놀랐고, 그의 말이 떨어지자마자 선애의 몸에서 하얀 빛이 생성되었 다가 선애의 몸속으로 사그라지는 걸 보고 한 번 더 놀랐다.

　그러나 내가 놀라서 굳어 있는 동안 정신을 차리지 못한 채 쓰러져 있던 선애의 눈이 번쩍 떠지더니 몇 번 깜빡거린 후에 벌떡 상체를 일 으키는 것이었다.

　[후아, 후아, 후아아, 뭔가 해꼬지를 하려는 건 아니었군. 너, 괜찮 냐?]

　어떻게 된 상황인지 파악을 못해 어리둥절해하는 표정을 보니 딱히 해를 입은 것 같지 않아 그제야 나는 안도감으로 가슴을 쓸어내리며 말문을 열 수가 있었다.

　"뭐, 뭐야. 뭐가 어떻게 된 거야?"

　주위를 둘러보던 선애는 자신을 제외하고는 모두 쓰러져 있고, 하늘 에서는 여전히 드래곤이 내려다보고 있자 움찔해서는 고개를 푸욱 숙 인 채 엉덩이 걸음으로 슬그머니 내 쪽으로 붙으며 속삭였다.

　그러나 그때 드래곤의 음성이 다시 들렸다.

　"다시 한 번 묻겠다. 네가 나를 불렀느냐?"

　그러나 드래곤의 박력에 선애가 위압감을 감당하지 못하고 어깨를 움츠린 채 대답을 제대로 하지 못하는 거였다.

"그, 그게······."

자기에게서 보통 사람이 감당 못할 두려움이 펑펑 쏟아져 나온다는 걸 모르는지, 이 드래곤은 선애가 버벅거리자 짜증스러운 모양이다.

"인간이여, 나는 인내심이 많지 못하다는 걸 알아두는 것이 좋을 것이다."

'대답을 듣고 싶으면 네 그 위압감 좀 어떻게 해봐!!' 라는 말이 목구멍까지 치솟아 올랐지만, 힘없는 게 죄라고 나는 차마 그걸 입 밖으로 낼 수가 없었다. 하기사, 내가 말해봤자 드래곤은 들을 수도 없겠지만 말이다.

그리하여 나는 그 말 대신 손을 뻗어 선애의 머리를 꾸욱 눌렀다. 마치 고개를 끄덕여 드래곤의 말에 긍정하는 것처럼 보이게끔 말이다.

그러자 드래곤이 다시 물어온다.

"'렌'이라는 이름을 어떻게 알았지? 누가 알려준 것이냐?"

얼음장처럼 싸늘한 말. 왠지 선애가 그 이름을 부른 걸 되게 기분 나쁘게 여기는 것 같았다.

'이, 이거··· 내가 잘못 짚은 건가?'

저 드래곤은 혹시 인간에게 자기 이름을 막 불리는 것을 안 좋아할 수도 있었다. 그걸 생각지 못하고 급한 김에 드래곤 이름을 부르게 했으니, 나 때문에 선애가 더 위험해지는 건 아닌가 하는 걱정이 들었다.

그러나 이왕 이렇게 된 거 끝까지 밀고 나가기로 작정하고 나는 입을 열었다. 저 드래곤이 화를 내기는 하지만, 어쨌거나 그걸로 시선을 끌었으니 우선 내 의도는 성공한 셈이었으니 말이다. 뭐어, 끝까지 계속 성공하리라는 보장은 없지만, 이 상황에서 못할 게 뭐가 있겠는가?

[내가 지금 드래곤의 콧등에 있는 어떤 여자가 부르는 걸 들었다고 해.]

내 말에 선애가 무지 황당하다는 시선으로 날 바라봤다. 차마 드래곤을 마주 보지는 못해 고개는 푸욱 숙인 채로 눈동자만 힐끔 돌려 바라본 게 다지만, 그 시선에는 '그걸 지금 말이라고 하는 거야?'라는 의미가 강력하게 담겨 있었다.

[어쨌거나 빨랑 말이라도 해봐. 지금은 어설프게 둘러대기보다는 정공법으로 나가는 게 최선이야.]

물로온, 이건 내 생각일 뿐 근거는 없었다.

"계속 내 인내심을 시험하는 건가?"

그때 다시 대답을 재촉하는 짜증스럽고 화가 난 드래곤의 말이 들려와 선애는 얼른 고개를 숙이고 입을 열었다.

"저, 저기… 우, 우리 언니가요… 드, 드래곤님의 콧등 위에 올라앉은 부, 분이 부르는 걸 들었다는데요…….''

그렇지 않아도 목소리가 기어들어 가는데다 바들바들 떨리고, 말도 중간중간에 더듬더듬거려 옆에서 듣고 있던 내가 속이 탈 지경이었다.

다행스럽게도 드래곤이 선애가 말을 끝마칠 때까지 기다려 주기는 했지만, 얼굴에는 짜증스런 기색이 역력해서 내 간을 오그라들게 만들었다.

[야, 야. 저 드래곤 지금 무지 짜증스러워한단 말이야.]

내 말에 선애가 분노와 원망스러움이 가득찬 시선을 보내온다. 아마 자기도 당당히 또박또박 자알 말하고 싶었지만, 몸이 자기를 따라주지 않는 걸 어쩌냐는 항의이리라.

[침착하게 해. 침착하게. 여차하면 내가 너 들고 튈 테니까.]

양 주먹을 불끈 쥐며 선애의 용기를 북돋워주는 말을 하고 있는데, 드래곤의 음성이 다시 들려왔다. 여전히 짜증스럽고 분노가 깃들어 있는 음성이다.

"지금 나랑 수수께끼라도 하자는 건가? 그게 도대체 무슨 말인가? 내 콧등 위에 있는 존재라니?"

내 말에 선애가 대답을 바라는 눈으로 날 보았고, 나는 얼른 드래곤 쪽으로 시선을 돌리며 말해줬다.

[밝은 초록색의 허리까지 내려오는 긴 생머리를 가진 존재가 지금 앉아 있다고 그래.]

그런데 이런 내 말을 들었음일까? 드래곤의 콧등에 올라타 무지무지 서럽게 흐느껴 울던 존재가 고개를 돌리고 내 쪽을 바라보는 것이었다.

덕분에 나는 그 존재의 얼굴을 드디어 볼 수 있게 되었다.

하늘에서 내려온 선녀인 듯 고귀하며, 까만 밤하늘에 빛나는 별처럼 아름답고, 새벽에 이슬을 머금은 한 떨기 백합처럼 청순하며, 빼어난 자태와 우수에 젖은 눈망울이 마치 잔잔한 호수 같아 그 눈에 풍덩 빠질 거 같으며… 등등의 수식어가 내 머리 속에서 마구마구 휘몰아쳤다.

그만큼 그 존재의 얼굴은 아름다웠던 것이다.

보통 사람이라면 그렇게 폭포수 같은 눈물을 흘리며 서럽게 울어 댔으면 눈이 퉁퉁 붓고, 얼굴은 뻘게져서 아무리 예쁜 외모를 가졌다 해도 웃겨 보일 텐데, 그 존재의 얼굴에서 뚜욱뚜욱 떨어지는 눈물을 보자니, 정말 새벽녘에 수줍게 피어 있는 초롱꽃에 맺혀 있는 이슬을 보는 것만 같았다.

경국지색, 월하미인 등등의 아름다운 미인들을 지칭하는 수식어가 다 그녀를 위한 말처럼 느껴질 지경이었다.

'우에, 내가 생각해도 닭살이닷!'

그렇게 스스로의 생각에 닭살을 느끼는 순간,

"네가 어떻게 그녀를 알지?"

드래곤의 놀란 고함 소리와 함께 그 커다란 얼굴이 쑤욱 밑으로 내려오기 시작하더니만 갑판의 난간에 드래곤의 턱이 닿을랑 말랑 하는 곳에서 멈추는 것이었다.

덕분에 선애는 더 더욱 화들짝 놀라 내 등 뒤로 숨었다. 드래곤의 입장에서는 그게 숨는 걸로 안 보였을 테지만 말이다.

"네가 그녀를 어떻게 아느냐고 물었다. 아니, 혹시 우리에 대해 알고 온 녀석이냐? 바른대로 말하라! 안 그럼 죽지도 살지도 못하는 억겁의 고통을 맛보게 되리라!"

그 무서운 협박에 결국 선애는 울먹울먹거리며 원망스러운 시선으로 나를 본다. 아마 생각 같아서는 시원하게 울음을 터뜨리고 싶겠지만, 너무 무서워서 울지는 못하고 눈물만 나오는 모양이다.

"히끅, 히끅, 그, 그게… 어, 언니가 본 건데… 히끄윽……."

"언니? 네 언니가 도대체 누구냐? 어디에 있지? 당장 나오라고 해!"

드래곤의 윽박에 선애는 날 가리키며 말했다.

"바, 바로… 히끅… 앞에… 으흑… 어, 언니는… 우욱… 유, 유령인데… 히끄윽……."

"유령? 유령이라고?"

기가 막힌다는 드래곤의 말에 선애는 열심히 입을 열었다.

"며, 몇 년 전에… 사, 사고로… 우욱… 그 뒤로… 히끅… 항상, 내 옆에……."

울먹거리면서도 열심히 설명하는 선애의 말에 진심을 느낀 것인지 드래곤이 설마… 하는 시선으로 내려다봤다.

"너, 네크로맨서였던가? 아니면 영능력자?"

그게 뭔지 모르는 선애는 당연히 의문에 찬 눈길을 나에게 보냈고, 나는 예전에 읽었던 자료를 떠올리며 말해줬다.

[그러니까 한마디로 귀신을 보고 부리는 사람. 무당 비스무리하다고나 할까?]

내 설명에 선애는 드래곤을 힐끔 보고는 고개를 간신히 살짝 저어 보였다.

"저, 저기… 그냥 전… 단지 언니만……."

두 눈에 눈물을 가득 담은 채 쫄아서 겨우겨우 대답하는 선애의 모습을 보자니 괜히 울컥 하는 감정이 치밀어 올랐다.

도대체 울 꼬맹이가 뭔 잘못을 했다고 저런 꼴을 당하나, 누가 오고 싶어서 왔나? 등등의 생각을 하는데…….

[저, 저어… 저기요.]

조심스레 날 부르는 목소리.

이건 분명히 아까 드래곤 붙들고 구슬프게 울던 그 여자 귀신의 목소리라 나는 고개를 돌리다 놀라서 헛바람을 들이켰다.

[헉, 노, 놀랐잖아요!]

그도 그럴 것이 아까 드래곤의 콧등 위에서 날 내려다본 건 봤는데,

어느새 그곳에서 내려와 바로 내 뒤에 와 있었던 것이다. 기척도 없이 슬그머니 온 것이 마치 유령…….

'아, 유령 맞지, 참.'

드래곤의 콧등에서 내려와 내 앞에 서 있는 걸 보니 나보다도 키가 크다. 대략 165㎝에서 170㎝ 사이인 거 같은데, 팔다리가 길고 가는데다 허리가 완전 개미허리였다.

'우쒸, 엄청 부러운 몸매구만…….'

나는 키가 작고 좀 통통한 편이었기에 엄청엄청 그 여자가 부러웠다.

그러나 이런 내 심정을 모르는지 그 여자 유령은 내 대답에 반색하며 내 손을 꼬옥 잡아왔다.

[세상에, 당신은 지금 제 모습이 보이시는 거죠?]

[거야, 뭐… 같은 유령이니까 보이는 거 같은데. 댁도 유령 맞죠?]

내 말에 그녀가 열렬하게 고개를 끄덕인다.

[네에~ 저 유령 맞아요. 그래도 저 같은 분은 당신이 처음이에요. 너무 반가워요오~]

'누가 보면 유령이 되어서 기쁘다고 하는 것 같겠다.'

전혀 기쁜 일이 아닌데, 이 여자의 모습에 같이 반갑다고 하며 기뻐해야 될 것만 같아 어정쩡하게 같이 웃어주며 '이거 이러는 거 맞아?'라고 생각하던 중 나는 생각지도 못했던 부분을 발견하고는 눈을 부릅떴다.

[어, 어어어…?]

차마 그녀를 손가락으로 가리킬 수는 없어 어어어… 거리고만 있자 그녀가 당혹스런 눈으로 날 바라봤다.

[저, 저기… 왜 그러세요?]

[어… 저… 으음… 저기 귀가…….]

그랬다. 그녀의 귀는 토끼 귀라고 해도 될 것처럼 길쭉했던 것이다. 너무 길어서 주체를 할 수 없었는지 살짝 밖으로 구부러진 것이 어찌 보면 귀엽기도 했지만, 사람에게 달려 있다 보니 완전 '세상에 이런 일이~!!'에 나올 뉴스였다.

그러나 이런 내 심정과는 달리 그녀는 내가 귀 이야기를 꺼내자 '아하~!' 하는 표정으로 자신의 귀를 만지작거리며 배시시 웃는다. 그런데 그 모습이 엄청 귀엽게 보인다. 예쁜 여자는 뭘 해도 예뻐 보인다더니만… 흐미, 부러운 거…….

[아, 놀라셨어요?]

[예에… 좀… 으음… 저… 신기한 귀를 가지고 계시는군요.]

혹시나 어린 시절의 상처를 찌르는 걸까 봐 나는 무지무지 조심스럽게 말했는데, 이 아가씨는 아무렇지도 않은 듯 생글생글 웃는 거였다.

[아, 예. 인간들이 보기에는 무척 신기해하더군요. 하지만 인간들과 크게 다른 건 없어요. 음… 인간들에 비해 좀 더 잘 듣고, 귀를 움직일 수 있다는 정도?]

어렸을 때 조금도 상처를 받지 않았는가 보다. 부모님이 뉘신지는 모르지만, 참 훌륭하신 분이었던 듯. 그런데 어째 이 아가씨 말을 하는 폼이 자신은 인간이 아닌 것처럼 말한다.

[우리 엘프들이 그렇게 대단한 종족도 아닌데 어떤 때는 너무 대단한 것처럼 봐주셔서 송구스러울 때도 있답니다.]

[엥? 엘프요?]

진짜 인간이 아니었나 보다.

내가 놀란 표정으로 되묻자 그녀가 함박 웃으며 고개를 끄덕끄덕 하는 것이었다.

[예, 전 엘프예요.]

'에, 엘프… 엘프라면 판타지 소설에서 요정 비스므리한 종족으로 나오던데… 그 종족도 유령이 될 수 있는 건가?'

어째 머리 속이 혼란스러워 어버버거리고만 있는데, 다급한 선애의 음성이 들린다.

"어, 언니… 언니이이~"

[아, 응? 왜?]

선애의 부름에 내가 돌아보자 그 여자가 불쑥 끼어들었다.

[세상에, 동생 분? 그런데 동생 분은 당신이 보이시는 거예요?]

[아, 예. 이상하게 다른 사람에게는 안 보이던데 내 동생에게만 내가 보이나 봐요.]

"언니이… 왜 그래? 혼자 중얼거리지 말구… 나 무섭단 말야."

선애의 말에 나는 좀 놀라서 선애를 바라봤다.

[어, 너… 이 여자 분 안 보이냐? 내 바로 옆에 있는데……]

내 말에 겨우겨우 울먹임을 가라앉히던 선애가 다시 울상을 지었다.

"뭔 소리야. 나한테는 언니밖에 안 보인단 말이야. 언니 옆에 누가 있는데에?"

[그, 그래? 나밖에 안 보이냐? 신기하네… 지금 내 옆에 아까 드래곤 콧등에 타서 마악 우시던 분이 와 계시거든.]

"그게 무슨… 히익… 언니!"

나에게 황당하다는 시선을 보내던 선애가 옆을 보더니 놀라서 나에게 매달려 왔다. 그리고 내 옆에 있던 여자 분은 무척이나 반색하며 외쳤다.

[렌!]

[에엥?]

그도 그럴 것이 언제 어느새 나타났는지 내 옆에는 아름다운 실버 브론드를 허리까지 늘어뜨린 웬 남정네 하나가 나타나 있었던 것이다.

대략 180㎝은 좀 넘어 보이는 훤칠한 키에 강인한 인상이라 남자라는 걸 알게 해주지만, 만약 키가 작고 인상만 좀 온화했다면 여자라고 해도 믿을 외모였다. 것두 내 옆에 있는 초록색 머리의 여자 분 못지않을 만큼 대단한 미인 말이다.

그 남자의 등장에 여자 유령이 반색하며 그 남자의 팔에 매달리려 했지만, 여자 유령의 손은 남자의 몸을 그대로 통과해 버리고 말았다.

[아…….]

그에 멈칫 하다 날 바라본 그녀는 부끄럽다는 듯 에헤헤… 하고 웃었지만, 그녀의 미소에는 슬픔과 체념이 어려 있어 내 가슴을 지끈거리게 만드는 것 같았다.

'우쒸, 이쁘면 다냐.'

[깜빡했어요. 나는 이제 그를 만질 수 없다는…….]

웃으면서 나에게 말하던 그녀는 내가 선애를 품에 안고 토닥토닥하는 걸 발견하고는 그렇지 않아도 호수라고 말할 만큼 커다란 두 눈을 부릅뜨는 것이었다. 덕분에 난 그녀의 눈동자가 튀어나오는 줄 알고 놀랐다.

[어, 어떻게… 당신은 어떻게 동생을 만질 수 있는 거죠?]

[그게… 저도 모르겠는데요. 어쩌다 보니 그렇게 되더라구요.]

내 당혹스러운 대답에 그녀는 처연한 미소를 지어 보였다.

[아아, 당신, 인간이죠? 인간이면 가능한 건가?]

[에? 그…….]

그녀의 말에 다시 한 번 놀란 내가 질문을 던지려는 순간, 선애가 날 다급하게 불렀다.

"언니이~!!"

[응, 응, 왜?]

"저분이 물어보시잖아, 저분 옆에 있는 존재가 어떻게 생겼냐구~"

[응?]

그리고 보니 아까 소리 소문 없이 나타난 은발의 잘생긴 남정네가 팔짱을 떠억 끼고 선애를 노려보고 있었고, 선애는 어떻게 해서든 그 시선을 피하려고 애쓰고 있었다.

[저 사람이 누군데?]

내 질문에 선애와 여자 유령이 동시에 대답했다.

"아까 그 드래곤이시래."

[렌이에요. 아까 그 드래곤인…….]

[아하, 폴리모프했구만.]

내 태평한 깨달음에 선애가 다시 재촉한다.

"옆에 계신 분이 어떻게 생겼냐니까아~"

[그거야… 어라, 그런데 너 왜 한국말 안 쓰고 아벤티노 디륙 공통어 쓰냐? 아까 질문은 한국어로 했으면서…….]

"저분이 질문도 이쪽 말로 쓰라고 하셨단 말이야. 그거 말고 얼른 대답, 대다이압~"

다급한 선애의 말에 나는 그제야 정신을 차리고 선애의 질문에 답해 주었다.

[그니까 초록색 생머리가 허리까지 내려오고…….]

내가 운을 떼자 선애가 얼른 따라 말한다.

"초록색 생머리가 허리까지 내려온대요."

"그건 아까 말했다."

선애의 말에 남자의 대꾸가 들려왔다.

그에 나는 재빨리 여자 유령의 모습을 훑어보며 대답했다.

[키가 170㎝ 정도에 갸름한 얼굴형, 피부가 잡티 하나 없이 뽀얀 뛰어난 미인.]

"키가 170㎝ 정도신데요, 무척이나 뛰어난 미인이시래요. 얼굴형은 갸름하고, 잡티가 하나 없이 하얗다는데요."

[눈동자는 황금색이 섞인 초록색.]

"눈동자는 황금색이 섞인 초록색이시구요."

[날씬한 몸매.]

"날씬한 몸매를 가지고 계시대요."

[근데, 옷차림도 설명해야 하나?]

"옷차림도 설명할지 묻는데요?"

선애의 말에 남자가 고개를 저었다.

"이름을 물어보라고 해라."

그러나 내가 미처 그 여자 유령에게 물어보기도 전에 선애와 드래곤의 대화를 듣고 있던 그녀가 먼저 잽싸게 대답해 줬다.

[미아트 숲의 아리아예요. 렌은 날 리아라고 불렀어요.]

둘 다 애칭을 부르는 걸 보니 범상치 않은 관계인가 보다.

나는 그녀에게서 들은 말을 얼른 그대로 옮겼고, 그걸 선애가 그 드 래곤에게 고스란히 옮겨줬다.

"미아트 숲의 아리아 씨라고 말했대요. 그런데 드래곤께선 리아라고 부르셨다면서요?"

선애의 말에 드래곤인 그 은발의 남자 눈동자가 심하게 흔들렸다. 그리고 팔짱을 낀 팔이 부르르 떨리는 걸 보니 왠지 격정을 참는 듯했 다.

잠시 그렇게 참고 있던 남자가 좀 가라앉은 목소리로 다시 물어왔 다.

"넌… 그녀가 보이는가?"

차가운 기색이 많이 가라앉은 게 선애의 말을 이제 믿는 모양이다. 게다가 위압감도 많이 사라져 선애도 완전히 진정하고 대답할 수 있었 다. 뭐, 여전히 심하게 긴장하고 있기는 했지만, 그래도 아까에 비하면 훨씬 나아진 모습이었다.

"아뇨, 전 언니만 보이는데요, 언니는 그분이 보인대요."

선애의 대답에 남자는 고개를 끄덕이더니만 갑자기 자리에 풀썩 앉 았다.

그에 놀란 선애가 반동으로 그나마 약간 펴고 있던 몸을 움츠리자 남자가 피식 웃었다.

"편히 앉아, 편히. 널 해칠 생각은 없다. 그녀의 대답을 듣고 싶으니까."

드래곤의 말에 여자 유령이 열렬한 시선으로 날 바라봤다.

[그에게 하고 싶은 이야기가 많아요. 부디 전해주세요.]

[야, 이분도 하고 싶은 이야기가 많대.]

"그분도 하고 싶은 이야기가 많대요."

선애의 전달에 남자가 피식 웃으며 주변을 둘러보았다.

"그런데 리아는 어디에 있지?"

[옆에 앉아 있다고 그래. 아아, 오른쪽에.]

"오른쪽 편에 앉아 계시대요."

선애의 말에 남자가 얼른 오른쪽으로 고개를 돌렸지만, 지금까지 안 보이던 모습이 이제 와서 갑자기 보일 리가 없었다.

여전히 아무것도 보이지 않자 남자는 길게 한숨을 내쉬더니 고개를 절레절레 저었다.

"나는 아무것도 안 보이는군. 너는 어떻게 볼 수 있는 거지?"

"그, 그게… 저도 잘… 게다가 저는 언니밖에 안 보이거든요. 다른 유령을 본 적은 한 번도 없어요. 언니는… 사고를 당한 다음에 정신 차리고 보니까 유령이 되어서 제 옆에 있더라고요."

"그런가? 그럼 아까 질문으로 돌아가서. 내 이름은 그녀가 부르는 걸 네 언니가 들어서 알게 된 거라고? 그녀가 내 이름을 부르고 있었나?"

그의 질문에 선애의 시선이 나에게 왔고, 나는 기꺼이 대답해 줬다.

[콧등에 올라타서 구슬프게 울면서 매달려 있었다고 전해줘.]

"콧등에 올라타 무척 슬프게 울고 계셨대요."

선애의 말에 남자의 눈썹이 꿈틀거렸다.

"울… 었다고? 그녀가? 왜?"

그에 선애의 시선이 다시 나에게 왔고, 내 시선은 그녀에게로 돌아갔다.

[그건……]

그녀의 대답을 듣고 난 다시 선애에게 시선을 돌려 그녀의 말을 전했으며, 선애는 곧바로 드래곤에게 전달했다.

그렇게 참 기나긴 통로를 거친 대화는 그 오랜 세월 쌓이고 쌓인 게 많은 덕분인지 무척이나 길어졌고, 우리는 그렇게 모두가 기절한 갑판에 앉아서 해가 서쪽 바다로 저물어 밤이 깊어질 때까지 이야기를 나눠야 했다.

드래곤과 엘프 아가씨야 좋았겠지만, 가운데 낀 울 꼬맹이는 죽상이었다.

하지만 덕분에 재미있는 사실을 알 수 있었다.

서로 애칭을 부르는 걸 보고 대충 짐작은 했지만, 이 드래곤 분과 엘프 양께선 연인 사이였다. 엘프 양은 서대륙에 있는 미아트라는 숲에 살고 있는 엘프였는데, 여행을 나온 렌스버리라는 이 실버 드래곤과 우연하게 만나 사랑에 빠져 연인 관계가 되었다고 한다. 그리하여 드래곤과 알콩달콩 깨가 쏟아지게 잘산 건 좋았는데, 참으로 안타깝게도 드래곤과 엘프의 수명이 달라 드래곤이 팔팔하게 살아 있는데, 엘프 양은 수명이 다해 죽게 된 것이었다.

황당한 건, 이 엘프 양께서 죽기 전에 드래곤에게 남긴 유언이었다.

엘프라는 종족의 문화는 잘 모르겠는데, 하여간 수명이 다해 죽으면 그 유체를 자신들이 살던 숲으로 가지고 가는 풍습이 있는 모양이었다.

그곳에서 무덤을 만드는 건지 화장을 하는 건지는 모르지만, 하여간 외부로 나가 어떠한 사고나 수명이 다해 죽게 되면 그걸 어떻게 아는지는 모르겠지만, 그들이 살던 곳에서 엘프들이 나와서 유체를 수습해 간다는 거였다.

그런데 이 엘프 양께서는 죽어서도 드래곤 곁을 떠나고 싶지 않았던 모양이다. 그리하여 죽기 전에 드래곤에게 자신의 유체를 가지고 가는 걸 막아달라는 뜻으로 '그들이 오는 걸 막아주세요'라고 했단다. 자세한 설명없이 단지 그 말만 하고 꼴까닥~ 해버리자 슬픔에 빠지신 열혈 로맨틱 드래곤 렌스버리 군께서는 그 말을 글쎄, 서대륙 사람들이 아벤티노 대륙으로 못 오게 막아달라고 오해를 해버린 것이다.

이 드래곤과 엘프 커플은 살림집을 아벤티노 대륙의 왈라키 산맥—헤이븐 국과 바이런 국의 국경 역할을 하는 거대한 산맥인—에 차렸다고 한다. 그런데 그 유언을 들은 우리의 드래곤 군은 그 즉시 자신의 레어를 서대륙과 아벤티노 대륙의 유일한 해상 교통로라고 할 수 있는 달마티아 해 깊숙한 곳으로 옮기시고, 서대륙과 아벤티노 대륙의 왕래를 철저하게 막으셨던 것이다.

그것이 바로 그동안 서대륙으로 향했던 배들이 행방불명이 되고, 바닷길이 막혀 서대륙과의 왕래가 끊긴 이유였던 것이다.

참으로… 어이없기도 하고, 웃기기도 하고, 감탄스럽기도 하고… 하여간 복잡한 심정이었다.

그러다가 이 드래곤께서 수면기에 접어들어 잠시 잠을 자는 동안—그 잠시 잠을 자는 기간이 몇백 년이었단다—호기심 많은 인간들이 서대륙으로 가는 것에 성공, 그리하여 다시 서대륙과의 왕래가 시작된 거였다.

그것도 모르고 쿨쿨 잠을 주무시고 계시던 드래곤께서 이제 활동기가 되어 수면에서 깨어나 몸을 풀고(?) 있는데, 감히 자신이 막아뒀던 해상에서 갑자기 마법의 기운이 느껴져 '언 놈이야?' 하고 나오셨던 것이다.

그곳에 나와 선애가 있었고 말이다.

'거참, 재미있는 인연일세……'

그 이야기 말고도 자신들이 하고 싶었던 이야기를 하는 동안 얼마나 시간이 지났는지 해가 지고 어둠이 내려앉은 지 한참의 시간이 지난 무렵, 이야기를 전달해 주던 선애가 피곤했는지 그만 꼬박꼬박 졸고야 말았다.

그도 그럴 것이, 낮에 해적 녀석들의 함정에 빠져 점심도 못 먹고 이리저리 날뛰다가 난데없는 드래곤의 등장에 두려움에 벌벌 떨어 댔다가 한 번 기절도 해보고 깨어났으니 얼마나 피곤했겠는가?

그런데 그 상태로 해가 질 때까지 이야기를 전달해 주고 있어야 했으니…….

거의 불가항력으로 선애가 꾸벅꾸벅 졸자 드래곤 녀석이 불쾌한 표정으로 노려보는 것이었다.

"지금 감히 어디서 조는 거지?"

차가운 호통에 선애가 놀라 번쩍 깨기는 했지만, 아무리 무서운 공포라 해도 수마를 이기지 못하겠던지 선애의 얼굴에는 졸음이 가득했고, 눈은 거의 풀려 있었다.

그런 선애를 보다 못한 엘프 양께서 드래곤을 제지했다.

[오늘은 그만 해요, 렌. 이제 우리는 계속 이야기를 나눌 수 있게 되었잖아요.]

그녀의 말을 선애에게 그대로 옮겨주자 선애가 힘겹게 입을 열었다.

"그러니까… 후아아암… 아, 죄송… 오늘은 그만 하시자고……."

저도 모르게 나오는 하품에 선애가 찔끔해서 얼른 입을 닫으려고 했지만, 드래곤은 화가 났는지 선애를 매섭게 노려보고 있었다.

그에 쫄아버린 선애가 얼른 내 뒤로 숨으려고 하는데, 드래곤이 못마땅하다는 티를 팍팍 내며 중얼거렸다.

"리커버리!"

그러자 눈부시게 밝은 백색의 광체가 선애를 둘러싸더니만 서서히 스며드는 것이었다. 놀란 선애가 눈을 번쩍 뜨고 자기를 돌아보는데, 퉁명스런 드래곤의 목소리가 들렸다.

"이젠 안 졸리지?"

"예? 에에……."

당혹스러운 선애와 내 표정을 본 것인지 유령 엘프 양이 친절히 설명해 줬다.

[회복 마법이에요. 지친 체력을 회복시켜 주거나 떨어진 면역력을 회복시켜 줘 환자에게는 큰 도움이 되는 마법이죠.]

[오오, 그런가요? 야, 그거 회복 마법이래.]

내 말에 선애가 신기하다는 듯 자신을 살펴보고 있었다.

그런데 그때…….

"우우웅……."

선애의 가장 가까이에 쓰러져 있던 해적 한 명이 신음 소리를 흘리며 깨어나려는 기미를 보이는 것이었다.

CHAPTER 28

FANTASY FRONTIER SPIRIT

Chapter 28

선애 근처에 있던 해적 한 명이 깨어나려는 것을 시작으로 주변 여기저기에서 기절해 있던 사람들이 깨어나려는 기미가 보였다.

그에 선애의 안색이 다급해졌다.

"큰일이네. 언니, 우리 일행들 좀."

[알았어.]

어차피 아까 일행들이 어디로 쓸려가는지 봐두었기에 나는 주저없이 일어나서 달려갈 수 있었다.

일행들을 데리러 가는 내 뒤로 드래곤의 질문 소리가 들려왔다.

"왜 그러지?"

제일 먼저 발견한 건 로어였다. 그는 갑판 한쪽 구석, 굵은 밧줄들을 보관한 곳에 몇몇 해적들과 함께 처박혀 있었다. 다행히 굵은 밧줄들이 쿠션 역할을 해주어서 크게 다친 곳은 없었는데, 어딘가에서 부딪쳤는지 이마에는 커다란 혹 하나가 나 있었다.

하지만 그는 그래도 운이 좋은 편이었다. 반대쪽에 있던 토냐는 몇 번 나뒹굴다 옷자락이 젖혀졌는지 맨바닥에 피부가 그대로 쓸려 여기저기가 심하게 빨갛게 부풀어 올랐던 것이다. 그녀가 미처 정신을 차리지 못해서 그렇지, 정신 차리고 나면 꽤나 따갑고 쓰라릴 거다.

로어와 토냐는 그래도 내가 그들을 데리러 갈 때까지 정신을 차리지 못해 쉽게 데려올 수 있었지만, 마지막으로 소피를 데리러 갔을 때 그녀는 이미 정신을 차린 상태라 데려오기가 좀 난감했다. 그런데 그녀는 우리 일행 중 제일 운이 없었는지 고통스러운 표정으로 왼쪽 어깨를 오른손으로 감싸고 있는데다가 한쪽 다리도 절뚝거리고 있었다.

그런 그녀에게 나는 정말 무례하게도 뒤통수를 후려쳐야 했다. 나에게는 쉽게 기절시키는 방법 따위는 없었으니 별수없었지만, 그래도 정말 미안했다. 그녀가 한 방에 기절해 줘서 다행이었지, 안 그럼 나는 그녀의 뒤통수를 한 대 더 때려야 했을지도 몰랐다.

정신을 잃은 소피를 업고 선애가 있는 곳으로 돌아오자 드래곤이 놀란 시선으로 날, 아니, 정확히는 허공에 둥둥 떠서 다가오는 소피를 바라보더니 선애에게 물었다.

"저게, 네 언니가 하는 일이라고?"

"예, 지금 저 기절한 여자를 업고 있는데요."

"그래? 흐음, 그럼 나의 리아도 저런 일을 할 수 있을까?"

"언니가 아까 물어봤는데 그분은 못한다고 하시던데요. 아까도 몇 번 저기… 드래곤님의 팔을 잡으려고 했는데 못 잡으셨대요."

선애가 그렇게 말하는 동안 나는 소피를 토냐 옆에 조심스레 눕혔다.

그런데 그 순간 생각난 것이 있었으니…….

[어라, 그러고 보니 아리아 씨, 아까 저 드래곤님 콧등 위에 올라타고 있지 않았어요?]

그동안 계속 말을 전해주다 보니 친해져 이 엘프 유령께서는 나에게 친절히 자신의 이름을 부르는 것을 허락했다. 그런데 저 프라이드 높은 드래곤께선 여전히 자신의 이름을 허락지 않고 있어서 나나 선애는 계속 드래곤님이라 부르고 있었다.

내 말에 아리아가 씁쓸한 표정으로 고개를 저었다.

[아니에요. 난 단지 앉아 있는 흉내를 낸 것뿐이에요. 신애님도 아시잖아요. 난 그의 몸을 만질 수 없다는걸.]

[에? 그럼 지금은 어떻게…….]

라고 말하던 나는 말끝을 흐리고 어색하게 웃어 보였다.

그도 그럴 것이, 그녀는 갑판 위에 서 있는 게 아니라 갑판에 닿을랑 말랑 하는 위치에서 동동 떠 있었던 것이다. 그러니까 아까 드래곤의 콧등 위에 올라탄 것이 아니라 콧등 부근의 허공에 앉은 모양으로 떠 있었던 거였다.

[어라라, 그럼 아리아님은 하늘을 마음대로 날 수 있는 거네요. 오오, 저는 그게 불가능하거든요.]

[대신 신애님은 물건을 마음껏 잡을 수 있으시잖아요. 저는 그게 부러운데요, 뭐.]

[하지만 저는 잡을 수 있잖아요.]

[그도 그러네요. 저도 이제 잡을 수 있는 존재가 생긴 건가요? 신애님은 저랑 같은 유령이라서 그런 건가?]

사근사근한 아리아 양과 나는 서로 대화할 수 있다는 것 하나만으로 무척이나 친해진 상태라 화기애애하게 대화를 나누고 있는 바로 그때, 선애의 놀란 외침이 터져 나왔다.

"예에? 그런 게 어디 있어요?"

돌아보니 선애가 놀라 황당하다는 시선으로 드래곤을 바라보고 있었지만, 드래곤은 거만한 표정으로 선애의 시선을 맞받아치고 있었다.

[야, 왜 그러는 거야?]

내 질문에 선애는 울상인 표정으로 말했다.

"언니, 드래곤께서 나머지 사람들은 돌려보내 주는데, 우리는 안 된대. 여기에 있으래."

[왜?]

기가 막혀 묻기는 했지만, 이유는 대답을 듣지 않아도 알 수 있었다. 아마도 자신의 리아와 대화를 하기 위해서는 우리가 꼬옥 필요하니 그러는 거겠지.

"말도 안 됩니다. 저는 해야 할 일이 있다고요. 여기에 있을 수는 없습니다."

울 꼬맹이가 아까는 두려움에 질려 대답도 못하더니만, 신변에 대한 일이 되자 대놓고 나서기 시작했다.

"시끄럽군. 목숨을 살려준 것만 해도 감지덕지해야 할 것 아닌가?"

"원래부터 사람들을 싫어하신 게 아니라 엘프님의 유언 때문에 그러셨던 거잖습니까? 그리고 지금은 오해가 풀리셔서 이제는 안 그러신다고 하셨잖아요."

선애의 말에 드래곤의 눈썹이 꿈틀거린다.

"하찮은 널 곁에 데리고 있어준다고 하면 은혜를 백골난망해도 모자랄 텐데 정말 말이 많군."

"절대로 감사나 은혜를 거론할 상황이 아니거든요? 전 가서 할 일이 많단 말입니다."

"그럼 내가 가서 네가 할 일을 없애주지. 그럼 되겠지?"

드래곤의 심드렁한 말에 선애는 차마 기가 막힌다는 표정을 노골적으로 드러내지는 못하고 분노를 참다가 물었다.

"어떻게요?"

"네가 사는 도시를 지도상에서 없애주면 될 거 아닌가?"

"예에? 무, 무슨 그런 말씀을……."

그런데 그때였다.

"저기 있다, 잡아라!!"

[이런!!]

그동안 해적 녀석들이 슬슬 정신을 차리는 것 때문에 일행들을 찾아서 데려와 놓고는 드래곤과 선애의 이야기 때문에 녀석들에 대해 깜빡하고 있었던 것이다.

그래 나는 급한 김에 선애를 잡고 튀려고 하는데…….

"정말 시끄럽군."

한마디 낮은 소리와 함께 쉬잉~ 하는 날카로운 바람 소리가 들리는가 싶더니만, 우릴 발견하고 달려들던 해적 한 무더기의 사람들이 순식간에 두 동강이 나서 갑판 위로 흩어지는 것이었다.

[헉!]

"흑······."

선애가 그 잔인한 모습에 놀라 내 품으로 파고들고는 눈을 감았다.

이건 마치 소설 속에서나 나오는 '손짓 한 번에 수십 명이 뒤로 나가 떨어져 피를 뿌리는······' 이라는 대목과 다를 바가 없었다. 너무나 놀라운 일이라서 그런지, 오히려 현실감이 없어 마치 영화의 한 장면을 보는 것만 같았다.

내가 후각을 느끼지 못해서 그렇지, 아마 비릿한 혈향이 주위에 진동을 할 것이다.

[레엔~!!]

옆에서 엘프 양이 안타까운 표정으로 소리쳤지만, 드래곤 녀석에게 들릴 리 만무했다.

그렇게 한 무더기의 사람들이 동강이 나버리자, 나머지 녀석들이 주춤거리며 감히 덤빌 생각을 못했다.

그 모습을 만족스레 바라본 드래곤이 선애를 향해 비릿한 미소를 지으며 말했다.

"나에게 바락바락 대들던 인간은 어딜 간 거지? 이제야 얌전히 말을 들을 맘이 생긴 건가?"

드래곤의 말에 선애의 어깨가 움찔거렸지만, 그래도 얌전히 말을 들을 맘은 아직 안 생겼나 보다.

"그, 그래도 여기에 있는 건 싫습니다."

"흥, 용기는 가상하다만, 내가 붙잡는데 어떻게 도망간다는 거지?"

"서, 선애야."

"선애님."

드디어 우리 일행들도 깨어난 모양이다. 한쪽에 웅크리고 있는 선애의 모습에 일어난 토냐와 소피가 다가왔다.

"왜 그래? 무슨 일이야?"

"어디 다치셨습니까?"

"아, 난 괜찮은데……."

[아, 맞다. 소피는 많이 다쳤어. 토냐는 찰과상 정도인데…….]

내 말에 선애가 둘을 바라봤다.

"괜찮아요? 아까 보니까 둘 다 다쳤던데… 소피, 어깨하고 발은……."

선애의 말에 토냐가 그제야 알겠다는 듯 고개를 끄덕였다.

"그러고 보니 네가 우릴 여기로 데려다 놓은 거구나. 도대체 어떻게 된 거냐? 아까 나타난 드래곤은 또 어디……."

그러나 토냐의 말은 소피가 옆구리를 쿡쿡 찌름으로 인하여 끊어졌다. 의아해서 바라보는 토냐에게 소피가 눈빛으로 옆을 가리키자 토냐의 시선이 그쪽으로 돌아갔고, 곧이어 그곳에 거만하게 앉아 있는 은장발의 남정네를 보고는 히껍했다.

"헉! 호, 혹시……."

문장이 완성되지는 않았지만, 그것만으로도 그녀가 뭔 이야기를 하고 싶어하는지 알아챈 선애는 고개를 끄덕였다.

"맞아요."

"그럼… 저 일도 저분이 하신 겁니까?"

소피가 피투성이의 광경을 가리키며 낮게 물어오자, 선애가 인상을 꽉 찡그리며 고개를 끄덕였다.

"헉! 그, 그럼 저분이 우리 편이 되신 거야?"

"그게 아니라, 시끄럽게 굴었다고 저렇게 하셨어요."

선애가 입을 꾸욱 막고 말하는 바람에 발음이 불분명했지만, 그래도 대충 알아들을 수는 있었다. 울 꼬맹이는 피비린내 나는 모습을 실제로 처음 본 거라—때려눕힌 거와 죽인 거는 다른 거니 말이다—아무래도 토기가 올라오는 모양이다.

그렇다고 이 자리를 벗어날 수 있는 것도 아닌지라 간신히 억누르는 모습이 보기가 참 애처로웠다. 그래 가까이 다가가 열심히 손으로 부채질을 해주는데, 그 드래곤이 다시 선애를 향해 말을 걸어왔다.

"네 일행?"

그의 질문에 선애는 선선히 고개를 끄덕였다. 그에 드래곤의 눈이 기분 나쁘게 가늘어지며 웃음기를 띠었다.

"그래? 그럼 내가 너희 일행의 목숨을 담보로 하면 어쩔래?"

그의 말에 토냐와 소피의 시선이 선애에게로 쏠렸다. '무슨 말이야?'라는 질문이 역력한 그들의 시선에 선애가 한숨을 내쉬며 말했다.

"저기… 저분이 다른 사람은 놔줄 테니 저는 여기 남으래요."

선애의 말에 소피는 굳었고, 토냐는 히익~ 하고 숨 들이키는 소리가 들려왔다.

"왜, 왜에? 너 무슨 실수라도…….."

핏기가 싸악 가신 토냐가 죽상을 하고 물어온다.

"아뇨, 그건 아닌데…….."

그런데 그때였다.

"벌레가 많이도 꼬이는군."

드래곤의 낮은 저음에 정신을 차린 일행이 주위를 후다닥 둘러보자, 어느새 해적 녀석들이 우리를 둘러싸고 있었다. 정체 모를 인물 한 명 때문에 함부로 덤비지는 않았지만, 기세만은 흉흉했다.

"네, 네놈은 뭐야? 갑자기 어디서 나타난 거지?"

한 머리 나쁜 해적이 감히 드래곤을 향해 삿대질하며 외치는 모습에, 나는 속으로 그 해적을 향해 명복을 빌어주었다. 머리가 나쁘면 손발이 고생한다는 말이 있는데, 저 해적은 머리가 나쁜 덕에 자신의 몇십 년의 수명은 물론이고 자신의 동료들 수명까지 없애 버리게 생겼으니 말이다.

"썬더 스톰!"

기분 나쁜 건 절대로 못 참는 우리의 드래곤께서 낮게 중얼거리자 옆에 있던 아리아가 놀라서 날 붙잡았다.

[빨리 일행들을 모아서 꽈악 붙들어요.]

그러나 그녀뿐만이 아니라 벌써 토냐가 일행들을 불러모으며 마법 주문을 외우고 있었다.

"실드, 실드, 실드으~"

드래곤의 주위에서 갑자기 휘잉~ 하는 바람 소리가 들리더니만 점차 그를 중심으로 바람이 휘몰아치는 모습이 눈에 보이기 시작했다. 그리고 그 바람은 점점 강해져 마침내는 토네이도를 일으켜 하늘을 꿰뚫을 듯 솟아올랐다. 그런데 단지 그런 폭풍으로 끝나는 것이 아니라 그 폭풍 속에서 빛이 번쩍번쩍 빛나더니만, 그곳에서부터 수많은 번개들이 뿜어져 나와 주위에 떨어지기 시작하는 것이었다.

다행히 토냐가 토네이도가 완성되었을 즈음 실드를 완성시켜 그 위험한 바람과 번개로부터 일행을 보호할 수 있었다. 그러나 안심하고 있을 수만은 없었던 것이, 토냐가 삼중으로 실드를 쳤는데도 불구하고 5분도 안 되어 번개를 몇 번 맞자 맨 처음 실드가 파칭~ 하는 소리와 함께 마치 유리가 부서지듯 산산조각 나버렸기 때문이다.

그것은 토냐에게도 무척이나 큰 타격을 주었는지, 토냐가 심하게 휘청거리며 신음 소리를 내뱉었다.

"으윽……"

[어떻게, 어떻게… 빨리 저분을 부축해 주세요. 지금 정신을 흐트러뜨리면 마법이 완전히 깨질 거예요.]

옆에서 지켜보고 있던 아리아가 다급한 표정으로 발을 동동 구르자 나는 그녀의 말을 얼른 선애에게 옮겼고, 그 즉시 선애와 소피가 토냐를 부축했다.

[렌……]

아리아가 안타까운 표정으로 그 드래곤 녀석을 바라보고 있었지만, 나는 그럴 여유가 없었다. 이유인즉슨, 해적들이 날아가는 것까지는 좋았는데, 드래곤이 너무 힘을 썼는지 배까지 산산조각 나기 시작했던 것이다.

"우아아악~!!"

당황한 선애가 날 바라보며 도움을 요청했다.

[당황하지 말구 일행들을 잘 붙들어. 아리아 씨, 저 좀 잡아주세요. 혹시 일행들을 데리고 날아오를 수 있을까요?]

내 말에 아리아도 황급히 드래곤으로부터 시선을 돌렸다.

[그, 글쎄요. 지금까지 사물을 잡고 날아본 적이 없어서…….]

[저는 잡을 수 있죠?]

[예에…….]

[그럼 제가 일행들을 잡을 테니까 아리아 씨는 저를 잡고 있는 힘껏 날아주세요. 아셨지요? 떨어지는 속도만 늦출 수 있으면 돼요. 어차피 저는 물 위에서 설 수 있으니까 수면 위에만 닿으면 저도 도울 수 있을 거예요.]

[예, 예. 한번 해볼게요.]

아리아의 끄덕임에 선애를 바라봤더니, 선애는 벌써 토냐의 허리에 팔을 둘러 깍지를 끼고 있었고, 소피가 자신의 팔을 선애 팔에 낀 채로 로어를 붙들고 있었다.

그 즈음 배 여기저기에서 일어나던 균열이 우리 일행이 있는 곳까지 크게 일어나며 덕분에 배가 크게 기우뚱하며 천천히 가라앉기 시작했다.

[괜찮아, 버티기만 해. 나랑 아리아 씨가 너희들을 데리고 있으니까 떨어지지는 않을 거야.]

내가 선애의 허리를 잡으며 말하자, 선애가 고개를 끄덕인다.

그때 우리 일행이 서 있던 갑판이 와지직 하며 부서져 나가기 시작했다. 덕분에 발 디딜 곳이 없어진 일행은 그대로 밑으로 추락하는가 싶었지만, 곧이어 나와 아리아의 힘으로 인해 허공에 떠 있을 수 있었다.

[아리아 씨, 괜찮아요?]

내가 그녀를 돌아보며 묻자 그녀는 무지 힘겨운 표정으로 고개를 저었다.

[하, 하, 하… 그, 그게… 오, 오래 못 버티겠어요. 어쩌죠?]

[천천히 내려가요, 천천히. 물 위에만 닿으면 돼요.]

내 말에 아리아가 고개를 끄덕이더니만 천천히 밑으로 내려가기 시작했다.

주위에서는 배의 파편이 후드득 떨어지고 있었지만, 토냐가 친 실드에 부딪쳐 일행에게 타격을 주지는 않았다. 선애의 언질이 있었는지, 토냐는 허공에 떠 있는 데도 불구하고 침착하게 마법을 유지하고 있었던 것이다.

[죄, 죄송해요. 마법 사정권에서라도 벗어나야 하는데…….]

아리아의 말을 듣고 보니 이 드래곤이 얼마나 힘을 썼는지 배 위뿐만이 아니라 주변의 바다에까지 마법 공격이 미치고 있어 주변에는 때 아닌 광풍이 불고, 높은 파도에 번개가 쏟아지며 난리도 아니었다. 누가 보면 폭풍이라도 닥친 줄 알 거 같았다.

나라도 저 드래곤을 말리고 싶지만, 지금 선애를 두고 가지도 못해 이래저래 속만 끓이고 있는 중이었다.

그렇게 해서 그 드래곤이 진정된 건지, 아니면 마법의 지속 시간이 다 된 건지 모르겠지만, 하여간에 토네이도가 멈춘 거는 새벽녘이 다 되어서였다.

정말 기가 막혔다. 비록 작은 편이라고 해도 먼 항해를 할 수 있는 배였으니 제법 큰 축에 속한 함선이었는데, 그게 산산조각이 나 파편만이 남은 것이다.

게다가 해적들도 어디로 갔는지 보이지 않았다.

뭐, 그건 잘되었다고 생각한다. 한순간에 두 동강 난 시체를 보는 것도 끔찍했는데, 거기다가 익사체까지 보는 건 더 끔찍했으니 말이다. 전기에 새카맣게 탄 시체를 보는 것도…….

그러고 보니 배의 파편들 사이에 시커먼 뭔가가 둥둥 떠 있는 것 같기도 한데, 보기 싫어서 일부러 그쪽에는 시선도 안 줬다.

우리 일행들은 다행히 수면에 내려앉을 때 아주 큼지막한 배의 파편을 발견해서 그 위에 올라앉아 있을 수 있었다. 거기에다 내가 주변에 동동 떠 있던 커다란 통이나 밧줄 등등을 가지고 와서 묶어 가지고 뗏목 비스무리하게 만들 수 있었다.

새벽녘이 되자 그제야 수면제 효과가 다 했는지 로어가 부스스 깨어났다. 그는 선원들과 배가 한순간에 사라져 버리고, 자신은 배 파편 위에 있는 걸 보고는 어리둥절하며 토냐에게 어떻게 된 거냐고 물었다가 한 대 얻어맞았다. 그나마 토냐가 드래곤 녀석의 마법으로부터 일행들을 지키느라 무척이나 탈진해 있어서 그 한 대도 힘이 다 빠진 손짓이었다. 그러나 그 당시 토냐는 힘만 있었다면 로어를 바다에 던져 버리기라도 할 듯한 표정이라 로어는 더 이상 묻지 못하고 얌전히 입을 다물었다.

나중에 알고 보니 토냐가 마법이 멈출 때까지 버틸 수 있었던 것은 그나마 마법 공격이 약한 곳에 있었기 때문이지, 직격으로 맞는 곳에 있었다면 한 시간도 못 버텼을 거라고 한다.

토냐가 로어에게 한 대 먹이고는 탈진해 그대로 쓰러져 버리고 나자 그 드래곤이 나타났다. 잘난 놈이라서 그런지, 그 녀석은 배 위에 나타났을 때와 조금도 다르지 않은 멀쩡한 상태로 물 위를 철벅철벅 걸어오고 있었다.

그러나 그 뒤로 그는 더 이상 선애보고 남으라고 하지 못했다. 왜냐하면 분노한 아리아 양이 나서서 펄펄 뛰었던 것이다. 다시는 말을 안 한다고, 사라져 버릴 거라고 화를 내는 바람에, 결국 드래곤이 양보하는 것까지는 좋았는데……

"너희를 따라가도록 하겠어. 그럼 됐지?"

라고 결론이 나버리는 건 왜일까?

덕분에 나중에 깨어난 토냐는 다시 기절할 것만 같은 표정이 되었고, 소피도 질린 얼굴이 되었다. 그리고 여전히 사태 파악이 안 되는 로어만이 멀뚱멀뚱 있다가 토냐에게 괜한 화풀이용으로 한 대 더 얻어맞았다.

사태가 좀 진정이 된 후에야 로어는 모든 전후 사정과 드래곤이 일행이 되었다는 걸 듣고는 '흐엑~' 하는 표정이 되었다. 그런데 그 모습을 보자니 떠오르는 단어가 있었다.

'뒷북.'

물론 로어가 느린 사람은 아니다. 오히려 눈치는 물론 머리 회전까지 빠른 사람이었다. 단지 지금은 약으로 인하여 장시간 잠에 빠져 있느라, 그동안 벌어졌던 사건들에서 소외되는 바람에 반응할 시기를 놓친 것뿐이었다.

하지만 그것도 잠시 그는 드래곤의 등장이라는, 그가 생각할 수 있는 범위를 훨씬 뛰어넘는 엄청나게 파격적인 요소를 눈앞에 두고도 금세 상황을 인식하고는 침착하게 선애를 바라보고 있었다. 그의 시선에는 드래곤을 절대로 데려가면 안 된다고 쓰여 있었다.

그러나……

'누굴 데려가고 싶어서 데려가는 줄 아남?

나는 속으로 한숨을 내쉬며 생각했다.

아리아가 펄펄 뛰는 바람에 선애를 여기에 붙잡아놓는 것은 양보했지만─사실 이것도 힘이 있으니 강제로 억류시킬 수 있었던 거지, 세상에 이러는 법이 어디 있단 말인가?─선애 곁에서 떨어질 생각이 조금도 없어 보였다. 그리고 사실 여행을 가는 건 아리아도 은근히 바라는지, 우리와 동행하는 것에 대해 아무 말도 안 하고 있어서 한 드래곤과 유령을 말릴 수 있는 존재는 아무도 없었다. 기실, 그렇기 때문에 로어도 뭐라 말은 못하고 시선만 보내고 있는 거 아니겠는가?

게다가 지금 우리 상황으로서는 치사하고 아니꼽기는 하지만, 드래곤의 힘이 절실하게 필요했다.

배는 난파되었고, 여기가 어딘지 아는 해적 녀석들은 보이지도 않는 상태로 망망대해에서 급조된 뗏목 위에 오도카니 앉아 있는 우리 일행으로서는 말이다.

그런데 이 빌어먹고 씹어먹고 구워먹어도 시원찮을 드래곤 녀석에게 좀 도와달라고 했더니만 이렇게 말하는 것이었다.

"내가 왜?"

아니, 자기가 양심이 있으면 그렇게 말할 수가 있는가 말이다. 괜히 잘 있는─에, 물론 우리 상황이 별로 좋지는 않았지만 말이다─사람들 앞에 나타나서 항해술을 가진 사람이랑 배랑 더불어 식량까지 모조리 작살 내 놓고는, 어떻게 그렇게 양심의 가책을 조금도 안 느낄 수 있는 것일까?

기실, 상황이 좀 안정되고 나서 나는 좀 건질 거 있나 하고 근처를 돌아다녀 봤었다. 그러나 우리 근처에 있는 거 외에는 모든 것들이 완전히 산산조각 나지 않으면, 시커멓게 타 버린 것들이라 뭔가가 둥둥 떠 있기는 하는데 그게 뭔지 잘 모를 것들이 대부분이었다.

뭐, 그런 상황에서도 크게 걱정이 되지 않는 건 먹을 거야 내가 바다 속으로 들어가서 생선이라도 잡아오면 되는 거였고, 불은 토냐랑 내가 있으니 구워 먹는 것도 가능한데다, 식수도 토냐가 마법으로 공급이 가능하다는 것이었다. 시원한 맑은 '삼다수 생물' 정도는 아니었지만, 우선은 먹고 안 죽으면 되는 거니까……

그러나 우리에게 필요한 것은 식량만이 아니었다.

이대로 내가 배를 끌고 가거나, 토냐가 마법을 일으켜 움직일 수는 있었다. 그런데 문제는 어디로 가야 하느냐··· 하는 것이었다.

여기서 가장 가까운 육지는 어디에 있는지, 아니면 하다못해 여기가 배들이 자주 다니는 소위 '뱃길'이라는 곳인지 등등…….

우리가 자기에게 너무 많아 넘치는 마력으로 텔레포트를 해달라는 것도 아니고 알고 있는 것 좀, 그것도 많이도 아니고, 단 하나만이라도 가르쳐 달라는데, 돕지는 않아도 최소한 그런 거라도 가르쳐 줄 수 있는 거 아닌가?

그런데 이 치사하고, 치사하고, 치사하고, 치사빤쮸인 드래곤 녀석은 그걸 알려달라고 물어도 계속 단 한 마디 '내가 왜?'란 말로 고수하고 있는 것이었다.

그럴 때마다 속이 부글부글 끓는 것이, 정말 내가 조금만 힘이 있었다면 뒤통수를 한 대 후려쳐 가지구 저 깊은 바다 속에 365일 정도는 재워놓고 싶을 정도였다.

하지만 어쩌겠는가. 지금 우리보다 힘 센 놈도 저놈이고, 정보를 알고 있는 것도 저놈인데.

그리하여 나는 결국 처음에는 그러려니… 하다가 점점 미안한 표정이 되어가는 아리아를 향해 도움을 청하려는 찰나, 저 멀리 수평선에 웬 점 하나가 떠 있는 것을 발견했다.

아까는 안 보였는데 갑자기 생긴 점이라 의아해서 눈을 비비고 힘을 줘보니, 세상에나! 그 점은 바로 배였던 것이다. 아주 멀리 떨어져 있어 아직은 제대로 보이지는 않았지만, 배라는 것은 확실했다.

[야, 야, 선애야, 배가 온다, 배가 와!]

해적 녀석들이 우리에게 해코지를 하려고 온 곳이라 뱃길에서 좀 많이 떨어진 곳이라고 생각했는데, 그게 아니었던 모양이다. 하기야, 남의 배 위에서 뭘 하던 별로 상관없었으니 뱃길 위에서 일을 벌려도 상관없었으려나?

내 말에 선애의 표정이 환하게 펴졌고, 내 말은 곧 선애를 통해 다른 일행에게로 전달되었다.

그러자 그 순간 그 치사하고, 치사하고, 치사하고… 한 드래곤 녀석의 표정에 낭패감이 어리는 것이었다.

"쳇."

낮게 혀까지 차면서 말이다.

배를 발견하고 나서 나는 더 이상 드래곤 녀석에게 치사함을 감수하고 매달리지 않게 되어 고소한 마음에 녀석의 얼굴을 구경하려다가 발견하였다.

‘뭐, 뭐냐, 저 드래곤은?’

마치 철없는 어린애의 투정을 보는 것만 같아 기가 막힌 심정으로 드래곤 놈을 바라보는데, 아리아가 미안한 표정으로 말을 걸어왔다.

[미안해요. 이해해 주세요, 신애 씨.]

[뭘요?]

저놈이 철없는 어린애마냥 투정 부리는 걸 이해하라는 거냐는 시선으로 바라보자 아리아가 배시시 웃어 보였다. 자기가 생각해도 저 드래곤 놈의 투정이 심했다는 걸 알고 있었나 보다.

[렌은 조금이라도 유리한 위치를 점하고 싶어서 그랬던 거예요.]

점점 더 알 수 없는 말이라 나는 알아듣지 못하겠다는 듯 그녀를 바라보자, 그녀가 싱긋 웃고는 좀 더 자세하게 설명해 주려고 했다.

그런데 그때,

"내가 드래곤이라는 걸 다른 녀석들에게 알리지 않는 게 좋을 거다. 만약 입을 잘못 놀려서 날 귀찮게 만드는 녀석이 있다간 너희 모두는 나의 분노를 받게 될 것이다."

아까까지만 해도 정말 깐죽거린다 싶을 정도로 이죽거리며 말하던 드래곤 녀석이 돌연 정색을 하고 말하자, 일행 모두는 굳어서 고개만 끄덕끄덕거렸다.

그러고 보니 이 드래곤 녀석이 깐죽거리는 동안에는 기운을 갈무리했는지 어쨌는지, 일행들은 이제 그와 편하게 대화를 나누고 있었다. 뭐, 일방적으로 우리 쪽이 매달리고 애원하는 식이었지만, 그래도 배 위에서 녀석의 위압감에 질려 제대로 입도 못 여는 것에 비하면 정말 대단한 것이었다. 드래곤 녀석이 하도 얄밉게 굴어서 알아채지 못하고 있었지만 말이다.

"저어, 그럼 뭐, 뭐라고 불러드려야 할까요? 아무래도 같이 계신다면 불러야 할 일이 있을 텐데……."

토냐의 조심스런 질문에 드래곤 녀석은 조금도 생각지 않고 즉석에서 입을 연다.

"주인님."

덕분에 일행은 컥~ 하고 숨넘어가는 소리를 내야 했다.

"그, 그건 좀… 그냥 거물을 일행으로 삼는 식은 어떨까요? 나중에 혹시 우리를 아는 사람들을 만났을 때 주인으로 섬겼다면 이상하게 볼 겁니다. 저희는 상회 사람이거든요."

로어가 침착하게 절충안을 내놓자 드래곤은 잠시 생각해 보더니 무지 언짢은 표정이었지만, 고개를 끄덕였다. 그게 마치 '무지 마음에 안 들지만 네놈들이 애걸복걸하니 어쩔 수 없이 들어준다' 라고 말하는 것 같아 울컥하게 되었다. 그래 봤자 드래곤 녀석에게 대놓고 뭐라고 할 수도 없었지만 말이다.

"하는 수 없지. 그럼 렌스버리님이라고 불러라."

'젠자앙~ 속으로는 어리버리놈이라고 불러줄 테닷~!!'

이런 내 마음과는 달리 일행은 얌전하게 고개를 끄덕끄덕할 뿐이었다. 그들은 드래곤이 한 발자국이라도 양보해 준 것이 감지덕지한 모양이었다.

뭐 씹은 것 같은 내 표정을 본 아리아가 다시 설명해 줬다.

[그건 어쩔 수가 없어요. 드래곤이라는 걸 사람들이 알면 여러모로 귀찮잖아요? 일행 분들을 위해서도 그게 좋은 거예요.]

남들이 드래곤이라고 알든 말든 우리가 꼼짝도 못한다는 건 똑같은데 뭐가 좋단 말인가? 그래 나는 부루퉁하니 투덜댔다.

[설마하니 저분이 드래곤이라는 걸 모르는 사람들이 깐죽거리다가 저분이 열받아서 마을 하나라도 통째로 날려 버리면 어쩌죠?]

내 말에 아리아가 호호 웃었다.

[괜찮아요. 아주 오래전에 드래곤 로드께서 드래곤들을 모아놓고 이유없이 대량 살상을 벌이면 가만 안 두겠다고 자신의 이름을 걸고 선언하셨거든요.]

[에?]

내가 의아해서 돌아보자 그녀가 배시시 웃으며 설명해 준다.

아주 오래전, 그러니까 그런 드래곤 로드의 공언이 없기 전, 드래곤이라는 오만하고 치사한 종족들이 세상에 놀러 나갔다가 기분 나쁘다고 고위 마법을 남발해도 아무런 제재가 없던 시절이 있었단다. 그러면 그런 걸 자기들이 알아서 재량껏 조절해 주면 좋았을 텐데, 이놈들이 그러지 않았던 것이다.

드래곤들이 이 세계에서 제일로 꼽히고, 또한 그에 걸맞게 강대한 힘을 가지고 있는 건 다른 세계의 위협으로부터 이 세계를 지키기 위해서라고 한다. 신께 그런 사명과 함께 힘을 가지고 있으면 그에 걸맞게 인격, 아니, 용격도 성숙되었으면 좋았으련만, 그놈의 용격은 힘에 비해 정말 미미해서 드래곤들의 그런 안하무인격인 일들로 인하여 여러 사건이 발생, 결국에는 다른 세계의 힘으로부터 위협을 당하기도 전에 드래곤 녀석들에게 이 세계의 종족들이 멸살당하겠다고 생각한 신께서 드래곤 로드를 불러 엄중히 충고하셨다고 한다.

"적당히 해라, 잉? 안 그랬다간 힘을 절반으로 파악 줄여 뻔다?"

그리하여 그 충고에 놀란 드래곤 로드는 부랴부랴 드래곤들을 불러 놓고 그 선언을 하게 되었다고 한다. 덕분에 그 뒤로 드래곤들의 스트레스 해소용 대형 사고는 사라졌고, 드래곤들은 자신의 종족을 밝히고 세상으로 내려가는 일을 줄이게 되었다고 한다.

그리하여 세상은 툭 하면 등장했던 악룡도 사라지고, 드래곤들의 등장도 사라진 지 몇천 년. 이제는 드래곤은 전설로만 전해져 내려오는 존재일 뿐, 멸망했는지 아직도 잘 먹고 잘사는지 모르는 존재가 되었다고 한다.

'바로 저 옆에 있는 놈이 그 드래곤이란 말이지.'

나는 점점 더 다가와 이제는 로어의 눈에도 확연히 보이는 배를 바라보며 생각했다.

그동안 저 치사한 렌스버리가 서대륙과 왕래하던 배들을 몽땅 수장시켜 버려도 드래곤 로드가 가만히 있었던 이유는 그 뱃길이 바로 이놈의 '영역'이었기 때문이란다. 드래곤들은 자신의 영역에 대해 매우 민감한 종족이라 함부로 남의 영역을 침범하지 않는다고 한다.

그런 곳에 하찮은 인간들이 배를 타고 침범했으니, 드래곤 로드는 아무리 많은 사람들과 배들이 수장당해도 '그래도 싸다', '그럴 만한 이유다'라고 생각해 줬던 것이다. 아마 저 드래곤 녀석은 그걸 노리고 자신의 레어를 이 바다 밑으로 옮긴 걸지도 몰랐다.

하기야, 그럴 잔머리는 있을 거다. 저놈이 이제 8천 살이 넘은 고룡에 속한다니 말이다. 지금까지 보아온 저놈의 치사한 행실로 봐서는 절대로 8천 살이나 먹은 놈으로 보이지는 않았지만, 아리아가 그렇다는데 믿어줘야지.

어느 정도 거리가 가까워지자 배에서 작은 보트가 내려온다. 아까 토냐가 다가오는 배를 향해 하늘 높이 불꽃을 쏘아 올려 구조 신호를 보냈기에 즉각적으로 조처를 취해준 것이었다.

그렇게 다가오는 보트를 바라보며 한시름 놓자 그제야 눈에 들어오는 게 있었다. 커다란 범선의 모든 돛에 아주 커다랗게 그려져 있는 문장이 어디서 봤는지 되게 낯이 익었던 것이다.

'이상하다… 어디서 봤는데 생각이 안 나냐. 분명히 잘 아는 거 같은데…….'

그렇게 안 좋은 기억력을 가지고 끙끙거리던 나는 일행이 모두 옮겨타 커다란 배로 이동해 가는 보트 뒤를 졸래졸래 좇아갔다.

'어디서 봤더라, 어디서 봤더라…….'

사람들이 있으니 당연히 선애에게 말 걸기는 어려워 혼자만 끙끙거렸던 나는 일행을 따라 배 위에 오르자 그 문장을 어디서 봤는지 깨달을 수 있었다. 기억해 낸 것이 아니라 깨달은 것이었다. 하기야, 깨닫지 못할 수가 없었다. 배 위에 오르자 문장보다도 더 강력하게 내 뇌리에 남은 인물 둘이 서 있었으니 말이다.

선애 또한 그 둘을 보자 멈칫했지만, 우리를 구해준 사람들인데다 일행들 중 대표였기에 나서서 공손히 인사했다.

"안녕하십니까, 루빈스타인 자작님. 도와주셔서 정말 감사드립니다. 오랜만에 뵙습니다, 제네비아님."

그랬다.

배 위에 떠억 하니 버티고 있었던 놈은 알파두르 항구 도시에 있는 루빈스타인 후작 저택에서 질리도록 봤던, 얼음 왕자 그랜트 루빈스타인 녀석과 꽃미남이지만 속은 얼굴과는 정반대인 엘리엇 제네비아, 바로 그 둘이었던 것이다.

'하, 나도 참… 낯익은 게 당연하지. 루빈스타인 후작가에 있을 때 질리도록 본 문장이었으니…….'

"여기서 다시 볼 줄은 몰랐군."

"오랜만입니다. 선애 양… 이었던가요?"

그랜트 녀석의 뒤를 이어 엘리엇 녀석이 생글생글 웃으며 말을 걸어 온다.

그에 선애도 공손히 고개를 끄덕였다.

"맞습니다."

'아아… 정말 열받게 하는 놈이었지.'

운이 좋게도 그 배는 서대륙으로 향하는 배였다. 우리야 중간에 구조되는 입장이었으니 반대 방향으로 간다고 해도 감지덕지였을 텐데, 원래 가던 방향이라 정말 '이게 웬 떡이냐' 싶었다.

그러고 보니 모건이 배를 구할 때 서대륙으로 출발 준비를 하던 배들 중 루빈스타인 상회의 배도 있었다는 걸 기억해 냈다. 그때는 루빈스타인 상회라는 말에 자세한 이야기를 들을 생각도 안 했는데, 그 배가 이 배인 모양이다. 지금은 루빈스타인 배가 아니라 유령선이라 해도 구해준 것에 대해 감사할 뿐이지만, 그래도 엘리엇 놈을 다시 만난 건 하나도 반갑지 않았다.

우리가 표류 중이었던 건, 해적의 공격을 받았기 때문이라고 둘러댔다. 배가 폭발한 건 해적들의 공격을 막지 못해 최후 수단으로 강한 걸 썼다가 풍지박살났다고 했다. 뭐, 주변에 정말 풍지박살난 배의 잔해들이 떠돌았기 때문에 이 변명은 그대로 먹혔다.

단지, 루빈스타인 상회의 배에 그랜트 녀석을 보호하기 위함인지 6서클의 마법사가 있어서 우리가 있던 배가 부서진 건 7클래스의 마법이라고 하는 바람에, 있는 듯 없는 듯 숨기려 했던 렌스버리를 드러내기는 해야 했다. 토냐가 있기는 했지만, 그녀는 4서클의 마법사라 금세 그녀의 실력이 탄로나 그 마법을 토냐가 썼다고 할 수가 없었기 때문이다.

루빈스타인 상회 측 사람들은 20대 중반으로 보이는 청년이 7클래스의 마법을 썼다 하니 믿지 못하는 듯했지만, 원래는 할아버지인데 마법으로 외모를 젊게 만들어 보인 거라고 둘러대자 그제야 납득하고 넘어갔다. 뭐, 틀린 말은 아니었다. 렌스버리 녀석은 드래곤치고도 늙은 축에 속하는 놈이었으니 말이다.

루빈스타인 상회가 서대륙과 무역을 하고 있다는 건 알고 있었지만, 그 무역을 하러 후계자가 직접 서대륙까지 가는 것이 꽤나 놀라웠다. 뭐, 자세한 이야기는 그쪽에서도 말하려 하지 않았고, 우리도 물을 입장이 아니었기에 그냥 넘어갔지만 말이다.

내가 나중에 녀석들의 선실에라도 몰래 침입하여 알아낼 수는 있었지만, 그럴 틈이 없었다. 왜냐하면 렌스버리 녀석이 다른 일이 있을 때는 양보했지만, 한가할 때면 득달같이 달려들어 아리아와 이야기하길 원했기 때문이다. 그나마 피곤할 때는 고이 자게 내버려 뒤췄기에 선애와 나는 더욱더 신경 써서 틈만 나면 전화 역할을 맡았다. 안 그랬다가 렌스버리 녀석이 울컥해서 자는 것도 방해하면 어쩐단 말인가? 그러니 알아서 미리미리 잘 보여야지. 처음에는 피곤해서 꼬박꼬박 존다고 회복 마법을 걸어 잠을 못 자게 한 녀석이었으니 충분히 가능성 있는 이야기였다.

나중에 알고 보니 그건 8클래스의 마법이라고 한다. 단순히 잠 깨우기 위하여 8클래스의 마법을 걸어버리다니, 역시 마법 생물이라 불리는 드래곤답다고 생각했다.

그렇게 며칠이 지났다.

그 배에서 융숭한 대접은 못 받았지만, 일반 선원 정도의 대우만으로도 우리는 무지 감지덕지했다. 물론 남자라는 이유만으로 드래곤과 단둘이서 방을 쓰게 된 로어의 심정은 모르겠지만 말이다.

밖으로 나가는 것도 자유고, 나가서 돌아다닌다고 해도 노골적인 야유와 시선을 받지 않아도 된다는 게 그렇게 기쁜 건지 이제야 알았다고 말하는 선애와 토냐는 얼굴이 화알짝 피어 있었다. 거기다 식사도 괜찮았고 말이다.

단지… 옷이 없어서 남자 옷을 빌려 입고 있어야 했지만, 일행들은 그래도 만족해했다.

그러던 어느 날 저녁, 식사를 마친 일행이 자신만의 시간을 위하여 뿔뿔이 흩어진 때 선애는 렌스버리와 갑판의 인적이 없는 쪽으로 갔다.

렌스버리 녀석이 말은 안 했지만―나와 아리아의 존재는 렌스버리와 선애만의 비밀이었던 것이다―그가 선애 때문에 일행에 합류했다는 건 아무리 둔한 눈치를 가졌다 해도 며칠만 지내면 금세 알 수 있는 일이었기에, 요즘 일행들은 시간만 나면 선애와 렌스버리를 위해 알아서 자리를 피해주게 되었다. 뭐, 렌스버리의 노골적인 매서운 눈길을 받는다면 싫다고 해도 그렇게 되었지만 말이다.

그리하여 그날 저녁때도 일행들이 자리를 피해준 덕에 밤바다의 경치를 감상하며 대화의 창이 되어주려고 하는 그때였다.

"산책 중인가?"

뜻밖의 목소리에 선애와 렌스버리가 돌아보자, 거기에는 그랜트 녀석이 다가와 있었다. 평소 찰싹 달라붙어 다니던 그 엘리엇 녀석은 어디로 보내 버렸는지 혼자였다.

그가 다가오자 대외적으로 평민인 두 사람이 그를 무시할 수는 없는 일이었다.

"나오셨습니까."

"안녕하십니까."

그래도 대마법사인—렌스버리는 자신을 7서클의 마법사라고 했는데, 그건 인간 세상에서는 대마법사였다—렌스버리는 가벼운 인사를, 선애는 허리를 숙이는 정중한 인사를 해야 했다.

그런데 그때였다.

"렌스버리님~!!"

저쪽에서 이 배에 탑승하고 있던 마법사가 어울리지 않는 공손한 목소리로 렌스버리를 부르며 다가왔던 것이다.

그는 렌스버리가 자신보다 높은 서클의 마법사라는 것을 안 뒤부터 그에게 배우고 싶은 건지, 아니면 그의 소속이나 정체를 캐묻고 싶은 건지—우리는 그가 말하려 하지 않아 아무것도 모른다고 둘러댔다—하여간 렌스버리와 마법에 대해 심도 높은 토론을 하고 싶어했다. 다행히도 렌스버리 녀석이 그 마법사의 관점을 무척이나 흥미로워해 말을 걸면 제법 같이 토론을 해주곤 했다. 덕분에 토냐까지 그곳에 끼어들어 여러 가지 지식을 얻는 모양이었다.

"아하하, 산책 나오셨습니까?"

그는 후작가로부터 남작이라는 작위를 받고 있었지만, 렌스버리보다 한 단계 서클이 낮기 때문에 평민이라 밝힌 렌스버리에게 존대를 쓰고 있었다. 그런 것을 보면 마법사 세계는 용병 세계와 마찬가지로 정말 철저한 실력제인 모양이다. 하기야, 7서클의 마법사라면 어딜 가든 당장이라도 남작 정도의 작위는 쉽게 받을 수 있기는 하지만 말이다.

"저, 그런데 렌스버리님, 전에 말씀하셨던 그것 말씀입니다만, 예전에 제 스승님과 사형제들이 다른 각도에서 접근을 한 적이 있었거든요. 아주 흥미있는 결론이 나왔는데, 한번 보시겠습니까? 제가 가지고 온 책들을 정리하다 발견한 건데……."

그 마법사의 말에 렌스버리가 눈을 빛냈다.

"호오, 그런가? 어떻게 했는데?"

"아, 여긴 어두우니 제 선실로 가시겠습니까? 아, 마침 호프만 양도 저기 있군요. 같이 가서 보죠. 전에 호프만 양이 말한 방법이랑 비슷하거든요."

"그러지. 아, 나중에 이야기하자. 실례하겠습니다."

렌스버리가 선애를 향해 말한 후 그랜트 녀석에게 말하자 마법사가 그제야 그랜트를 발견한 듯 황급히 인사를 했다. 그리고는 렌스버리를 끌고 가다시피 데리고 가자 그 인기척이 없는 갑판에 선애와 그랜트 단둘이 남게 되어버리고 말았다. 물론 내가 옆에 있기는 했지만, 그랜트 녀석은 내가 안 보이니 말이다.

사람들의 모습이 사라지자 그랜트 녀석은 어깨를 한 번 으쓱하더니만 느긋한 몸짓으로 배 난간에 팔을 얹고는 밤바다를 바라보았다.

그런 그를 물끄러미 바라보던 선애는 나와 시선을 마주치자 황당하다는 표정을 지어 보였다. 그리고 그건 나도 마찬가지였다.

도대체 이게 무슨 황당한 상황이란 말인가? 원래 그 치사빤쮸인 드래곤 녀석의 전화기 역할을 해주러 왔건만, 그 사용자가 갑자기 볼일이 있다고 휑~ 하니 가버리고, 대신에 생각지도 못한 불청객이 옆에 있다니… 그것도 편안하게 잡담을 나눌 수 있는 상대가 아니라 무지무지 불편한 이 배의 주인인 그랜트 루빈스타인 녀석이 아닌가?

[야야, 우리도 그만 들어가자. 여기서 뭐 하냐?]

내 말에 선애가 동의하듯 고개를 끄덕이고는 그랜트 녀석을 부르려고 했다. 아까 인사한 이상 아무 말 없이 사라지면 그것 또한 무례이기 때문에 간다고 인사를 하려는 거다.

그런데 선애가 미처 입을 열기도 전에 그랜트 녀석이 뜬금없이 입을 여는 것이었다. 그것도 선애를 바라보며 말한 게 아니라 시선은 여전히 밤바다를 바라보며 말했기 때문에 선애나 나는 처음에 그가 선애를 향해 말한 거라고는 생각지 못했다.

"아쉽군, 고든이 있었다면 무척 반가워했을 텐데……."

'반갑다고? 밤바다를 보면 반가운가?

그의 말을 금방 이해 못하고 선애나 나나 어리둥절한 시선만 주고받는데, 그랜트가 반응이 없자 이상하게 여긴 모양인지 난간에 기대어 있던 몸을 일으켜 선애 쪽으로 돌리는 것이었다.

"그렇지 않아?"

"예?"

선애는 자신에게 말한 건 줄 그제야 깨달은 듯 눈을 동그랗게 뜨더니 나에게 도움을 요청했다.

'그래 봤자 나라고 별수있냐? 나는 그가 누군지도… 가만, 어디서 들어본 이름인데……'

나도 기억을 못해내자 선애가 난처한 시선으로 그랜트를 바라봤다.

그에 그랜트가 약간 인상을 찡그리더니 약간 실망스러운 어조로 묻는 거였다.

"벌써 고든을 잊어버린 건가?"

"고든? 아아, 켐벨 집사님 말씀이시군요. 그러고 보니 그분은 같이 안 오셨나 봅니다?"

그래도 선애는 이름을 기억하고 있었던 모양이다.

선애의 말에 나는 그제야 집사의 이름과 함께 모습이 떠올랐다. 첫인상은 꽤나 깐깐하게 생긴 영감이었는데, 인상과는 달리 주인과 그 소속 가문에 대한 충성심이 강했던 열혈 성격의 소유자였다. 엘리엇 제네비아 녀석 덕분에 얼결에 선애를 맡게 되었는데, 그랬던 것치고는 꽤나 잘 돌봐주었었다. 선애가 그 미란다인지 써니텐인지 하는 녀석 때문에 나오게 되었을 때도 무척이나 아쉬워해 준 사람이었으니 말이다.

'뭐, 선애의 능력을 본 사람이라면 누구라도 그랬겠지만 말야. 냐하하하~'

"그도 같이 오고 싶어했지만, 그의 도움을 절실하게 필요하는 일이 생겨서 말이지. 무척 아쉬워했지만 어쩔 수 없이 남았지."

그의 말에 나는 속으로부터 웃음이 비어져 나왔다. 그 열혈 성격의 할아버지는 아마 자신이 따라가지 못한다는 것에 대해 그랜트 녀석에게 처절하게 사죄를 했을 거다. 그가 만약 일본인이었다면, 할복을 하겠다고 난리를 쳤을지도 모른다.

"훗, 정말 서운해하셨을 거 같아요."

선애 또한 비죽 나오는 웃음을 참지 못했는지 가볍게 웃으며 대답했다.

"맞아. 그랬지. 게다가 여기서 널 만났다고 한다면 더욱더 서운해할지도……."

그렇게 말끝을 흐리던 그랜트 녀석이 신기하다는 시선으로 선애를 뚫어져라 바라보았다. 그러자 선애는 오히려 '뭐야, 이놈은?' 이라는 시선으로 그의 시선을 곧바로 맞받아쳤다.

'하여간 우리 꼬맹이는…….'

그게 웃겼던 것인지 그랜트 녀석이 피식 웃더니 천천히 입을 열었다.

"다시 봐도 신기하군. 서대륙에 가면 모든 사람들이 너처럼 새카만 눈동자를 가지고 있을까?"

한국에서도 울 꼬맹이만큼 새카만 눈동자를 가진 사람은 드물었다. 나도 검은 눈동자라기보다는 갈색에 가까운 눈동자였으니까. 머리색도 나는 머리카락이 가늘어서 그런지 약간 옅은, 갈색이 섞인 검은색인데 비하여 울 꼬맹이는 칠흑같이 검은색이었다. 선애야 자신은 피부가 검은 편이라 머리카락과 눈동자도 검은 거라고 투덜대기는 했지만, 엄밀히 따진다면 한국에서도 쉽게 볼 수 없는 색이긴 했다.

'만약 피부가 하얗다면, 전통 한국 미인으로 따악이었을 텐데… 쩌비, 아까운거.'

"뭐어, 제가 있던 곳에서도 저만큼 진한 검은색을 가진 사람이 드물었지요. 다 검은색이긴 한데 자세히 보면 조금씩 색이 다르거든요. 좀 옅든가 아니면 갈색이나 푸른색이 약간 섞였든가……."

선애가 결국 그렇게 눈싸움하는 것에 흥미를 잃었던지 몸을 돌려 난간에 기대어 밤바다를 향해 시선을 돌리자 그랜트 녀석도 난간에 몸을 기댔다.

"흠, 그랬던가? 고향으로 돌아가는 기분은 어때?"

"고향이요? 아닌데요? 제 고향은 한국입니다. 이번에 가는 나라는 진 나라인걸요. 제 고향과는 엄청 멀지요."

"그런가? 서대륙이라고 해서 친근감을 느낄 줄 알았는데 말이야."

"설마요. 처음 가는 나라라 어떤 나라일지 궁금합니다."

"그런데 서대륙에는 왜 가는 거지? 상회 일 때문인가?"

"예, 뭐, 그렇죠."

이 배에 올라왔을 때 우리를 타이거 상회 사람들이라고 소개했기에 그랜트 녀석은 선애가 상회에서 일하는 걸 알고 있었다.

그런데 나는 왠지 모르게 묘~ 한 기분이 들었다. 예전 내가 후작가의 저택에 있을 때 본 그랜트라는 녀석은 완전 얼음 왕자, 그 자체였던 것이다. 언제나 반듯반듯 하고 차가운 위엄과 날카로운 냉기를 품고 있어 모두들 우러러 보며 존경하고, 대단하다고 감탄은 하지만 함부로 다가갈 수 없는 그런 인간 말이다. 항상 그렇게 꼿꼿하게 있으면 되게 피곤할 것 같지만, 저놈은 내가 볼 때마다 한 치의 흐트러짐도 없었다.

그런 그가 그나마 편안하게 말을 하는 상대는 그의 보좌관이자 어려서 부터 같이 커온 엘리엇 제네비아나 고든 캠벨 집사 정도? 동생에게는 자상한 오라버니이긴 했지만, 그래도 한편으로는 엄격한 편이기도 했다.

그런 그가 지금은 선애하고 참 편안하게 이야기를 주고받고 있었던 것이다. 그것도 별 시답지 않은 내용을 가지고 말이다. 언제 울 꼬맹이가 저 남자와 시답지 않은 내용을 가지고 대화를 하는 사이가 되었는지 놀라울 정도다. 후작가에서도 저놈은 선애에게 항상 뻣뻣하게 대했던 거 같은데 말이다.

'말도 거의 걸지 않았지. 필요한 말만 했고… 그러고 보니 몇 번은 뜬금없는 말을 하기도 했지만……'

하기야, 울 꼬맹이가 저 인간에게 말을 걸 필요성도 거의 없었고, 저 놈도 항상 쉽사리 다가가지 못하는 분위기를 폴폴 풍기고 있었으니 울 꼬맹이의 소극적인 성격상 말 걸기도 어려웠을 거다. 지금이야 저놈이 말을 거니 대답해 주기는 하지만 말이다.

그러한 시시하지만 잔잔한 대화는 한 남자의 등장으로 인하여 끊어졌다.

"그랜트님!"

낮지만 힘있게 부르는 목소리에 돌아보니 거기에는 항상 그랜트의 옆에 달라붙어 있던 엘리엇 제네비아 녀석이 있었다.

"여기 계셨습니까? 선실에 안 계셔서 찾아다녔습니다."

그놈이 그렇게 말하며 슬그머니 선애와 그랜트 사이에 끼어들었다. 그러자 선애가 잽싸게 작별의 인사말을 건넸다. 아마도 자신이 계속 있는 게 어색하리라 여겼던 모양이다.

"그럼 전 이만 들어가 보겠습니다. 두 분도 쉬십시오."

그렇게 인사하고 돌아서는 선애의 뒤를 따라가려는 순간, 나는 저 얄미운 엘리엇 놈이 선애를 향해 날카로운 시선을 보내는 걸 봤다.

[야, 야, 저 엘리엇이라는 놈이 너 노려본다.]

"냅둬. 저놈이 언제는 나를 좋아했나?"

[하긴.]

그러고 보니 엘리엇 놈은 선애의 목을 조른 적도 있었다.

[이번에도 함부로 손을 대면 뒤통수를 한 대 때려주던지 해야겠어. 이제는 예전 같지 않으니 가만있을 필요는 없겠지.]

그런데 엘리엇 놈도 놈이지만, 나는 은근히 그랜트 녀석도 신경이 쓰였다. 그리하여 다음날부터 그랜트 녀석만 집요하게 바라보았다. 녀석은 나의 시선을 느꼈는지 가끔가다 뜬금없이 고개를 들고 사방을 쳐다보았지만, 내가 보일 리 없었기 때문에 고개만 갸웃하고는 말 뿐이었다. ─케케케.

그러나 그건 단순히 웃고 있을 일이 아니었다.

며칠 그랜트 놈을 유심히 관찰하고 나니, 나는 놈이 선애에게 관심을 가지고 있다는 것을 알 수 있었다. 그게 단순한 호감인지, 신기해서 그런 건지는 파악을 하지 못했지만, 놈이 선애에게 관심 어린 시선을 보내는 건 확실했다.

그렇다고 선애만 뚫어져라 바라보는 건 아니었기 때문에 내가 놈만 계속 주시하고 있지 않았다면 나는 영영 알아내지 못했을지도 모른다.

다른 사람들과 같이 있을 때는 무관심한 듯 스쳐 지나가는 시선 외에는 특별한 시선을 주지 않으면서 자기 혼자 있을 때, 그리고 선애가 시야에 있을 때는 물끄러미 바라보고 있는 것이었다.

이 배가 우리가 탔던 해적선의 두 배 정도라고 할 만큼 무지 큰 배였지만, 유람선이 아닌 화물선이다 보니 대부분의 공간이 무역품을 보관한 창고라 사람들이, 특히 우연히 구함을 받은 일행이 돌아다닐 공간은 한정될 수밖에 없었다. 그러니 이 그랜트 놈이 마음만 먹는다면 언제든지 선애가 있는 곳을 자신의 시야에 담을 수 있었고, 놈은 일부러 그런 건지, 아니면 우연히 그렇게 된 건지 하루에 꼬옥 한 번 이상은 홀로 여유있는 시간을 가질 때 자신의 시야에 선애를 담아 물끄러미 쳐다보고 있는 것이었다.

물론 그때 선애가 안 보이는 자리에서 말이다. 선애가 아랫 갑판에 있을 때 놈은 윗 갑판에 있거나, 아니면 선장실에서 바깥을 내다보고 있거나 등등 그런 식으로 말이다. 그러니 내가 작정을 하고 놈을 쫓아다니기 전에는 알 수가 없었던 거였다. 덕분에 처음에는 우연히 놈이 선애를 발견해서 보고 있는 건 줄만 알았다.

그렇게 녀석이 조심하고 또 조심하면서 선애를 바라보고 있었건만, 그의 시선을 눈치챈 인물이 또 있었다. 당연하게도 그건 엘리엇 제네비아 놈이었다. 그 녀석이야 거의 대부분을 그랜트의 곁에 붙어 있는데다, 어려서부터 같이 자라온 상대이니 금방 눈치챈 것 같았다. 덕분에 원래도 선애를 바라보는 눈길이 곱지 않았는데, 그 후로 더 더욱 선애를 향해 날카로운 눈길을 보내는 것이었다.

그리고 그건 당연히 내 기분을 불쾌하게 만들었다.

'기가 막혀서… 아니, 누군 기분 안 나쁜 줄 알아? 이놈아, 난 그랜트 녀석이 선애에게 반했다고 해도 그랜트에겐 내 동생 못 줘! 그런 얼음덩어리 같은 놈에게 가면 울 꼬맹이가 얼마나 고생하겠어?

그날 저녁 시간 내내 엘리엇 녀석은 선애에게 날카로운 시선을 던지는 것이었다. 우리 일행은 손님이라는 이유로—내 생각이지만, 아무래도 렌스버리를 회유하거나 그와 친목을 다지려고 생각하는 것 같다. 그와 더불어 토냐에게도 은근히 눈독을 들이는 것 같고—이 배에서 높은 사람들, 그러니까 그랜트를 비롯하여 이 배의 선장 엘리엇, 그리고 6서클의 마법사 등등과 같이 식사를 하는데, 그 자리에서 그러는 것이었다. 그래 나도 엘리엇 녀석을 째려보며, 저놈의 뒤통수에 지금 한 대 먹여서 접시에 코를 박게 할까 말까 심각하게 고민하는데, 나와 같이 있던 아리아가 말을 걸어왔다.

[왜 그래요, 신애 씨? 기분이 무척 나빠 보이는데…….]

[저 녀석이 무지 기분 나쁘게 해서요.]

[예? 누가요?]

아리아의 질문에 나는 기꺼이 팔을 들어 손가락으로 놈을 처억 하니 가리켜 보였다.

[저놈이요.]

그러나 아리아는 내가 말하는 녀석은 안 보고 내 행동에 놀란 표정을 지어 보이는 것이었다.

[저런… 신애 씨, 인간들 사이에서는 손가락으로 사람을 가리키는 건 실례가 아니던가요? 무척 불쾌하게 생각하던데…….]

[상관없어요. 저놈에게는 얼마든지 그래주고 싶거든요. 게다가 그렇

게 해봤자 저놈은 나를 못 보잖아요.]

내 말 한마디 한마디에 놈에 대한 분노가 차곡차곡 쌓여 있었는지 아리아가 고개를 갸웃하더니 엘리엇 제네비아 놈을 바라보는 것이었다.

[저 사람 말이지요? 갈색 머리에 보라빛 눈을 가진 미남 말이에요.]

[예, 바로 그 녀석이요.]

[에에, 왜 그렇게 미워하세요? 아, 하긴… 저분과 선애씨 사이가 안 좋아 보이기는 하던데…….]

[저놈이 일방적으로 선애를 미워하는 거라구요. 아아, 정말 지금이라도 가서 한 대 때려줄까?]

[아하하하!]

엘리엇의 사나운 눈초리는 얼마나 노골적이었는지 알아챈 건 나뿐만이 아니었다. 저녁 식사를 끝내고 사람들이 뿔뿔이 흩어진 사이 렌스버리와 아리아의 오붓한 시간을 만들어주기 위하여 갑판의 한쪽 구석에 모였을 때 렌스버리가 선애를 향해 말을 꺼냈다.

"이봐, 너, 그 갈색 머리 녀석에게 뭐 밉보인 거라도 있냐? 자꾸 째려보던데?"

"그놈이 일방적으로 저를 미워하는 거예요."

선애가 인상을 찡그리며 툴툴거리자 렌스버리가 쯧쯧 혀를 찼다.

"하필이면 그런 놈에게 걸리냐. 그런 놈들은 질겨서 한 번 앙심을 품으면 두고두고 이를 가는데……."

"아아, 그러게 말입니다."

선애가 한숨을 내쉬며 대답하자 렌스버리가 한 번 더 혀를 쯧쯧 차더니 고개를 휘익 돌렸다.

"조심해라. 잘못해서 나에게까지 피해가 오게 하지 말고."

'허, 참! 야, 너도 못됐기는 마찬가지야!'

물론 우리가 녀석에게 도움을 바라는 건 아니지만, 보통 이럴 때는 '내가 도와줄까?' 라고 물어야 하는 거 아닌가? 진심이든 예의상이든 말이다. 게다가 저 렌스버리란 놈이 힘이 없는 것도 아니고. 없는 게 아니라 아예 넘쳐서 주체를 못하는 녀석이니 이럴 때 좀 도와주면 얼마나 좋겠는가? 그런데 도와준다는 것도 아니고 자기에게 피해가 오지 않게 하라니…….

그 엘리엇 제네비아 녀석이 저 렌스버리를 스카우트하기 위해 엄청나게 찝적거려서 저놈 좀 무지무지 귀찮게 만들었으면 좋겠다.

선애도 나랑 비슷한 심정이었던지 녀석을 기가 막힌 시선으로 바라보았지만, 놈이 '왜?' 라는 시선으로 맞받아쳐 오자 시선을 돌릴 수밖에 없었다.

[야, 야. 냅둬. 내가 엘리엇 놈 한 대 쳐줄게.]

그런데 그때였다. 우리의 화제 인물인 엘리엇 제네비아가 짜안 하고 등장한 것이었다.

"아, 두 분 여기 계셨습니까?"

생글생글 사람 좋은 웃음을 지으며 다가온 놈을 향해 선애나 렌스버리는 아무도 대답을 안 해줬다. 렌스버리는 녀석을 아예 상대할 필요성을 못 느끼는 거고, 선애는 예의상으로라도 상대해 주고 싶은 마음이 없었던 탓이다.

그런데도 이놈은 얼굴에 철면피를 깔았는지 아무렇지도 않게 다가오며 말을 이었다.

"날씨가 따뜻해서 해가 져도 바람이 차지 않아 자주 나오시는 것 같더군요. 그것도 두. 분.이.서. 말입니다?"

녀석이 이상하게 '두 분이서'란 말에 강조를 하자 선애나 렌스버리가 이놈이 또 뭔 수작을 부리나 싶어서 녀석을 바라보는데, 녀석이 렌스버리에게 아주 정중하게 부탁을 하는 것이었다.

"렌스버리님, 제가 선애 양과 할 말이 있어서 그러는데 잠시 자리 좀 비켜주시겠습니까?"

녀석은 렌스버리가 자신의 부탁을 기꺼이 받아주리라 믿어 의심치 않는 표정이었다.

하지만 렌스버리는 그렇게 착한 드래곤이 아니었다.

"내가 왜?"

[푸하하하~ 내 그럴 줄 알았어.]

나는 정말 터져 나오는 웃음을 막을 수가 없어 대놓고 웃어 댔다.

가여운 선애는 대놓고 웃지 못하고 웃음을 참느라고 어깨를 부르르 떠는 모습이 보인다.

내가 보기에 렌스버리나 엘리엇이나 삐까삐까하게 못된 놈들이었다. 단지 엘리엇 녀석은 약아빠져서 아무리 싫어하는 상대라 해도 생글생글 웃으면서 이용해 먹으려 하고, 렌스버리는 원래 강한 종족이다 보니 상대를 이용할 생각도 없어 대놓고 자기가 하고 싶은 대로 하는 것이었다.

'하아, 역시 힘이라는 건 있는 게 좋군.'

"제가 부탁드려도 안 되겠습니까?"

한 번 거절당한 것으로는 엘리엇 녀석의 철면피를 깰 수가 없었던 건지, 엘리엇 녀석은 잠시 움찔하기는 했지만 금방 화사하게 웃으며 다시 한 번 정중하게 부탁했다. 엘리엇 녀석은 렌스버리가 평범하지 않은 인물이라는 것 때문인지 무척이나 조심스럽게 대하고 있었다. 그러나 그런 거 가지고 렌스버리가 마음을 움직이는 녀석이었다면, 난 그놈을 드래곤이 아니라 비단 도마뱀 녀석이라고 당당히 불러주리라.

"네 부탁이 그렇게 대단한 거였는지 몰랐군."

엘리엇의 말대로 해주기 싫다는 티를 팍팍 내면서 퉁명스레 말하는 렌스버리의 대답에 나는 바닥을 쳤다.

[으하하하하~ 렌스버리 짱~!! 우왓, 무지 통쾌하다!]

그러나 엘리엇 녀석의 말을 들어주기 싫어하던 렌스버리가 끝까지 버텨서 저 엘리엇 녀석의 얼굴을 처참히 구겨지게 만들어켰으면 좋았으련만, 그가 자리를 뜨고 말았다. 왜냐하면 아리아가 그러면 안 되는 거라고 옆에서 잔소리를 했기 때문이다.

난 열심히 아리아를 만류했지만, 아리아는 이런 내 말을 단순한 예의라고 생각했는지 렌스버리를 닦달해서 그 자리를 뜨게 만들고야 말았다.

물론 엘리엇은 그걸 모르기 땜시 아리아의 말을 전달하기 위하여 렌스버리에게 귓속말을 하는 선애의 모습만 보고는 선애의 요청을 들어 자리를 비켜주는 걸로만 여겼다.

"하, 정말 대단하군. 저 대마법사를 손에 넣다니 말이야. 상회의 힘인 줄 알았는데, 네 힘이었나 보지?"

렌스버리의 모습이 사라지자 곧바로 이죽대는 엘리엇을 향해 선애가 비죽 웃으며 고개를 끄덕였다.

"내가 좀 잘났거든."

후작가에서야 선애가 하녀의 신분이었으니 당연히 존대를 해야 했지만, 지금은 울 꼬맹이가 녀석에게 존대를 해야 할 필요가 없었다. 사람들이 있는 데서야 손님의 입장으로서 예의를 지키기 위해서 존대를 했다지만, 지금은 보는 사람들도 없지 않은가 말이다.

그러나 처음으로 선애의 반말을 듣게 된 엘리엇 녀석은 그렇게 생각 못했는지 얼굴을 굳히며 매섭게 쏘아보는 것이었다.

"네가 지금 눈에 뵈는 게 없나 보구나?"

"난 잘 보이는데. 시력이 좋은 편이거든."

물론 아니다. 울 꼬맹이는 시력이 별로 안 좋았다. 공부할 때는 안경을 껴야 했으니 말이다. 그런데 평소에는 안경 끼고 다니는 걸 별로 안 좋아해서 안 끼고 있다가 안경 없이 이 세계로 넘어온 것이다.

다행히 여기서는 수업할 때 칠판을 볼 필요가 없기 때문에 큰 불편 없이 지내고 있었다. 더구나 옆에 시력이 엄청 좋아진 나도 있고 말이다. 그러나 그 말을 이놈에게 할 필요는 없을 거 같다.

"하! 지금 대마법사를 일행에 넣었다고 자만하는 모양인데, 그러다가 큰코다칠 거다."

엘리엇의 말에 선애는 당당히 대답했다.

"자만한 적 없어. 단지 내가 이제 당신에게 존대를 쓸 필요성을 느끼지 못했기 때문에 안 쓰는 것뿐이지. 내가 당신에게 존대를 안 쓴다는 이유 하나로 자만한다고 하다니, 자신을 너무 높게 보는 거 아닌가? 당신 또한 나와 같은 평민이잖아?"

선애의 말에 엘리엇 녀석이 기가 막힌다는 표정을 지었다가 다시 이

죽댔다.

"아주 잘 아는데?"

그에 선애는 방긋 웃으며 대답했다.

"물론."

"훗, 그런가? 그럼 그 잘난 머리로 이것도 잘 기억해 두는 게 좋아. 두 마리 토끼를 쫓다가 둘 다 놓친다는 것을."

뜬금없는 녀석의 말에 선애가 의아해하는 표정을 지었지만 녀석은 아랑곳 않고 말을 이었다.

"대마법사에게는 어떻게 알랑거렸는지 모르겠지만, 그게 그랜트님 에게까지 통용될 거라 생각하지 말란 말이다."

"하아?"

"내 예전에 경고했던 거 같은데? 허튼 수작 부렸다가는 내가 가만있지 않겠다는 걸 말이야. 그게 지금도 유효하다는 말을 해주고 싶군."

엘리엇 녀석은 그렇게 자기 할 말만 다 한 다음 황당해하는 선애를 냅두고 몸을 휘익 돌려 걸어가 버렸다. 하여간 여전히 혼자서 북 치고 장구 치고 하는 놈이었다.

'허참, 녀석 그렇게 하면 지가 멋있어 보이는가 보지?'

그 뒤에서 기가 막혀하는 선애를 향해 나는 씨익 웃어 보이고는 엘 리엇 놈을 쫓아 달려갔다.

그날 밤, 엘리엇은 자신의 선실로 돌아가려다가 갑자기 허공에서 떨 어진, 구정물에 흠뻑 젖어 있는 걸레를 머리에다 뒤집어쓰는 아주 진귀 한 경험을 해야만 했다. 덕분에 그곳 청소를 담당하는 애꿎은 선원만 무지하게 혼났다나 어쨌다나……

그로부터 며칠 동안은 아주 화창한 날씨가 지속되었다. 한여름이라 날은 더웠고, 바다 위라 습기가 많아 낮에 선실에 있으면 마치 찜질방에 있는 것처럼 더워 사람들은 낮에 될 수 있는 한 선실에 있으려 하지 않았다.

갑판 위로 나오면 햇볕이 따갑기는 해도 그 햇볕만 피하면 바람도 자주 불어오기 때문에 오히려 선실 안보다 낫다고 했다. 그리고 그건 드래곤도 마찬가지였는지 렌스버리 녀석은 시원한 그늘 아래 아예 테이블과 의자를 가져다 놓고 그곳에 앉아 있었다.

그런데 다가가 보니 단순히 앉아만 있는 게 아니라 뭔가를 열심히 쓰고 있었다. 어디서 구한 건지 모를, 아주 고급스럽게 보이는 깃털 펜을 쥐고 종이에 뭔가를 휘갈기는데, 이 세계에 와서 읽고 쓰기 교육을 받은 내가 알아보지 못하는 기호와 문자들이었다.

'이, 이게 뭐래?'

그가 뭔가를 끄적대고 있는 테이블 쪽으로 고개를 기웃대며 어리둥절해하는 날 보고는 아리아가 풋 하고 웃으며 설명해 줬다.

[룬 문자라는 건데요, 아벤티노 대륙에서 마법사들이 마법을 쓰기 위하여 사용하는 문자래요. 서대륙에서는 마법을 써도 이런 건 안 쓰는데…….]

[오오, 그래요? 그럼 서대륙에도 마법이라는 게 있나 봐요?]

[으음, 비슷해서 마법이라고 말한 건데, 그곳에서는 주술이라고 해요. 제가 렌과 함께 대륙을 돌아다니면서 보니, 주술하고 마법은 비슷하면서도 다른 거더라고요.]

[그, 그래요?]

왠지 내가 모르는 복잡한 세계로 들어가는 것 같아 나는 그쯤에서 슬그머니 발을 빼려고 시선을 다시 드래곤이 쓰는 테이블로 옮겼다.

그런데 아까부터 좀 위화감이 드는 것이, 그가 앉아서 끄적거리기 시작한 지 꽤나 시간이 흐른 것 같은데 어째 테이블 위에 종이가 단 세 장밖에 없는 것이었다. 그가 끄적대는 속도를 생각하면 지금쯤 그의 주변에는 다 쓴 종이들이 수북하게 쌓여 있을 것 같은데 말이다. 그런 데 그가 막 다 쓴 종이를 뒤집는 순간, 선애가 놀란 외침을 내뱉었다.

"어, 저 종이……!"

[응? 왜 그러는데?]

"아니, 저거… 아까 다 쓰고 뒤집은 거 같았거든. 그런데 내가 잘못 봤나?"

고개를 갸웃거리며 중얼거리듯 대답하는 선애의 말에 아리아가 친절하게 설명해 줬다.

[그건 아니에요. 렌이 지금 사용하는 펜이 마법의 펜이거든요. 잉크가 무한정으로 나와 따로 잉크를 찍을 필요없이 얼마든지 쓸 수는 있지만, 대신 한 번 쓰여진 글씨는 잠시 지나면 지워져요. 쓸데없이 낙서할 때 좋죠.]

[에엣, 그럼 지금 저 펜이 마법의 펜이란 소리네요?]

내 놀란 외침에 선애가 눈을 둥그렇게 해서 돌아본다.

"마법의 펜이라고?"

선애의 말에 무언가를 신나게 끄적대던 렌이 그제야 고개를 돌아본다.

너무 열중해 있다 보니 우리가 온 것도 모르고 있었나…

"시끄러. 아까부터 뭐라고 혼자 중얼대는 거냐?"

가 아니었군.

"아, 아뇨. 죄송합니다. 그런데 그거 마법 펜이라는 거 진짜인가요?"

선애가 호기심을 가지고 바라보자 드래곤 녀석이 웬일로 기꺼이 마법 펜을 보여준다.

"신기하냐? 하기야, 너희 인간들은 이런 것도 무척 신기하게 보이겠지? 이거 내가 옛날에 심심해서 만들어본 건데…….."

웬일이 아니라 자기 자랑하려고 보여주는 모양이다.

그건 그렇고, 마법의 펜이 아니라 일반 펜이라고 해도 되게 고급스러워 보였다. 깃털은 밝은 청색이었는데, 가공을 잘했는지 윤기가 자르르 흘렀고, 굵기가 일반 볼펜 정도라 잡기도 편안하게 보였다. 게다가 펜촉이 금빛으로 반짝이는데, 그게 진짜 금인 거 같다. 뭐, 완전한 순금으로 만든다면 너무 물러서 쓰기 불편할 테니 아마 14K 정도겠지만…….

그런데 그 펜촉에는 섬세하게 조각까지 되어 있는 것이었다. 펜촉 가운데에 그어진 선을 중심으로 활강하는 매가 양쪽에 똑같이 새겨져 있었는데, 얼마나 섬세하게 조각되어 있는지, 그 작은 펜촉에 새긴 건데도 불구하고 깃털 하나하나에 매의 발톱까지 새겨져 있는 것이었다. 그리하여 펜촉이 움직여 각도가 바뀔 때마다 빛에 반짝거려 매가 정말 날개를 움직이는 것처럼 보였다.

그런 멋진 펜을 보자니… 한번 써보고 싶어졌다. 왜 예쁘거나 멋진 펜을 보면 한번 써보고 싶은 욕구가 마구마구 생기지 않는가 말이다.

이 펜은 별로 그런 욕구가 없는 사람이라도 한번 잡아서 자세히 살펴보고 싶게 만들 정도로 무지무지 멋졌다.

선애 또한 그 펜에 반했는지 뚫어져라 바라보자 신나게 자기 자랑을 하고 있던 렌스버리가 히죽 웃으며 물어왔다.

"왜, 만져 보고 싶냐?"

그에 선애가 고개를 끄덕끄덕하자 렌스버리 녀석이 정말 웬일인지 기꺼이 선애에게 건네주는 것이었다.

"그래, 내 용심 한번 썼다. 한번 써봐라."

"와아……!"

선애가 조심스레 펜을 받아 들더니 종이를 향해 손을 뻗었다.

[야, 야, 나두, 응? 나도 써보자.]

내 말에 선애가 막 종이에 펜을 대다 말고는 나에게 한 번 인상을 찡그려 보이더니만, 어쩔 수 없다는 듯 한숨을 내쉬고는 드래곤 녀석을 바라봤다.

"저기… 언니도 써보고 싶다는데, 그래도 돼요?"

선애의 말에 평소 거만만 떨어 대던 드래곤 녀석의 얼굴에 놀라움이 떠오르는 것이었다. 그래 나는 저놈이 왜 저러나… 싶었다.

"네… 언니?"

"예, 저희 언니요."

"그… 유령?"

"예에… 뭐……."

"그런데… 글도 쓸 수 있나?"

드래곤 녀석의 질문에 선애는 어리둥절한 표정으로 그를 바라보며 대답했다.

"에… 저희 언니는 물건을 만질 수도 있는데요. 말씀 안 드렸던가요?"

선애의 말에 드래곤이 아~ 하는 표정으로 천천히 고개를 끄덕였다.

"그랬군. 그랬었지. 물건을 만질 수 있다면 펜도 만질 수 있을 테니… 그걸 미처 생각 못했군. 잠깐만, 그럼 내가 리아와 이야기를 하는데 너까지 낄 필요가 없잖아? 네 언니가 리아의 말을 종이에다 쓰면 되니까."

그의 말에 선애나 나나 아리아 씨나 모두 아하~ 하는 표정이었다. 모두들 미처 그것까지 생각이 미치지 못했던 것이다.

[자, 잠깐만요. 저기… 신애 씨? 나는 신애 씨 잡을 수 있죠?]

뭔 생각이 떠올랐는지 아리아가 다급히 나를 부른다.

[예? 아, 그랬죠.]

[그리고 신애 씨는 물건을 잡을 수 있고요.]

[그, 그렇죠.]

이 아가씨가 뭔 이야기를 하고 싶어서 그러나 싶어 바라보는데 아리아가 나를 막 재촉했다.

[그, 그럼 빨리 펜 좀 잡아보세요. 어서요.]

[예? 아, 예.]

내 팔을 잡고 아예 펜에 손이 닿을 정도로 끌어당기며 재촉하는 그녀의 모습이 어리둥절했지만, 나는 선애를 통해 렌스버리에게 양해를 구하고 펜을 쥐었다. 그러자 내가 펜을 잡은 손 위를 아리아가 자신의 손으로 덮더니만 펜을 종이 위로 이끄는 것이었다.

그리고는…….

사각, 사각, 사각.

안녕, 렌.

이라고 쓰는 것이었다.

그에 렌스버리 녀석이 인상을 팍 찡그리는 것이었다.

"내가 내 애칭을 부르지 말라고 했을 텐데?"

[에엣, 내가 쓰는 거 아니야. 아리아 씨가 쓰는 거라고.]

내가 황당해서 다급히 말하자 선애가 의심스러운 시선으로 내 손을 바라보는 것이었다. 그도 그럴 것이 선애의 눈에는 아리아가 보이지 않았다.

[어어, 아아… 정말 내가 쓰는 게 아니라니까. 나는 펜만 쥐고 있을 뿐이고, 아리아 씨가 내 손을 잡아서 자기가 움직이고 있다고.]

내가 막 다급하게 변명을 하고 있는데, 아리아가 다시 날 불렀다.

[신애 씨, 신애 씨가 오른손으로 잡고 있으니까 불편한데, 왼손으로 잡아주실래요?]

[예? 아, 예.]

아무래도 자신이 직접 쓰는 게 아니라 내 손을 통해서 쓰는 것이라 그런지 그녀의 필체는 마치 어린애가 처음 글을 쓰는 것 마냥 삐뚤삐 뚤한 것이 무척이나 어색했다. 하지만 그것만으로도 아리아 양은 무척 기쁜 모양이었다. 그도 그럴 것이 이제는 나를 통하고, 선애를 통해서 말을 전달하지 않고, 직접 자신이 써서 전달할 수 있으니 말이다. 물론 내 도움이 좀 필요하긴 하지만 말이다.

"이, 이걸… 리아가 직접 쓰는 거라고?"

그래요.

"하, 하하, 하하하… 리아, 글씨 정말 못 쓴다."

어쩔 수 없잖아요. 신애 씨 손을 잡고 쓰는 건데. 그래도 이게 나름대로 최선을 다한 거라고요.

"후후후, 그래도 너무 심하잖아? 삐뚤빼뚤……."

렌스버리 녀석이 아리아가 쓴다는 걸 믿은 후부터 분위기가 왠지 가슴을 아릿아릿하게 만들자 선애가 분위기를 견딜 수 없었던지 슬그머니 자리를 뜨려고 했다. 그에 나는 내가 펜을 잡고 있다는 걸 깜빡 잊고 선애를 따라가려고 움직이다 보니, 마침 글씨를 쓰고 있던 펜을 쭈욱 잡아당기고 말았다.

"뭐, 뭐야?"

[신애 씨?]

즐거운 분위기를 만끽하던 연인은 갑작스러운 방해를 받자 렌스버리 녀석은 인상을 찡그렸고, 아리아는 당혹스러운 표정으로 나를 바라보았다. 그리고 렌스버리의 목소리를 들은 선애가 나를 돌아보았기에 나는 뻘쭘해져서 어색하게 웃어 보였다.

[아, 죄송해요. 선애를 따라가려다가 그만…….]

내 목소리는 당연히 안 들릴 테니 렌스버리는 선애를 향해 눈길을 던졌다.

"야, 네 언니가 뭐라고 하냐?"

"절 따라오려고 그랬대요. 날 왜 따라와?"

[왜 따라가다니? 당연히 널 보호하려고 그러지. 요즘 그 엘리엇 놈이 심상치 않은데 어떻게 너 혼자 보내냐?]

"아……."

내 말에 선애가 이해했다는 듯 고개를 끄덕였다. 선애 또한 얼마 전에 엘리엇 녀석에게 그런 말을 들었기에, 혼자 돌아다니다가 마주치는 건 별로 내키지 않았던 것이다.

"뭐냐, 무슨 일이야?"

내 말은 못 듣고 선애가 제대로 된 설명도 안 하자 렌스버리가 불만 어린 목소리로 끼어들었고, 그에 아리아가 여전히 펜을 쥔 내 손을 움직였다.

선애 씨를 혼자 보내기가 불안하대요.

그 글을 본 렌스버리가 어이없다는 표정이었다.

"뭐? 얘가 무슨 어린애냐?"

렌, 언니 입장에서 걱정되는 건 당연한 거예요.

그렇게 써주는 아리아에게 나는 미안한 표정을 보이며 말했다.

[죄송한데요, 저 선애를 따라가 볼게요.]

[그러세요.]

아리아가 순순히 내 손을 놓자 나는 얼른 펜을 테이블 위에 올려놓고 선애 옆으로 다가갔다.

그런데 그때 테이블 위에 얌전히 놓인 펜을 바라보던 렌스버리가 선애를 불렀다.

"이봐."

"예?"

"지금 네 언니 네 옆에 있냐?"

"아, 예."

선애가 날 힐끔 바라보며 대답하자 렌스버리가 펜을 들어 선애 쪽으로 내밀었다.

"네 언니에게 물어볼 게 있으니까 펜 좀 잡으라고 그래라."

그에 나는 어리둥절해졌지만 순순히 그에게 다가가 펜을 잡았다.

내가 잡음으로써 펜이 허공에 뜨자 렌스버리는 자기가 잡았던 손을 놓고는 펜을 바라보며 물었다.

"지금 그러니까 네 동생을 혼자 두는 게 불안하다는 거지? 그래서 쫓아다니는 거 아냐?"

그의 질문에 나는 종이를 잡고 그 위에 답을 썼다.

그렇죠.

"그럼 만약에 동생을 보호할 뭔가가 있다면 굳이 네가 쫓아다닐 필요는 없는 거지?"

'엥, 그게 그렇게 되나?'

하지만 아무리 울 꼬맹이를 보호할 뭔가가 있다 해도 혼자 있다면 그래도 불안할 거 같았다. 그렇지 않아도 소피나 로어는 렌스버리 녀석 때문에 떼어놓고 다니는 상황인데 말이다. 내 생각으로는 선애의 신체를 보호하는 무언가보다는 선애를 도와주고, 방패막이가 되어줄 수 있는 사람이 더 필요할 것 같았다.

그러나 내가 이런 생각으로 인하여 아무런 대답도 안 쓰자, 렌스버리 녀석은 무언을 긍정이라고 생각했는지 난 대답도 안 했는지 혼자 납득하는 것이었다.

"좋아, 그렇단 말이지."

'뭐가 그렇단 말이야?'

내가 당황해서 바라보는 걸 아는지 모르는지 렌스버리는 고개를 끄덕끄덕하더니 갑자기 오른손을 들어올리더니 허공에서 한 번 휘이 저어주는 것이었다. 그러자 그의 손에서 갑자기 빛이 번쩍하는가 싶더니, 그의 손에는 어느새 웬 목걸이가 하나가 들려 있었다.

"자, 무지 아까운 거긴 하지만… 하는 수 없지."

그러면서 선애를 향해 휙 그 목걸이를 던지는 것이었다.

얼결에 선애가 받아서 들어보이는데, 그것은 가느다란 은색의 줄에 물방울 모양의 은색 펜던트가 달려 있는 목걸이였다. 펜던트는 진주색 비스무리하기는 했지만 좀 다르기도 하고, 또 펜던트는 진주라기보다는 겉면이 유리알 같아서 뭔가 내가 모르는 다른 보석인 것 같았다. 은색 수정이라거나 은색 다이아몬드라거나……

'그런데 그런 보석이 있었던가?'

내가 목걸이를 보고 고개를 갸웃거리는데, 아리아가 반갑다는 듯 말을 걸어왔다.

[이야, 저거 정말 오랜만에 보네요. 저거 렌의 피로 만든 거예요.]

[에엑, 목걸이를 피로 만들었다구요?]

아리아의 말에 내가 놀라 목소리를 높이자 선애의 시선이 나를 향했다가 다시 렌스버리에게로 돌아갔다.

"에, 저… 이, 이걸 피로 만드셨어요?"

목걸이를 어떻게 피로 만들 수 있었을지 황당하기만 하다.

그러나 렌스버리는 아무렇지도 않다는 듯 고개를 끄덕이는 거였다.

"아아, 실수로 피가 조금 났는데, 버리기는 아까워서……."

[저, 저게 무슨 소리래요?]

아리아에게 묻자 아리아가 살포시 웃으며 설명해 준다.

[저 목걸이에 달린 펜던트가 렌의 피예요.]

[헉, 드래곤이라서 피 색이 다른가 봐요. 피 색이 은색이에요?]

[호호호, 아니에요. 드래곤이라도 피는 붉어요. 단지 저건 렌의 피가 가지고 있는 마나를 가공하여 형상화시켰기 때문에 은색이 된 거예요.]

[그, 그런 겁니까?]

뭔 말인지 하나도 못 알아듣겠다.

"그거 마법을 두 개 가공해 놓은 거니까 도움이 될 거야. '실드' 하고, '힐링' 마법. 실드는 특별히 신경 써서 5클래스의 마법은 물론이고 물리력까지 막을 수 있는 거니까, 그거면 든든한 보호막이 되겠지?"

[오오~]

사실 마법 용어는 잘 몰라 얼마나 대단한 건지는 잘 모르겠지만, 실드가 뭔지는 안다. 얼마 전 렌스버리 녀석이 공격 마법을 펼칠 때 토냐가 우리를 보호하기 위하여 펼친 방어 마법이 실드였으니 말이다. 게다가 힐링은 치유 마법이 아니던가.

선애가 감탄스러운 시선으로 목걸이를 바라보자 렌스버리가 에헴~ 하고 헛기침을 하더니 말했다.

"뭔가 위험이 닥치면 '실드'라고 외치면 방어막이 형성될 거고, 다치면 '힐링'이라고 하면 될 거다. 시동어만 외치면 거기에 저장된 마나로 마법이 발현되니까 너에게 해는 조금도 없을 거다. 그리고 거기 있는 마나가 다 고갈되어도 자기가 저절로 외부 마나를 끌어들여 충전하게 해놨으니 넌 신경 안 써도 돼."

왠지 '자동 충전 방식의 고성능 mp3~'라고 광고라도 하는 것만 같다.

"자, 그럼 다 해결된 거지? 그럼 잘 가."

렌스버리가 어리버리한 표정으로 서 있는 선애에게 손을 휘휘 저어 보이며 팬을 바라보았다. 어지간히 아리아와 대화를 하고 싶은 표정이다.

그에 선애는 황당한 시선으로 바라보는 나에게 헤죽 웃어주더니 목에 목걸이를 걸고 몸을 휘익 돌려 걸어가는 것이었다. 뜬금없이 대단한 목걸이를 받아서 기분이 좋은지 발걸음은 무척이나 가벼워 보였다.

그러나 아무리 대단한 목걸이를 걸었다고 어디 마음이 진정된단 말인가? 그리하여 나는 선애와 떨어져 초조함을 가진 채 손만 아리아 씨에게 맡겨놓고 계속 사방만 두리번거리고 있었다. 그러한 내 눈에 아래쪽 갑판 위로 선애가 걸어가는데, 그 옆으로 그랜트 녀석이 다가가는 것이 보였다.

　[으엑, 저놈은 또 왜 울 꼬맹이에게…….]

　그 모습에 놀라 조금 더 다가가 자세히 보려던 나는 또 아까처럼 글을 쓰던 아리아를 방해하는 결과를 낳고야 말았다.

　"야, 이번에는 또 왜 그래?"

　그에 렌스버리 녀석이 짜증난다는 듯 물어왔지만, 나는 그에 대답해줄 여력이 없었다.

　[어라라, 저놈이 정말…….]

　[저런, 저런… 신애 씨.]

　아리아가 잡지만 않았다면 나는 당장이라도 선애 옆으로 달려갔을 거다.

　렌스버리는 두 유령에게 대답이 없자 혼자 이유를 찾으려는 듯 두리번거리다가 아래쪽 갑판에 선애와 그랜트 녀석이 서 있는 걸 발견했는지 요상한 웃음을 흘렸다.

　"으ㅎㅎㅎ, 너, 노처녀지?"

　[엑? 그건 또 무슨 말씀?]

　[렌, 무슨 말을 그렇게 해요?]

　렌스버리 녀석의 말에 두 유령이 항의를 하다가 곧 우리가 아무리 떠들어봤자 녀석에게 전달되지 않는다는 걸 깨닫고는 펜과 종이를 들었다.

　렌, 그런 실례되는 말씀을… 사실이라고 해도 그런 말은 실례라구요.

　아리아, 렌스버리님, 저 노처녀 아니에요!

아리아의 뒤를 이어 내가 한 문장을 사납게 휘갈겨 쓰자 렌스버리 녀석이 묘하게 웃는다.

"아니, 노처녀가 아니면 왜 동생의 연애를 방해하려고 그렇게 날뛰는 거지?"

연애라니요, 연애라니요오~!! 설사 연애라고 해도 저놈에게는 못 줍니다. 차라리 다른 놈에게 주면 줬지, 저 얼음덩어리에게 보냈다가 동생에게 무슨 고생을 시키려구…….

"어라? 그럼 다른 녀석이 있단 말이야? 그럼 지금 양다리?"

양다리는 무슨 얼어죽을 양다리입니까? 울 꼬맹이는 지금 연애할 마음도 없다고요!

"그으래? 동생도 노처녀로 늙게 하려고?"

무슨 소리십니까? 제 동생이 얼마나 인기가 많은데? 결혼하고 싶으면 자기 마음에 드는 남자를 골라서 갈 능력있는 애라구요. 그리고 저 노처녀 아니라니까요!

렌, 자꾸 그렇게 실례되는 말을 할 거예요?

그날 저녁, 나는 렌스버리 녀석과 아리아에게 풀려나 선애와 단둘만의 시간을(?) 가지게 되자 선애에게 아주 진지하게 물어봤다.

[선애야, 너, 설마 저 그랜트 녀석에게 마음이 있는 건 아니겠지?]

"뭐? 갑자기 웬 뜬금없는 소리야?"

황당하다는 듯 날 바라보는 선애에게 나는 아주 진지하게 말했다.

[이 언니는 저놈은 안 된다구 봐. 차라리 저놈보다는 벨타이거를 추천한다. 그놈은 네가 마음대로 휘두를 수 있잖니. 저 녀석은 네가 소화시키기 힘들다고 본다. 저놈이 너에게 푸욱 빠져서 너 없으면 못 산다구 한다면 몰라도.]

"뭐야, 언니도 저 엘리엇 놈 화(化)가 되어가는 거야?"

[아니, 얼마 전에도 그렇고 저놈이 자꾸 너에게 관심이 있는 것처럼 보여서 말이지. 아까도 둘이 이야기하데?]

"아이고, 언니가 무슨 조선 시대 여자야? 둘이서 이야기했다고 연애한다고 생각하게? 그저 렌스버리에 대해서 물어보던데 뭘."

[그래? 그런 거야?]

"아, 그럼 뭐가 더 있길 바래?"

[아니, 뭐, 그런데 생각해 보니 저놈 은근히 네 이상형 아니냐? 완전히 엘리트잖아. 좋은 배경에, 머리도 좋은 거 같고, 얼굴도 그럭저럭…….]

"이상형이라고 결혼하고 싶어하냐? 나는… 으음, 내가 사랑하는 것보다 나를 더 사랑해 주는 사람이랑 결혼할 거야. 여자는 그러는 게 행복하대."

[음, 그건 나도 동감이다.]

Chapter 29

그렇게 여러 가지 일들을 겪는 와중에 배는 드디어 달마티아 해를 지나 서대륙에 도착했다. 서대륙에서도 유일하게 아벤티노 대륙과 무역을 하는 진 나라의 국제 항구 도시인 광진에 도착한 것은 한밤중이었다. 그리하여 우리 일행은 도착한 줄도 모르고 있었다.

우리 일행들이 꿈나라를 한창 여행하고 있는 그 시각, 난데없이 누군가가 선실 문을 쾅쾅 두드리는 것이었다.

"실례합니다, 선애님, 호프만님, 소피님!!"

'뭔 일이야?'

별일 아니면 그냥 무시하고 싶었지만, 아무래도 일행을 완전히 깨우려는 듯 강하게 선실 문을 두드리는데다, 일행들 이름까지 부르는 통에 나는 하는 수 없이 선애의 어깨를 흔들었다.

[선애야, 일어나 봐. 누가 왔다.]

"아씨, 누구야?"

내가 아니라 해도 선실을 두드리는 소리에 대충 깨어난 모양이었다. 그리고 소피는 진작에 일어나 등불을 키우고 있었고, 토냐도 인상을 찡그리며 손으로 얼굴을 쓸고 있었다.

"아, 무슨 일이래?"

"글쎄요. 우선 알아보겠습니다."

잠옷 위에 대충 가운을 걸친 소피가 대답을 하고는 선실 문의 잠금쇠를 풀었다.

"무슨 일이십니까?"

그러자 한밤중에 사람들을 다 깨운 선원이 정중하게 인사를 하며 입을 열었다.

"밤중에 정말 죄송합니다. 제노비아님께서 여러분께 서대륙의 무역항에 도착했다고 알려드리라 하셔서요. 지금 여러분을 항구에까지 태워다 드릴 보트를 마련하고 있으니 준비하고 나오시기 바랍니다."

"예? 갑자기 그게 무슨… 이 밤중에 말입니까?"

"제네비아님께서 여러분이 무척 급박해하신다고 말씀하시던데요? 그래서 한시라도 빨리 항구에 도착하게 해드리라고…….."

'허, 엘리엇 녀석이?'

그 녀석이 우리 일행을 한시라도 빨리 이 배에서, 아니, 정확히는 선애를 그랜트 녀석에게서 떼어놓고 싶어 안달인 모양이다.

'헹, 이놈아, 너만 그런 줄 아냐? 나도 환영이다.'

그리하여 우리 일행들은 그 한밤중에 거의 떠밀리다시피 짐을 챙겨서—사실 대부분의 짐을 잃어버린 상황이라 별로 챙길 것도 없었긴 했다—그 배에서 내려야 했다. 그리고는 밤중이라 인적이 끊어진 텅 빈 항구 거리에 덩그라니 놓이게 되었다.

"뭐냐, 이게 도대체 어떻게 된 거야?"

우리 일행이라는 이유로 얼결에 같이 끌려오게 된 렌스버리가 황당하다는 시선으로 선애를 돌아보자 선애가 미안한 표정을 지어 보였다.

"아하하, 그게 말이죠……."

그러나 웬일인지 렌스버리는 선애가 채 변명의 말을 다 끝내기도 전에 손을 휘휘 저어 말을 끊는 것이었다.

"아아, 됐다, 됐어. 말 안 해도 대충 알겠다."

벌써부터 선애를 바라보는 엘리엇 녀석의 사나운 시선을 눈치채고 있던 드래곤이었으니, 이 일도 그것과 관련있음을 알아챘을 것이다.

이 드래곤 녀석이 처음에 만났을 때는 무지 속 좁고, 이기적이고, 까탈스럽고 등등… 인 줄 알았는데 이상하게도 최근에 그런 이미지에 걸맞지 않는 행동을 하곤 했다. 그러니까… 좀 부드러워졌다고나 할까, 여유가 생겼다고나 할까?

'그동안 대화가 끊어졌던 연인과 다시 대화를 할 수 있어서 그런 건가?'

뭐, 우리 입장에서는 잘된 일이지만 말이다.

"어쨌든 여기 있지 말고 우선 여관이라도 찾지요? 밤새도록 여기 있을 수는 없는 일 아니겠습니까?"

로어의 제안에 우리는 주변을 두리번두리번거리다가 그래도 어두컴컴한 항구에서 그나마 불빛이 보이는 쪽을 향해 걷기 시작했다.

다행히 그곳을 조금 벗어나자 불이 켜진 거리가 보였다. 불이 환하게 켜지고 소란스러운 소리가 흘러나오는 이곳은 우리가 살았던 아벤티도 대륙과 크게 다르지 않은 모습이었다. 그러나 그 불이 흘러나오는 건물 모양새라든지, 그 건물에서 밖으로 나오는 사람들의 모습, 그리고 말소리를 들으니 확실히 다른 곳이라는 것이 확연히 느껴졌다.

그 가게 간판들의 글씨도 확실히 다른 글씨였다. 대략 한자와 비슷했는데, 한자를 도장 글씨로 써놓은 것만 같았다. 그래 봤자 나는 뜻은 다 알아볼 수 있었지만 말이다.

[술집이야. 지나가.]

아벤티노 대륙에서 보던 사람들보다 약간 키가 작고 검은 머리를 가지고 있는 사람들. 얼핏 보면 정말 동양인과 비슷하게 생겼다.

"선애, 고향에 온 기분이 어때?"

그런 사람들을 신기하게 바라보며 토냐가 묻자 선애가 피식 웃었다.

"토냐, 여기는 제가 살던 곳이 아니거든요? 그래서 조금도 고향에 온 거 같지 않아요. 단지 제가 살던 곳과 비슷하게 생긴 사람들이 있는 다른 나라… 라고 생각되어서 조금 신기할 뿐인 걸요."

"그으래? 아, 저 사람들 보니 확실히 우리가 서대륙에 온 거 같은 기분이다. 음, 서대륙이라서 그런지 공기 냄새도 다른 거 같아."

토냐가 깊숙하게 숨을 들이마시다가 말하자 렌스버리가 뚱~ 하니 대답했다.

"난 술 냄새에 음식 냄새만 나는구만……."

"아. 하. 하. 하."

뻘쭘한 토냐에게 나머지 일행은 안됐다는 동정의 시선을 보냈다.

"와, 와, 누나, 저것 좀 봐. 저기에 아벤티노 공통어가 써 있어!"

로어가 가리킨 술집 간판을 보니 확실히 이 세계의 글자인 한자 비스무리한 글 옆에 아벤티노 공통어로 술집이라고 써 있는 게 보였다. 그걸 보니 과연 아벤티노 대륙과 무역하는 국제 무역항 도시답다는 생각이 들었다.

그 골목을 지나자 술집 거리보다는 좀 더 불빛이 약하지만, 그래도 확실하게 불을 밝혀놓은 거리가 나왔다. 이번 거리는 확실히 여관 거리였다. 그리고 그곳에 있는 대부분의 여관 간판에는 이곳 언어는 물론이거니와, 아벤티노 대륙 공통어로 여관 이름이 쓰여 있었다.

한밤중이라 입구에는 불이 밝혀져 있었지만, 여관들은 모두 굳건히 문을 닫고 있었다. 그러나 그중 제법 큰 규모를 가지고 있는 여관을 고른 우리는 굳게 닫힌 문을 강하게 두드렸다. 이런 여관들은 밤에 찾아올지 모르는 손님들을 대비해 입구 근처에 누군가가 있을 것이다.

쾅, 쾅, 쾅~!

역시나 잠시 후 안쪽에서 인기척과 함께 '잠시만 기다리세요'라는 소리가 들려왔다. 내 귀에는 한국말로 잠시만 기다리라는 소리로 들렸지만, 억양이 다르다는 건 확실하게 알 수 있었다.

그러나 다른 사람에게는 알아듣지 못할 외국어로 들린 모양이다.

"뭐라는 거야?"

선애가 나에게 작게 물어오자 나는 기꺼이 대답해 줬다.

[잠시만 기다리래.]

내 대답이 끝나자마자 덜커덩덜커덩거리며 빗장 푸는 소리가 들리더니 끼이익 하고 문이 열렸다.

"예, 무슨… 아아, 뭘 도와드릴까요?"

상체만 빼꼼이 내민 검은 머리를 가진 청년이 우리의 모습을 발견하고는 말을 끊더니 다시 물어온다. 그러나 눈치로 보아하니 앞의 부분은 이쪽 세계 말이고, 뒷쪽 부분은 아벤티노 대륙 공통어인 거 같았다. 일행들의 얼굴이 밝아진 것을 보니 말이다. 다행히 이 청년이 아벤티노 대륙어를 할 줄 아는 사람이었던 모양이다.

"오늘 밤 머무르려고 하는데 방 있습니까?"

로어가 일행의 대표로 나서서 묻자 청년이 고개를 끄덕이더니 문을 활짝 열어 우리를 들어오게 해줬다.

"물론 있습니다. 어서 들어오세요."

건물의 모양이 바이런 국과 꽤 달라서 혹시 여관이 좌식이 아닐까 걱정했는데, 다행히 여기도 입식이었는지 침대가 있었다.

늦은 밤이라 다른 건 주문할 엄두도 내지 못한 일행들은 방으로 들어오자마자 침대가 있다는 사실 하나에 감사하며 그대로 쓰러져서 잠을 청했다. 그리고 다음날 일어나자마자 간단하게 씻은 일행은 아래층으로 내려갔다.

그곳은 1층은 식당이었고, 2층은 여관이었다.

그런데 재미있는 것은 여관 건물이 ㅁ자 형으로 되어 있어 가운데가 뻐엉 뚫려 있었는데, 그곳은 작은 정원이 조성되어 있었다. 그리고 이 여관 건물로 들어올 수 있는 입구가 있는 곳인 1층만 식당이었고, 나머지는 다 숙박용 방이 있었다. 뒷쪽에 있는 건물을 후원이라고 하는데, 그곳은 항상 소란스럽고 사람들이 들락거리는 식당과 거리가 멀고 인적이 드물어서 그런지 식당 바로 윗층에 있는 방보다 가격이 더 높았다. 우리야 한밤중에 곧바로 들어오느라 고를 새도 없이 급한 대로 가장 가까운 식당 바로 윗층 방을 사용했지만 말이다.

이건 우리가 아침을 먹기 위해 아래층으로 내려오자 우리를 본 종업원이 와서 이야기해 준 것이었다.

그는 어젯밤 우리를 이 여관 안으로 들여줬던 총각이었다. 어젯밤에는 대충 봐서 20대 초반이라고 생각했는데, 오늘 보니 생각보다 더 앳된 티가 있는 걸 보니 18세 혹은 19세 정도 되어 보였다.

검은 머리에 검은 눈을 가진 그는 검은 머리를 길게 기르고 있었는데, 재미있게도 머리를 양 갈래로 따서 앞쪽으로 늘어뜨리고 있었다. 마치 우리나라 7, 80년대의 여학생들이 하는 머리 스타일 형식으로 말이다.

소년이 그렇게 하는 모습을 실제로 봐서 재미있기도 하고 신기하기도 해서 유심히 들여다봤는데, 나중에 보니 이곳의 많은 남자들이 그런 스타일의 머리를 하고 있었다. 그러니까 길면 땋아 내렸고, 짧으면 그냥 묶었는데, 어린애들은 양 갈래의 머리를 애용했고, 나이가 든 사람들은 하나로 묶거나 땋아 내렸다. 만약 이마 윗부분을 깨끗이 밀었다면 옛 중국인 청나라 시대의 변발이라고 생각했을 것이다.

밝은 빛이 비치니 과연 아벤티노 대륙 사람과 다른 외모들이 확연히 드러났다. 쌍꺼풀이 없이 양옆으로 찢어지고, 눈꼬리가 위쪽으로 치켜 올라간 눈에 아담한 사이즈의 이목구비, 그리고 약간 작은 체격들……

바이런 국에서는 175㎝에서 185㎝ 정도의 크기를 가진 사람들이 대부분이었다면, 이곳에서는 170㎝에서 180㎝ 정도의 키를 가진 사람들이 대부분이었다. 그런 사람들 사이에서 180㎝가 넘는 훤칠한 키에 화려하게 반짝이는 은발 머리의 미남인 렌스버리는 확연히 튀었다. 뭐, 로어나 토냐의 밝은 금발 머리도 튀었지만, 워낙 렌스버리가 튀어서 그의 외모에 가려질 정도였다.

덕분에 우리가 식당으로 내려가자 그 주변에 있는 사람들이 다 한 번씩 힐끗힐끗 쳐다보는 통에 무지 신경 쓰였다. 선애는 드워프의 마을과 해적선에서 받았던 그 집요한 시선들이 생각났는지 무척이나 짜증스러운 표정이었다.

옆에 있는 사람들도 그 지경인데 정작 당사자인 렌스버리는 아무렇지도 않은 듯 태연하게 식사를 하고 있어 나는 드래곤 종족은 신경이 참 굵은 종족이구나… 하는 걸 느꼈다. 뭐, 나중에 아리아에게 들어보니 워낙 저런 외모로 나돌아다니는 바람에 하도 시선을 많이 받아 이제는 무지 익숙해져서 태연한 거라고 한다.

하지만 다른 이들은 태연히 있지 못했기 때문에 일행은 식당에서 앞으로의 일정을 의논하기보다는 차라리 방에서 의논하자고 결의하고 먹는 속도를 빨리하고 있는데, 웬 한 남자가 친절한 미소를 띠며 다가오는 것이었다.

"안녕하십니까."

제법 매끄러운 억양을 구사하며 인사하는 30대 초반 혹은 중반쯤으로 보이는 남자에게 나머지 일행은 힐끔 눈길만 주고 로어가 일어나서 대표로 그를 맞이했다.

"누구십니까?"

그런데 로어의 목소리에 좀 날이 서 있었던지 남자는 사람 좋게 웃어 보였다.

"아하하하! 그렇게 경계하실 것은 없습니다. 저는 수상한 사람이 아닙니다. 혹시 여러분은 이 광진에 처음 오신 것 아니십니까?"

"그렇습니다만?"

"아, 예. 그렇다면 혹시 이 도시를 안내해 주고 통역을 해줄 사람이 필요없으신가… 해서 와봤습니다. 만약 필요하시다면 제가 저렴한 가격으로 해드릴 용의가 있습니다만……."

통역과 이곳에 대한 정보에 능통한 사람을 구할 생각이긴 했다. 그런데 이렇게 먼저 다가오니 왠지 의심이 든다. 스스로 수상한 사람이 아니라고 말했지만, 어디 정말 수상한 사람이 얼굴에 '나 수상하오' 라고 써붙이고 다닌단 말인가?

그래 일행들이 뭐라 결론을 내지 못하고 있자 남자가 좀 더 신뢰를 주고 싶었던지 지나가던 종업원을 불러 세웠다.

"자자, 제가 의심스러운가 보신데, 이 종업원의 말을 들어보십시오. 저는 이곳에서 대륙에서 건너오신 분들에게 도움을 드리고 소정의 수고비를 받는 사람이지요. 꽤 오랜 시간 동안 그런 일을 해와서 이 근처에서 저를 모르는 사람이 없답니다. 어때, 내 말이 틀렸나?"

그의 말에 지나가다 잡힌 종업원이 어색하게 웃으며 고개를 끄덕였다.

"맞습니다. 이 대인은 그런 일을 하시지요."

"거보십시오. 이렇게 이 종업원까지 제 신원을 보증하지 않습니까?"

남자가 싱글벙글 웃는 얼굴로 일행들을 돌아보자 일행들은 서로의 얼굴을 마주 보았다. 그 종업원이 말이야 그렇게 했는데, 어째 우리나 그 남자나 시선을 안 마주치려 이리저리 눈을 굴리면서 대답했던 것이다. 게다가 좀 더 신경 쓰이는 것은, 식당의 한쪽 구석에 있는 카운터에서 자꾸 이쪽을 주시하는 한 중년 남자의 시선이었다. 일행이 그쪽으로 고개를 돌리면 얼른 안 본 척 시선을 돌리지만, 힐끔힐끔 불안한 표정으로 곁눈질하는 폼이 뭔가 수상했다.

그래 저 중년 남자의 이야기를 선애에게 해줘야 하나 말아야 하나 갈등하고 있는 그때, 렌스버리가 나서는 거였다.

"뭐, 그렇다면 한번 맡겨보는 게 어때? 어차피 통역하는 사람을 구하려고 했었잖아?"

렌스버리가 그렇게 나서자 일행은 시선을 교환하다가 고개를 끄덕였다. 어차피 그가 나서서 의견을 내놓은 것에 반대할 만큼 간 큰 사람이 우리 일행에게는 없었던 것이다. 게다가 뭔 사단이 나더라도 렌스버리 녀석이 자기 입으로 제안한 거였으니 해결해 줄 것이라는 생각도 들었고 말이다.

그렇게 해서 받아들인 거였는데…….

"탁월하신 선택입니다. 결코 후회하지 않으실 겁니다."

라고 그 남자가 장담한 지 한 시간 후에 일행은 허탈한 웃음을 흘리고 있었다.

우리는 지금 인적이 드문 공터에 서 있었는데, 우리 주위에는 여러 가지 가벼운(?) 무기를 든 건장한 청년 20여 명이 물샐 틈 없이 우리를 완벽하게 포위하고 있었다. 그리고 우리에게 탁월 어쩌구저쩌구 떠든 그 남자는 예의 그 친절한 미소를 띤 채 건장한 청년들 틈새에 끼어 있었고 말이다.

"하, 탁월한 선택? 후회를 않는다고?"

그 기가 막힌 상황에 토냐가 허탈한 웃음을 흘리며 중얼거리자, 그 친절한 남자가 친절하게 대답해 준다.

"물론입니다. 죽는데 어떻게 후회를 하겠습니까? 절대 후회하지 않으실 겁니다."

"거, 말 되는데?"

그 친절한 남자의 말에 렌스버리가 쿡쿡 웃으면서 중얼거렸다. 그에 친절한 남자가 더욱더 환한 미소를 지으며 말한다.

"물론입니다. 저는 거짓말을 하지 않습니다."

그러자 렌스버리도 환한 미소를 지으며 말했다.

"그러면, 우리가 안 죽으면 네가 거짓말을 하게 되는 거네?"

아주 당당한 렌스버리의 태도에 친절한 남자의 얼굴이 살짝 굳더니 우리 일행들을 천천히 살피기 시작했다.

그의 시선을 따라 일행 쪽으로 나도 시선을 돌리니, 어이없고 기가 막히고 허탈한 표정을 짓고 있기는 했지만, 어디에도 두려움이나 공포 따위를 찾아볼 수가 없었다.

그도 그럴 것이, 일행들 사이에는 4서클의 마법사인 토냐에 건달 10여 명 정도는 거뜬히 해결할 수 있는 고단자 소피, 나, 그리고 최강의 생명체 드래곤까지 있으니 말이다. 이런 일행들이 검사나 기사도 아닌 보통 건달 20명을 앞에 두고 두려워할 리가 있겠는가?

게다가 저 남자의 제안을 받아들인 건 렌스버리라, 우리 일행들은 렌스버리가 모두 알아서 하겠거니 하고 생각하고 있었던 것이다.

"뭔가… 믿는 구석이 있으십니까? 아주 자신만만하시군요."

친절한 미소를 지워 버린 남자의 말에 렌스버리가 대답해 줬다.

"지금이라도 무릎 꿇고 싹싹 빌면 용서해 주도록 하지."

그에 친절한 남자가 인상을 찡그렸다.

"이거 어쩝니까? 저희는 무릎 꿇고 싹싹 빈다 해도 용서해 줄 마음이 없는데……."

그의 말에 렌스버리는 태평한 얼굴로 우리 일행을 돌아보는 것이었다.

"그렇다는데? 그럼 알아서 처리해."

"예에?"

렌스버리의 황당한 말에 일행은 한뜻 한목소리로 되물었다. 아니, 뭐, 이런 무책임한 드래곤이 다 있는가 말이다.

"아, 아니, 렌스버리님… 우리가 여기까지 온 것은 렌스버리님이 오자고 해서 온 거거든요?"

선애의 기가 막힌다는 말에 렌스버리가 눈을 가늘게 해서 쓰윽 바라보는 것이었다.

"그래서?"

"아니, 그게… 렌스버리님이 시키는 대로 해서 이렇게 된 건데……."

"그런데?"

그 모습을 보고 있자니 내가 예전에 읽은 소설에서 누군가가 말한 대목이 생각이 난다. 말싸움할 때 가장 얄미운 놈이 누구냐 하면 바로 '그래서?'와 '그런데?'만 반복하는 놈이라고 한다. 그런 놈들은 아무리 해도 이길 수가 없다는 이유로 말이다.

지금 보니 저 드래곤 녀석이 딱 그 짝이다. 게다가 우리 중 가장 힘있는 놈이 바로 저 드래곤 놈이니 어쩌겠는가?

"저, 저희가 알아서 하겠습니다."

선애가 당하는 게 안되어 보였는지 토냐가 애써 선애를 뒤로 끌어당기고 어색하게 웃어 보였다.

그제야 렌스버리 놈이 만족한 표정으로 고개를 끄덕인다.

"그래, 그래. 내 너희들을 위하여 이 주변에 차단막을 쳤다. 한 놈도 도망 못 갈 거고, 여기서 일어나는 소음은 밖으로 절대로 안 나갈 테니 마음 놓고 패도록 해. 아아, 내가 이런 것까지 해주다니 난 너무 착해서 탈이라니까."

'착한 놈 다 죽었냐?

그 말이 목구멍까지 치밀어 올랐지만, 내 바로 옆에는 아리아가 있었기 때문에 나는 간신히 아주 가아아아안~ 신히 그 말을 다시 목구멍 밑으로 내려보냈다. 요 근래 좀 바뀌었다 생각했더니만, 그건 단지 내 착각이었나 보다.

"다 죽여!!"

내가 렌스버리 녀석에게 잠시 시선을 주는 사이, 그 친절한 남자의 외침과 함께 주위를 둘러싼 녀석들이 우르르 몰려들었다.

그러자 토냐가 먼저 손을 들더니 소피에게 외친다.

"소피, 넌 저놈 잡아. 나머지는 내가 어떻게 할게. 선애, 로어, 그 나머지의 나머지는 너희들이 담당해."

"넵!"

토냐의 말이 끝나자마자 소피가 외치며 앞으로 뛰쳐나갔다.

'어이, 너, 선애 경호 담당 아니었냐?'

소피의 재빠른 행동에 나는 한숨을 내쉬고는 선애를 바라봤다.

[목걸이 잘 가지고 있지? 여차하면 실드 마법을 써.]

"응? 으응."

선애의 대답을 들은 나는 두 주먹을 불끈 쥔 채로 로어와 선애 앞을 막아섰다. 로어는 그래도 제 딴에 선애를 보호한답시고 선애 옆을 지키고 있었지만, 이런 때에는 별 도움이 안 될 거라 여기고 있었기에 난 로어와 선애를 같이 보호할 생각이었다.

제일 첫 타는 토냐의 마법이었다.

"위드!"

그녀의 마법이 떨어지자마자 허공에 허옇고 기다란 줄이 하나 생기더니만, 그 줄로부터 여러 가지가 뻗어 나와 얽히고설켜 마침내 커다란 거미줄 모양을 한 망을 형성하는 것이었다. 그리고는 그대로 우리에게 달려들던 녀석들의 머리 위로 떨어져 내렸다.

"우와아악~!!"

"이, 이게 뭐야?"

"끈적끈적해. 달라붙어서 떨어지질 않아!"

그녀의 마법으로 형성된 거미줄로 인하여 대여섯 명의 발이 묶이자 그녀는 지체없이 다음 마법 시동어를 읊었다.

"일렉트릭 스파크!!"

그러자 해적선 위에서 한 번 본 적이 있던, 내 주먹만한 전기 덩어리가 십여 개가 생겨 적들을 향해 날아가기 시작했다.

"왁, 왁, 왁!"

"으갸갸갸~!'

"뭐, 뭐야, 이거?'

그 전기 덩어리가 날아가자 비명을 내지르며 피하는 녀석들부터 한 방 맞아서 찌릿찌릿함을 호소하는 녀석, 도망가다 자기 동료와 뒤엉켜 넘어지는 녀석 등등 반응이 참으로 다양하게 나타나고 있었다.

소피는 그러한 녀석들을 요리조리 피해서 생각지도 못한 상황에 놀라 멍청하게 서 있는 그 일명 '친절한 남자'에게 차근차근 다가가고 있었다.

둘이서 그렇게 활약하는 동안 나는 얼결에 우리 쪽으로 오는 녀석들을 상대하고 있었다. 어차피 놈들은 나란 존재를 보지도, 만지지도 못하기 때문에 정신없는 녀석들을 한 대 먹여 쓰러뜨리는 건 쉬운 일이었다.

몇몇 녀석들은 달아나려는 건지, 도움을 청하려는 건지 바깥쪽으로 달아나려 했지만, 참으로 가엽게도 모두 렌스버리가 쳐놓은 결계로 인해 오히려 안쪽으로 들어오는 것이었다. 그러다가 토냐나 나에게 걸려 바닥과 사이좋게 조우하게 되었다.

치사한 렌스버리 녀석은 정말 차단 결계를 친 것으로 자신이 할 일은 다 했다고 생각하는지, 선애와 로어의 뒷쪽에 서서 상황을 재미있게 구경만 하고 있었다. 우리 일행들 중 가장 키가 큰 녀석이라서 그런지 그 뒷쪽에 서 있어도 상황을 구경하는 데 하등 지장이 없었던 것이다.

"(수, 술법?)"

"(헉, 이게 술법이야?)"

"(술법사다, 술법사야!)"

"(술법사였어!)"

그렇게 일련의 상황을 겪어 정신을 차리지 못하던 녀석들 중 누군가가 소리치자 그 소리가 주위 녀석들에게 퍼져 나가 녀석들은 더욱더 패닉 상태에 빠져 버리고 말았다. 자기들이 소리치고, 자기들이 놀라는 모습이 엄청 황당스러웠다.

[술법사라고?]

"뭐?"

내 중얼거림을 이해 못한 선애가 되묻기에 나는 친절히 설명해 줬다.

[아니, 저 녀석들이 술법사라고 떠드는데? 술법사가 뭐지?]

내 말에 이번에는 아리아가 설명해 준다.

[아, 술법사란… 그러니까 아벤티노 대륙식으로 말하면 마법사예요. 전에 말했었지요? 아벤테노 대륙에 마법이 있듯이 여기에는 술법이라는 것이 있다고요. 그걸 다루는 사람을 술법사라고 하지요. 아니면 법사나 도사라고 하기도 하는데, 그쪽은 도를 전하는 사람들이라……]

[도… 요?]

[아, 예. 도가 무엇인지 깨닫기 위해 노력하는 사람들이라고나 할까요?]

아리아의 설명에 나는 허허허, 하는 실없는 웃음을 흘렸다. 설마 이세계에 '도를 아십니까?' 파 사람들이 있는 줄은 몰랐다.

내가 그러는 동안 상황은 순식간에 정리가 되어버렸다. 토냐를 술법사로 생각한 사람들이 패닉 상태에 빠져 버리는 바람에 몽땅 전의를 상실해 버렸고, 그러는 동안 소피는 예의 그 '친절한 남자'를 우리 앞으로 끌고 올 수 있었다.

소피에게 몇 대 맞았는지 눈두덩이 부분이 시뻘겋게 부풀어 있었고, 입술은 터져 있었다. 거기에다 배를 감싸 쥐고 낑낑대는 폼을 보니 복부도 좀 맞은 모양이다.

"이 녀석은 이제 어떻게 할까요?"

소피의 말에 토냐가 생각에 잠긴 어조로 중얼거린다.

"벼락을 몇 대 맞춰줄까? 찌릿찌릿하게 말야. 그래야 정신을 좀 차리지."

토냐의 말을 들었는지 녀석이 흠칫흠칫거린다.

"아, 불로 구워줄 수도 있는데……."

선애까지 덩달아 거들자 녀석의 얼굴이 시퍼렇게 되었다.

"음, 저도 사실 스트레스가 덜 풀렸는데요. 좀 더 패도 될까요?"

소피의 말에 녀석은 하얗게 질려서 털푸덕 자리에 주저앉았다. 그러더니 무지 가련한 표정으로 우리를 올려다보며 떨리는 독소리로 말했다.

"저, 저기… 저기요… 살려주시면 안 될까요?"

그의 말에 토냐가 시선을 들더니 우리 주위에 전의를 상실한 채 얌전히 바닥에 무릎 꿇고 엎드려 있는 사람들을 훑어봤다.

"어디 보자. 하나, 둘, 셋… 어이고, 스무 명씩이나 끌고 와서 우리를 죽이려고 했던 거야? 저 녀석들도 가만두면 안 되겠지?"

그런데 어째 녀석들 사이에서는 아무런 반응이 없다. 토냐의 말은 협박성이 짙었는데 말이다. 그래 의아한 듯 고개를 갸웃거리던 일행들은 곧이어 아하, 하는 표정을 지었다. 녀석들은 토냐의 말을 알아듣지 못했던 것이다. 여긴 아벤티노 대륙이 아니니까 말이다. 일행들이 사용하는 아벤티노 대륙 공통어를 유창하게 구사하는 그 '친절한 남자'가 대단한 것이었다. 그리고 그 덕분에 토냐의 말을 고스란히 들은 친절한 남자는 헬쓱하게 질린 얼굴로 자신의 동료들을 둘러보더니 그대로 우리 앞에 엎드렸다.

"용서해 주십시오. 며칠 동안 굶주리다 못해 이런 일을 저질렀습니다. 저희들이 지은 죄가 크고 무겁다는 것을 아오나 부디 넓은 마음으로 헤아려 주십시오. 저들은 집에 나이 드신 노모와 처자식들이 있는 몸입니다. 저들이 죽으면 집에서 기다리는 그들은 어떻게 하란 말입니까? 부디 그들을 봐서라도……."

어째 아주 많~이 들어본 레파토리다.

'굶주려? 하아, 볼이 탱탱한데다 깨끗한 옷을 입고 있는 사람들이 그렇게 말하면 별로 신빙성이 없어 보이는데…….'

그 친절한 남자가 우리 앞에 엎드려 애원을 하자 뒤에서 엎드린 녀석들이 뭔가를 눈치챘는지 갑자기 마구 우는 소리를 내기 시작한다.

'하, 나원 참, 이렇게 뻔한 말에 넘어가는… 사람이 있었군.'

나는 옆에서 눈물이 그렁그렁해진 토냐를 보며 한숨을 푸욱 내쉬었다. 부잣집 따님으로 곱게곱게 키워져서 그런지 그녀는 뻔히 보이는 거짓말을 그대로 믿은 모양이다.

"우리… 그냥 용서해 주자. 며칠 굶다 못해 그런 거라잖아. 거기다 집에는 나이 드신 어머니와 처자식까지……."

그녀의 물기 젖은 말에 앞에서 엎드린 놈이 더욱더 큰 소리로 울어 댔고, 덩달아 뒤의 녀석들 울음소리까지 커졌다.

그에 소피는 한숨을 푸욱 내쉬며 고개를 절레절레 저은 뒤 선애를 바라보았다. 그녀의 시선에는 '설마 선애님도 저 말을 믿는 건 아니시겠죠?'라고 쓰여 있었다.

그러나 우리 꼬맹이도…….

"좀… 불쌍한 놈들이었잖아? 봐줄까?"

란다.

'에구, 이 녀석도 곱게곱게 자란 녀석이었지?'

선애의 말에 나는 한숨을 삼키며 말했다.

[야, 며칠 굶은 녀석들이 볼은 탱탱하고, 옷은 깨끗하냐? 보통 며칠 굶을 정도로 돈이 없으면 옷도 꼬질꼬질하고, 볼은 쏘옥 들어가고, 눈은 퀭~ 하고, 몸은 비리비리 말라서 톡 치면 툭 하고 쓰러질 정도는 되어야 하지 않을까?]

내 말에 선애가 아차 싶었는지 녀석들을 찬찬히 살펴보다 중얼거렸다.

"그럼… 그 말이 거짓말이란 말이야?"

선애의 중얼거림에 소피가 고개를 끄덕인다.

"아주 빤히 보이는 거짓말 아닙니까?"

"에엥?"

선애와 소피의 말에 토냐까지 눈을 동그랗게 뜬다.

"거짓말이라니요? 아닙니다, 절대 아닙니다. 뉘 앞이라고 거짓을 고하겠습니까아~"

거짓말이 슬슬 들통 나는 분위기이자 친절한 남자가 잽싸게 소리를 높여 항변했지만, 우리 일행 중 누구도 그의 말을 믿는 사람은 없었다. 그리고 지금까지 지켜보고만 있던 렌스버리 녀석이 드디어 나섰다.

"아, 정말 재미있게 구경 좀 하려고 했더니 시끄러워서 더는 못 봐주겠군. 조용히 하지 못해?"

하여간 정말 얄미운 놈이다. 렌스버리 녀석이 박력있게 말하며 감추어두었던 기운들을 은근히 개방하자 뭔가 심상치 않음을 느낀 녀석들이 잽싸게 입을 다물었다. 눈치 하나는 빠른 놈들이다. 그제야 만족스러운 표정을 지은 렌스버리가 우리 일행들을 돌아보았다.

"야, 이놈들 어떻게 할 거야? 잽싸게 처리하고 가자고. 죽일 거면 빨리 죽여. 뒷처리는 해줄 테니."

렌스버리의 말에 친절한 남자의 얼굴이 다시 푸르딩딩해졌다. 그러나 반대로 소피는 반색하며 토냐와 선애를 돌아보았다.

"그냥 다 죽여 버릴까요?"

소피의 말에 친절한 남자의 표정에 절망이 어리는데, 바로 그 순간 그동안 가만히 있던 로어가 끼어들었다.

"저에게 좋은 생각이 있는데요."

"뭔데?"

"뭔데요?"

토냐와 선애의 말에 로어가 의견을 내놓았다.

"예정대로 저 녀석을 그대로 길잡이로 쓰는 게 어떨까요?"

그의 말에 제일 먼저 토냐가 반응을 보였다. 비록 그 반응이 기가 막힌다는 표정이었지만 말이다.

"야, 너, 지금 저놈이 일행들 이끌고 우리를 덮치려 한 걸 보고서도 그 말이 나오냐?"

사실 선애와 소피도 토냐와 비슷한 표정이었다. 단지 렌스버리만 재미있다는 듯 지켜보고 있었을 뿐.

"물론 나도 알아. 하지만 이렇게 생각해 볼 수도 있지 않겠어? 어차피 우리는 이 도시의 정보를 잘 아는 사람이 필요하고. 이 사람 지금 보니 뒷골목에 줄을 잡고 있는 사람 같은데, 그렇다면 정보는 빠삭할 테고 말이야. 게다가……."

"게다가?"

"우리에게 크게 당했으니 언감생심 다시는 덤빌 생각은 못 할 거 아니야?"

로어의 말을 듣고 보니 왠지 그럴듯했다. 토냐와 선애 또한 은근히 로어의 의견에 마음이 기우는 듯해 보였는데, 소피가 반박했다.

"이렇게 생각할 수도 있지 않습니까?"

"어떻게 말입니까?"

로어의 질문에 소피는 녀석과 뒤쪽에 있는 놈들을 쭈욱 바라본 후 대답했다.

"녀석은 우리의 실력을 대충 짐작하였으니, 다음에 틈을 봐서 우리가 감당치 못할 더 많은 인원들을 데리고 올 수도 있지 않을까요?"

"아, 그럴 수도 있겠다."

토냐의 말에 소피가 힘을 주어 다음 말을 이었다.

"그러니 그냥 처리해 버리죠?"

소피의 말에 토냐와 선애가 그럴까… 하는 표정을 짓고 있는데, 이놈의 하등 도움이 안 되는 드래곤 녀석이 쏘옥 끼어들었다.

"야, 그냥 저놈 말대로 해라."

여기서 저놈이란 로어를 가리키는 것이었다. 즉, 로어의 의견대로 친절한 남자를 우리 일행의 길잡이로 사용하라는 것이었다.

"예? 아니, 갑자기 왜?"

선애가 당혹스러운 표정으로 묻자 드래곤 녀석이 히죽 웃으며 이렇게 대답하는 것이었다.

"재미있을 거 같아서."

'헉, 이, 이놈이이이~!'

이건 내 생각인데, 녀석은 로어가 말할 때는 별 생각 없었다가 소피의 말을 듣고 마음이 동한 거 같았다. 아마 아까도 저 친절한 남자가 다가왔을 때 녀석이 우리에게 안 좋은 마음을 품고 있다는 걸 눈치채고는 그를 우리의 길 안내로 쓰라고 한 것 같았다.

놈의 말에 벙찐 일행이 놈만 바라보고 있었지만, 렌스버리는 마음에 찔리는 구석이 요만큼도 없는지 낯빛 하나 바꾸지 않은 채 우리 일행 앞에 엎드려진 친절한 남자를 발끝으로 톡톡 차는 것이었다.

"야, 야, 일어나서 저 떨거지들 다 치워라."

그리고는 일행을 향해서도 한마디 했다.

"뭐 해? 안 바빠?"

자기 의견이 그대로 받아들여지리라 의심 한 점 없이 믿는 표정이었다.

그리고 그의 믿음대로 우리 일행 중에 녀석의 의견을 반대할 수 있는 인간은 아무도 없었다.

"이, 이런……."

로어는 그래도 자신의 의견이 받아들여진 것임에도 불구하고 조금도 기쁜 표정을 보이지 않았고, 소피는 한숨을 길게 내쉬며 선애와 토나에게 속삭였다.

"최대한 저놈을 감시하겠습니다. 두 분도 도와주십시오."

그리하여 친절한 남자를 억지로 길잡이로 삼은 일행이 제일 먼저 찾아간 곳은 옷가게였다.

해적선이 날아갈 때 짐들도 같이 몽땅 날아가는 바람에 우리에게 있는 옷이라고는 지금 걸치고 있는 옷이 전부라 제일 절실한 문제였다. 하지만 차마 그 원인 제공자인 드래곤 놈에게 물어내라고 당당히 요구할 수 없었던 우리는 스스로 알아서 마련해야 했다.

그나마 천만다행히도 돈은 잃어버리지 않을 수 있었다.

그게 어떻게 된 것이냐 하면, 울 꼬맹이가 이곳에서 계약할 때 지불할 대금과 여행 경비, 그리고 혹시나 모를 사태에 대비하여 비상금까지 넉넉하게 챙기는 바람에 꽤 많은 양의 돈을 가지고 오게 되자 일반 지갑에 넣어 가지고 오는 것으로는 불안했던 모양이다. 게다가 대금은 서대륙이나 아벤티노 대륙이나 똑같이 귀중품으로 취급하는 금괴를 사용하기 때문에 무게도 장난이 아니었다.

그리하여 생각해 낸 것이 마법 가방이었다. 전에 어느 어느 후작가네 집을 방문하여 많은 대가를 받아올 때 아주 유용하게 사용했던 마법 배낭을 떠올리고는 새로 장만한 것이다. 그 마법 배낭을 사용할 수 있겠지만, 그 안에는 이미 많은 재물이 들어 있는 터라 그 재물을 꺼내 따로 보관하고 마법 배낭을 가지고 오느니 새로 하나 사는 게 좋겠다 해서 사게 된 것이었다. 그리고 그 마법 배낭은 안에 들어 있는 많은 재물과 함께 정보 길드 금고에 잘 보관되어 있었다. 벨타이거네 집에 맡겨놓을 수도 있었지만, 왠지 거긴 불안해서 말이다.

정보 길드에 맡겨놓으면 혹여 잃어버렸을 경우, 그들이 고스란히 물어줄 테니 우리에게 손해는 아니었다. 물론 보관료는 공짜였다. 저번에 넘겨줬던 그 어느 어느 후작가네 가보의 값어치가 그만큼 대단했던 모양이다.

하여간 그리하여 새로 구입한 것은 그 마법 배낭에 비하면 꽤나 작은 가방으로, 덕분에 들어가는 양이 훨씬 적긴 했지만, 그래도 선애가 가지고 갈 돈은 다 들어가고도 약간 공간이 남을 정도였다.

그 가방의 좋은 점은 배에 차고 다닐 수 있다는 거였고, 주인으로 인식한 자가 아닌 다른 자가 만지면 알람 마법이 발동하는, 분실 방어 마법이 걸려 있다는 점이 여행할 때 가지고 다니기에 아주 따악 좋았다.

그리하여 밤에는 풀러놓지만, 낮에는 항상 옷 속에다 차고 다녔는데, 그게 해적들의 함정에 빠지고, 드래곤을 만났을 때에도 옷 속에 차고 있어서 다른 건 다 잃어버렸어도 그 마법 가방과 그 안의 돈들은 고스란히 가지고 있을 수 있었다. 우리 일행으로서는 정말 다행이 아닐 수 없었다.

그리하여 그 얄미운 엘리엇 녀석이 우리를 한시라도 빨리 배에서 내쫓으며 동정조로 약간의 돈을 건네주는 걸 그의 면전에서 아주 정중하게 거절하고는 배 값이라고 그보다 좀 더 많은 돈을 건네줘 녀석의 얼굴을 일그러지게 만들 수도 있었다.

그리고 항구에 내려져서 당당히 여관을 찾아간 거였고, 지금도 이렇게 옷가게에 당당히 들어갈 수도 있었던 거였다.

"(어서 오십시오.)"

동양인 외모의 중년 여인이 아벤티노 대륙 공통어를 모르는지 진 나라 말로 인사를 해왔지만, 우리에게는 유창한 통역관이 있는 한 걱정할 건 없었다. 거기에 덤으로 말은 전달하지 못해도 알아들을 수 있는 존재도 둘이나 있고 말이다.

진 나라의 의상과 바이런 국의 의상을 비교했을 때 가장 큰 차이점을 들으라고 한다면 매듭을 감추느냐, 드러내느냐 하는 점이었다.

바이런 국의 의상은 매듭을 감추려 하지 않았다. 옷을 여밀 때 사용하는 단추라던가 끈을 감추려 하지 않고, 오히려 옷의 장식으로 사용하는 경우가 많아 단추도 화려하게 보석 달린 것을 쉽게 볼 수 있었고, 묶는 끈도 레이스를 이용하는 것부터 시작하여 수를 놓는다든가 작은 장식을 매단다든가 하는데다, 예쁘게 묶는 방식도 수십 가지였다.

그러나 이 진 나라의 의상은 그러한 매듭을 안으로 감추는 방식을 사용하고 있었다. 그렇기 때문에 될 수 있는 한 매듭을 사용하지 않으려 애쓰고 필요한 곳은 단추보다는 끈을 많이 사용하는데, 그것도 아주 가늘고 얇은 끈을 애용했다.

거기다가 치마 매듭이나 윗옷의 매듭은 모두 허리 쪽에 있어서 그런지, 허리에는 넓은 천으로 띠를 둘러 마지막으로 옷차림을 정리하는 게 이 나라의 방식이었다. 그 띠의 매듭도 안으로 집어넣었기 때문에 겉에서 볼 때는 옷의 매듭은 어디에서도 찾아볼 수가 없었다. 덕분에 처음 입을 때는 무지 복잡하게 여겨지기도 했다. 하지만 완전히 다 차려

입은 복장은 제법 깔끔하고 단아한 디자인을 하고 있어 나는 바이런 국의 의상보다 이 나라의 의상이 훨씬 더 마음에 들었다.

옷의 디자인이 복잡하고 화려하지 않아 작은 장식품을 걸쳐도 그 장식품이 화악 살아나는 디자인이었다. 왜 옷 자체가 화려하다면, 그에 걸맞는 화려하고 큰 장식품이 아닌 이상 걸쳐도 별로 효과를 보지 못하지 않는가 말이다.

바이런 국 의상이 좀 그런 경향이 있었다. 가장 대표적인 것으로 귀족들의 파티복을 들 수 있었다.

"오, 이거 입는 방식이 좀 어려워도 입으니까 꽤나 편한데? 꽈악 조여서 몸매를 드러내는 속옷도 없고 말이야. 나, 이 나라의 의상에 반할 거 같아. 돌아갈 때 좀 많이 사 가지고 갈까 봐."

여직원들의 도움을 받아서 옷을 갈아입고 나온 토냐가 무지 만족한 표정으로 말하자 선애가 고개를 끄덕였다.

"저도요. 이쪽이 마음에 드는 거 같아요."

"뭐, 선애, 너야 고향과 가까우니 이쪽 의상에 더욱 친근감을 느끼겠지."

일행은 비싸더라도 이 나라의 특산품이라고 할 수 있는 비단옷으로 마련했다. 그렇지 않아도 지금부터 우리가 찾아가서 거래를 하는 상단은 하류의—친절한 남자의 이름이다. 처음 이 이름을 듣고 선애랑 내가 얼마나 웃었는지 모른다—정보에 의하면, 이 도시에는 물론이거니와 이 나라에서도 손꼽히는 아주 거대한 상단이라고 하니, 옷차림부터 신경 쓰지 않으면 안 될 것 같아서였다.

그래서 토냐는 물론 소피와 로어, 그리고 렌스버리 녀석까지 모두 비단 옷들로 사서 안겨주었다.

렌스버리 놈은… 솔직히 녀석에게 옷이 정말 필요한지 의문이었지만, 다른 사람들이 옷을 고를 때 자신도 당당하게 고르는 놈을 보고 우리 꼬맹이가 '당신은 사줄 수 없다' 고 말할 수 있을 리가 없었다. 그리하여 비싼 마법 목걸이 값 지불한다 생각하고 그의 옷값까지 선애가 몽땅 지불했다.

그렇게 쇼핑을 하고 모두들 짐을 한 보따리씩 가지고 여관으로 돌아오자 낯익은 여관 종업원과 카운터의 중년 남자의 눈이 뚱그래지는 것이었다.

"어, 어떻게……."

"저, 저기… 손님들, 괜찮으십니까?"

이들의 반응을 보아하니 아무래도 하류의 정체를 알고 있었던 모양이다.

"우리 방을 좀 옮겼으면 하는데… 조용하고 좀 더 넓은 곳으로 말이오. 며칠 머물 듯하니 그리 아시고."

그런 그들에게 별다른 말 없이 로어가 주문을 하자 카운터의 중년남자가 당황한 표정을 지우고 얼른 고개를 끄덕였다.

"알겠습니다. 그럼 별채의 방을 내어드리도록 하죠. 몇 인실로 드릴까요?"

"3인실과 2인실로 주시오."

"저기… 지금 별채에 3인실은 없고, 4인실만 있는데… 어쩌시겠습니까?"

"아, 그럼 그냥 4인실하고 2인실로 주시오."

"알겠습니다. 이놈아, 뭘 하고 거기 서 있느냐? 어서 손님들을 별채 홍동의 이층 방으로 안내해 드려라. 아, 짐꾼들을 불러드릴까요? 아니면 시중들 애들이라도……."

"괜찮소. 짐은 우리가 가지고 가도록 하지."

"알겠습니다. 그럼 이 녀석을 따라가십시오."

주인의 지시에 따라 아까 우리 일행을 보고 놀란, 낯익은 종업원의 뒤를 따라가는데 우리의 모습이 모퉁이를 지나 사라질 때까지 카운터의 중년 남자의 시선이 따라오는 것이었다.

"이쪽이 욕실이고, 이건 옷장입니다. 목욕 시중을 원하신다면 말씀해 주십시오. 단순한 목욕 시중부터 여러 가지 마사지까지 준비되어 있습니다."

별채에 있는 방이 한 단계 수준 높은 곳이라고 하더니만, 확실히 그랬다. 우선 사람들의 왕래가 많은 본관과 떨어진 덕분에 조용했고, 방도 훨씬 넓었다.

전날 잤던 방은 작은 편이라 가구도 침대와 세면대뿐이었는데 여기는 침대와 옷장은 물론, 탁자와 안락하게 보이는 의자도 네 개나 있었다. 그런데 놀랍게도 의자가 대나무로 짜서 만들어진 거였다. 보통 탁자는 나무로 만든 단순한 것이었는데 말이다.

이 세계에 와서 처음 보는 대나무로 만든 가구의 모습에 신기하게 느껴진 나는 의자로 다가가 요리조리 살펴보고 있었는데, 다른 일행들은 방 안의 모습에는 신경도 안 쓴 채 열심히 방 안 이곳저곳을 설명하고 다니는 종업원을 잡았다.

"물어볼 것이 있는데."

로어의 말에 갑자기 잡혀서 놀란 표정이던 종업원이 어색한 웃음으로 대답했다.

"아, 예. 손님께서 궁금한 것이 있으시면 뭐든 대답해 드려야죠."

"당신, 아까 아침에 우리에게 다가온 남자 알지? 하류라고······."

그러나 종업원은 아무것도 몰라요~ 란 표정으로 고개를 갸웃거리는 것이었다.

"그, 글쎄요. 제가 아침에 바빠서 손님들께서 나가시는 것을 못 본지라······."

천연덕스럽게 모르는 척하는 연기가 수준급이었지만, 이미 녀석이 하류를 알고 있다는 티를 낸 후였기에 일행들에게는 먹히지 않았다.

"솔직히 말해봐요. 알고 있잖아요."

"아이쿠, 손님도 참··· 제 머리가 그렇게 좋은 편이 아닌데, 저희 여관을 오셨다고 어떻게 다 기억하겠습니까?"

끝까지 발뺌하는 걸 보니 아무래도 말로 해서는 먹힐 거 같지 않았다. 그리하여 일행은 다음 작전을 쓰기로 한 모양이다.

"아무래도 안 되겠군요. 제가 손을 쓸까요? 시간만 좀 주신다면 술술 불게 만들 수 있을 거 같은데 말입니다. 마침 도구도 사 왔겠다······."

그러면서 그녀가 꺼내 든 것은 내 손가락만한 크기의 작은 소도였다.

일명 은장도.

옷에 어울리는 장신구를 몇 개 살 겸, 이 세계의 보석류를 구경할 겸, 간 가게에서 발견한 것이었다. 여성들이 몸속에 숨겨 다닐 수 있게끔 만들어져 작았고, 예쁜 세공 장식까지 되어 있어 소피가 한눈에 반해 선애가 선물로 사준 것이었다.

소도를 꺼내 날카로운 날을 밖으로 드러내며 소피가 씨익 웃자 종업원의 얼굴이 새파랗게 질렸다. 하지만 이 종업원도 만만치는 않았다.

"저, 저기… 제가 나가지 않으면 주인 어르신께서 이상하게 생각하실 겁니다. 거기다가 제가 조금이라도 다친 걸 보시면 관아에 신고하실 걸요?"

그의 항의에 이번에는 토냐가 나섰다.

"오호호호~ 그건 걱정하지 마. 웬만한 상처는 치료해 줄 테니까."

선애도 한마디 거든다.

"아, 그러지 마시구요, 토냐가 직접 손을 쓰는 게 어떨까요? 겉으로는 티도 안 나게 토냐의 특기 마법을 날려주면 좋잖아요. 치료도 따로 해줄 필요도 없고."

토냐의 특기 마법이란 바로 전기 공격이었다.

"그거 좋네요. 그렇게 하시죠?"

소피가 선애의 말을 거들고 나서자 토냐가 웃었다.

"오호호호~ 그럴까? 그럼 사양 않고……."

그러며 토냐가 슬며시 오른손을 들어올리자 얼마 지나지 않아 그녀의 손에서 파지직 하는 파르스름한 스파크가 튀기 시작했다.

"처음에는 간단하게 시작하지, 뭐. 단 한 방 맞고 기절하면 안 되잖아?"

토냐의 파지직 하는 스파크 튀는 손을 바라보던 종업원의 얼굴이 다급해지며 우리 일행들을 쭈우욱 바라본다.

"저기, 소, 손님들… 이러시면, 정말 이러시면 안 됩니다."

"괜찮아, 괜찮아. 티 안 나게 만져 줄 테니까."

나는 토냐가 협박에 저렇게 조예가 깊은 줄 오늘 처음 알았다. 화려한 분위기의 미인인 그녀가 미소를 지어 보이는데, 주변에 꽃들이 만개한 것처럼 빛이 나는 게 아니라 마치 공포 영화에 위험이 다가오는 장면을 보는 것처럼 으스스해질 지경이었다.

그때 로어가 슬며시 끼어든다.

"자, 그럼 마지막으로 예의상 한 번 더 물어보겠습니다. 우리랑 같이 나간 하류라는 사람 아십니까, 모르십니까?"

"저, 저기요… 소, 손님……."

공포에 질려 헬쑥한데도 말 안 하고 어물거리는 종업원을 보자 선애가 인상을 찡그렸다.

"로어, 모른다잖아요. 모른다고 하는데 왜 자꾸 물어봐요?"

"아아, 그렇군요. 이거 제가 실례한 건가요? 그럼, 누나……."

로어의 말이 채 끝나기도 전에 종업원이 필사적으로 외쳤다.

"아닙니다, 압니다, 알아요!"

"어머나, 안다고요? 아까는 모른다고 했잖아요?"

소피의 살짝 비꼬는 말에 종업원이 바람 소리가 일 정도로 고개를 휘휘 내저었다.

"아닙니다. 아까는 어떤 분인지 기억을 못했지만, 지금은 기억이 났습니다. 예, 예, 아주 확실하게 기억났습니다."

"자자, 너무 겁먹지 말고 차근차근 말해봐요. 우리 그렇게 나쁜 사람 아닙니다."

잔뜩 긴장한 종업원의 어깨를 친근하게 툭툭 두드리며 위로하듯 말하는 로어를 종업원은 무지 원망스러움과 불신의 표정으로 바라봤지만, 로어가 씨익 웃어 보이자 체념의 한숨을 내쉬고는 입을 열었다.

"그는… 이 거리에서 유명한 사람입니다. 이 거리에 있는 여관에서 일하는 모든 사람들 중 그를 모르는 사람이 없을 정도예요."

그렇게 시작한 그 종업원의 말에 의하면, 하류는 이 여관 거리를 장악하고 있는 건달패 조직 중에서 중간 보스 정도 된다고 한다.

이 거리에 있는 여관들에게 보호세 명목으로 일정 금액 이상을 받고, 정말 다른 구역이나 아님 관청에 고발하지 못할 고민거리를 해결해 주는 그 조직은 제법 구성력이 탄탄하다고 한다.

하기야, 아까 쇼핑을 하러 거리에 나갈 때 봤지만 이 거리는 제법 번화한 곳이었다. 여관들은 모두 제법 커다란 규모를 가지고 있었으며, 거리는 깨끗했고, 사람들은 많이 왕래하는, 상인들 말로 물 좋은 곳이었다. 이런 곳을 구역으로 가지고 있다니 아마 그 조직 재정도 넉넉할 것이다.

그런데 이들 조직이 그렇게 이 거리의 가게에서 보호세로 생활했으면 좋으련만, 다른 여러 가지 사업도 하는 모양이었다. 그중 하나가 뭔가 새로운 상업이나 거래를 터보고자 다른 지방, 다른 나라, 다른 대륙에서 온 사람들을 뒤통수치는 것이었다.

상업을 위하여 다른 곳에서 온 사람들이니 당연히 그들의 능력으로 가능한 한 넉넉한 돈을 가지고 왔을 테고, 이 도시에는 아는 사람이 없을 테니 사라진다 해도 문제가 안 날 테고 말이다. 인물이나 체격이 받쳐 주는 사람은 노예로 팔 수도 있으니 이 얼마나 좋은 먹잇감이란 말인가?

이 도시는 아벤티노 대륙과 유일하게 무역을 하는 국제 항구 도시라 새로운 상업을 위하여 외지에서 온 사람들이 많았던 것이다. 거기다가 하류가 속한 조직은 그런 사람들이 많이 찾는 깨끗한 여관 거리를 자신들의 구역으로 가지고 있고 말이다.

나중에 알고 보니 이곳은 여관 거리에서 중간 수준의 거리라고 했다. 이 도시에 뭔가 연줄이 있거나, 아니면 돈 많은 사람들은 여기보다 한 단계 높은 고급 수준의 여관으로 간다는 거였다.

어느 정도 돈 있는 사람이 바로 이 거리를 자주 애용했고, 그런 사람들이 그 조직에서 눈독들이기 좋은 사람들이었다.

그런데 우리 일행은 우선 여자 셋에 남자 둘로 단촐한 인원인데다 이곳은 처음 온 것처럼 어리버리했지, 그런데 옷은 제법 괜찮은 차림이라 돈은 있을 것 같지, 거기에 일행들은 모두 젊고 외모도 뛰어난 사람이 있어 노예로 팔면 짭짤할 것 같지, 따악 녀석들이 일등 요리로 생각할 요건을 갖추고 있었던 것이다.

이번에만 해도 벌써 몇 번째 강도와 조우하는 거라—당하지는 않고, 오히려 우리가 강도를 털었지만—나는 선애와 내가 강도를 자주 만나는 아주 강력한 악운이라도 낀 게 아닌가 걱정했는데, 이렇게 따지고 보니 정말 강도를 자주 만날 수밖에 없는 여건을 가지고 있었다.

전에는 당연히 선애와 나 둘이서 다녔으니, 강도들이 보기에는 돈 좀 있어 보이는 젊은 여자가 혼자 다니는 것으로 보일 게 아닌가 말이다.

'그거참, 그래서 돈 있는 사람들이 호위병을 많이 데리고 다니는 건가? 아예 건달들이 좋은 먹잇감으로 생각지도 못하게 말이야.'

하여간, 이 거리에 있는 여관에서 일하는 사람들은 자신들과 공생(?) 관계에 있는 조직이 그러한 사업을 한다는 걸 다 알고 있었다고 한다. 그렇기에 손님에게 그 조직 사람들이 접근하는 걸 봐도 차마 경고해 주거나 막아주질 못한다는 거다.

만약 그랬다가 뒷감당을 어찌하겠는가? 아마 이 거리에서 금방 도망 갈 생각을 하지 않는 한 아무도 돕지 않을 거라고 했다.

오늘 아침, 아벤티노 대륙어를 유창하게 하는 관계로 아벤티노 대륙에서 온 사람들을 전문적으로 상대하는 하류가 우리 일행에게 접근하기에 여관 주인이나—그 카운터의 중년 남자가 바로 여관 주인이란다—자신은 우리도 또 녀석들에게 먹힐 걸로 여겼다고 한다. 그런데 아무 탈 없이, 그것도 쇼핑까지 신나게 하고 돌아왔으니 무지 놀랄 수밖에…….

종업원은 모든 걸 남김없이 털어놓자 오히려 마음이 편해졌는지 우리를 향해 질문을 던지는 것이었다.

"손님들은 아무래도 이 도시에 연줄이라도 있으신 모양입니다? 그러니까 그렇게 무사히 돌아오셨지요."

종업원의 말에 일행은 그냥 피식 웃으며 종업원이 그렇게 여기게 놔두려고 했다. 그런데 그런 자리에 꼬옥 초를 치는 존재가 있었으니…….

"인맥은 무슨……."

픽 하고 웃으며 중얼거리는 놈의 이름은 렌스버리라 하는 아주아주 치사한 드래곤이었다. 그런 드래곤의 중얼거림에 일행은 기가 막힌 표정을 지었고, 종업원의 눈은 놀라움으로 커졌다.

"예에? 인맥이 없으시다구요? 그럼 하다못해 아는 사람이 한 명도 없으신 겁니까?"

종업원의 놀란 외침에 토냐가 머쓱한 표정으로 시선을 피했고, 그 동작 하나만 가지고도 이 눈치가 빠른 종업원은 자신의 말이 맞다는 걸 알아챘다.

"헉! 그, 그러면 어떻게 무사히 돌아오실 수 있었던 겁니까? 분명 여러분들을 데리고 간 그… 가 함정으로 유인했을 텐데… 설마, 그 함정을 해결하고 오셨던 겁니까?"

이번에도 우리 일행은 아무도 대답을 안 했지만, 종업원은 일행들의 얼굴을 보고 이번에도 자신의 말이 맞다는 걸 알아챈 모양이었다.

"세상에나… 손님들은 뭔가 대단한 실력을 가지고 계셨나 보군요."

그렇게 중얼거리던 종업원은 뭔가 떠오른 듯 토냐를 바라봤다.

"아, 하긴… 술법사님이 함께 계셨으니… 잠깐, 그들은 어떻게 되었나요? 어떻게 했지요?"

이해했다는 듯 고개를 끄덕인 종업원은 자리에서 벌떡 일어나―이야기가 길어졌기에 일행 모두는 자리를 잡고 앉아 있었던 것이다―외치다시피 일행을 바라보며 묻자, 일행은 서로 시선을 마주 보다가 토어가 대표로 입을 열었다.

"아아, 그래도 해치지는 않았습니다. 모두 고이 보내주고 하류 씨…는 다시 우리들의 안내자이자 통역자로 채용을……."

로어는 말을 하다가 종업원의 얼굴을 보고 말끝을 흐렸다. 그도 그럴 것이 종업원은 두 눈을 부릅뜨고 입을 떠억 벌리고 있었던 것이다. 그의 입에서는 침이 슬슬 흘러나올 것처럼 고여 있었는데, 그는 그것도 모를 정도로 얼이 빠져 있었다. 그런 주제에 우리를 바라보는 시선에는 '제정신이 아니야~' 라는 기색이 가득 담겨 있었다.

"미, 미치셨군요, 미치셨어요. 으아아아~ 그들을 그냥 냅두다니이이~"

중얼거리다가 나중에는 고함을 지르며 종업원은 말 그대로 밖으로 뛰쳐나갔다.

"(쥔장님~ 쥔장니이이임~)"

그의 목소리가 멀어지는 걸 들으며 일행들은 서로의 얼굴을 돌아보았다.

"왜… 저러는 거야?"

잠시 뒤 토냐가 황당하다는 기색을 지우지 않고 물어보자 소피가 대신 대답했다.

"우리가 그들을 때려눕혔으니 저자의 생각으로는 분명 보복하러 올 것이 뻔한데 이 여관에서 받아줬으니, 아마 그 보복이 자기네에게도 행해지지 않을까 걱정하는 겁니다."

그러면서 소피는 소매 안으로 쓰윽 뭔가를 집어넣는 것이었다. 그걸 발견한 사람은 나뿐이 아니었는지 로어가 물었다.

"어라, 소피, 그건 뭔가요? 아까 꺼내서 들고 있던 것 같던데……."

"아아, 약간의 보상금이랄까요? 우리가 묻는 말에 친절히 대답해 줬으니 대가를 좀 줘야 할 거 같아서."

역시 정보를 이용해 돈을 버는 정보 길드 사람다웠다.

"자, 그럼 우리는 좀 쉬고 저녁 먹으러 가자. 아까 신나게 돌아다녀서 그런지 좀 피곤하다."

토냐가 한 고비 넘겼다는 듯 편안한 표정으로 앉아 있던 침대에 그대로 드러누우며 말했지만, 소피는 반대로 자리에서 일어나 묵묵히 우리가 거의 내팽개치다시피 방치해 두었던 짐들을 챙기는 것이었다.

"음? 소피, 뭐 해? 짐 정리하게?"

평소 소피가 선애의 시중을 들어주기는 했지만, 선애 또한 모든 일을 소피에게 맡기지 않고 자신이 할 수 있는 일은 자신이 하려고 했다. 그래서 지금도 소피가 짐을 챙기자 자리에서 일어나 그녀를 돕기 위해 다가가자 소피가 고개를 저어 보이는 것이었다.

"그게 아니라 짐을 챙겨두려고요."

"엥? 왜?"

그녀의 대답에 침대에 벌렁 누워 있던 토냐가 의아했는지 시선만 돌려 묻는데, 그동안 방 한쪽 구석에 가만히 자리를 잡고 있던 렌스버리가 말했다.

"오는군."

'누가?'

뜬금없이 던져진 말이지만, 나는 잽싸게 귀를 기울였다. 자기만 알고 치사하고 남을 기가 막히게 하는 드래곤이었지만, 그래도 허튼 소리는 안 하기 때문이었다.

과연 그의 말대로 쿵쿵거리며 급히 달려오는 발자국 소리가 들려온다.

'헤에, 한두 명이 아닌데?'

그리고 그들은 얼마 지나지 않아 곧 모습을 드러냈다. 일행이 옹기종기 모여 있는 방문을 쾅~ 소리가 날 정도로 거칠게 열어 젖히고 뛰어들어 왔던 것이다.

"혁, 혁, 당, 당신들~!!"

밑에서부터 뛰어 올라왔던지 사람들의 맨 앞에 있던 카운터의 중년 남자, 아니, 이 여관 주인은 붉어진 얼굴로 헥헥거리면서도 다급히 우리를 불렀다. 그에 일행이 멀뚱히 그를 바라보자 여관 주인 양반은 다급히 숨을 고르더니만 다짜고짜 외쳤다.

"당장 나가시오!"

"에엑?"

갑작스러운 여관 주인의 방문으로 침대에 누워 있던 몸을 일으켜 앉던 토냐가 황당하다는 듯한 목소리를 내자 주인이 발을 쾅쾅 굴렀다.

"에엑이 아니요, 에엑이! 누굴 죽이려고 작정을 한 거요? 당장 나가요, 당장 나갓!!"

"자자, 어서 나가죠."

그리고 주인의 말에 이어 소피가 어느새 챙긴 짐들을 각각의 주인들에게 나누어주더니 자신 몫의 짐을 처억 둘러메며 말하는 것이었다.

"소, 소피?"

"아까 말씀드렸잖아요. 이들은 그놈들이 자신들에게까지 보복의 손길이 미칠까 봐 두려워하는 거예요. 이곳에 우리 편은 아무도 없을 테니, 차라리 조용히 나가주는 게 이들도 좋고, 우리들도 좋은 거예요."

소피의 설명에 주인 얼굴에 화색이 돌았다.

"잘 아시는구만. 내 긴말하지 않을 테니 어여어여 나가시오. 내 대신 방 값은 받지 않겠소."

별일없이 나가줄 거 같자 너무 좋아하는 주인장의 모습이 얄미웠다. 그래 선애를 부추겨 나가지 않고 버텨볼까… 했지만, 주인장의 뒤에 우르르 몰려 있는 장정들을 보고 그냥 포기했다. 아무래도 일행들이 안 나가겠다고 버티면 끌어서라도 내쫓을 속셈이었던 모양이다.

여기서 난동을 부려봤자 이곳 관아 사람들이 달려오면 불리한 건 우리였기 때문에 여관 주인은 아주 당당할 수 있었던 거고, 소피는 그걸 알고 미리 나갈 준비를 하고 있었나 보다.

그리하여 주인장의 밀어냄과 소피의 이끌림에 의하여 일행들은 우르르 여관을 나서자, 여관 종업원이 우리 뒤에서 문을 타악 닫는 것이었다.

별거 아닌 거 같은데도 되게 기분 나빴다.

그런데 그것뿐만이 아니었다.

어느새 우리에 대한 이야기가 쫘아악 퍼져 있었는지, 우리가 그 여관을 나서서 옆에 있는 여관을 보자마자 밖에 나와 호객 행위를 하고 있던 그 여관 종업원이 흠칫하고 놀라더니만 잽싸게 여관 안으로 들어가 문을 타악 닫는 것이었다.

덕분에 일행들의 분위기는 급속하게 가라앉았고, 그들의 시선은 모두 이번 일의 원흉이라고 할 수 있는 렌스버리에게로 향했다. 하지만 이 얼굴 가죽이 두터운 드래곤 녀석은 오히려 '뭘 봐?' 하는 시선으로 일행의 시선들을 맞받아치는 것이었다. 그리하여 힘없는 일행들은 녀석에게 대들 용기 또한 없었기에, 그냥 한숨 한 번 내쉬며 얌전히 시선을 내리깔 수밖에 없었다.

"이제… 어쩌지?"

토냐의 물음에 소피가 대답했다.

"우선 머물 곳을 마련해야지요. 아마 이 거리에서 우리를 받아줄 여관은 없으니 다른 곳으로 가야 할 겁니다."

"그럼 거기로 가지요? 아까 종업원이 말한, 이 거리보다 한 단계 수준이 높은 고급 여관들이 있는 곳 말입니다. 그곳은 그 조직의 영향권이 아니니 아무래도 우리를 받아주지 않겠습니까? 물론… 돈이 문제겠습니다만……."

그렇게 말하면서 로어가 선애를 힐끔 바라본다. 다른 이들은 짐들과 함께 고스란히 잃어버려 돈에 대해서는 전적으로 선애에게 의지하고 있는 형편이니 선애의 눈치를 안 볼 수가 없는 것이다.

"돈은 충분히 있으니까 가자고. 혹시 몰라 비상금을 꽤나 넉넉히 가지고 왔서 다행이네."

그랬다. 계약금으로 지불할 금괴 말고도 비상금으로 금괴를 넉넉히 챙겨왔고, 혹시 또 몰라서 보석까지 좀 챙겨왔던 것이다. 여기 물가는 잘 모르겠지만, 바이런 국의 고급 여관에서 특등실… 까지는 안 되고, 1등실에서 반년은 편안하게 먹고 자고 할 수 있을 정도의 돈이었다.

한국식으로 치자면 별 5개짜리 호텔의 하루에 몇십만 원 정도 하는 방에서 반년 정도 살 수 있는 돈이었으니, 고급 여관이라고 해도 돈이 좀 아깝다는 것뿐이지, 돈이 없어서 두려워할 정도는 아니었다. 그래서 선애는 당당하게 가자고 할 수 있었던 것이고 말이다.

'음, 역시 사람은 돈이 있어야 한다니까.'

『선애야, 선애야』 6권에 계속…